LA GROSSE VENGERESSE

roman

SANDRA GAUTHIER

La grosse vengeresse

Roman

Ce roman est une œuvre de fiction. Personnages, lieux et péripéties sont les fruits de l'imagination de l'auteure et ne doivent pas être considérés comme vrais. Toute ressemblance avec des événements ou des individus réels ne serait que pure coïncidence.

La distribution de ce livre sans autorisation est un vol de la propriété intellectuelle de l'auteure. Si vous souhaitez obtenir la permission d'utiliser du matériel du livre, veuillez contacter l'auteure à l'adresse courriel suivante :
contact@sandragauthier.com

Couverture et intérieur réalisés par Sandra Gauthier
Photo de l'auteure : Erwyn Loewen

Éditions SADIV Press

Pour mes parents, Micheline et Gilles,
qui ne sont en rien comparables
à ceux de mon héroïne

PROLOGUE

Le début de la fin

« On va jouer au ballon prisonnier. Stéphane, et... Antoine, vous allez être capitaines d'équipes aujourd'hui », annonça le professeur d'éducation physique. Les deux garçons désignés se dépêchèrent d'aller se placer de chaque côté de monsieur Brière pour faire face à leurs camarades de classe, le torse bien bombé.

« Antoine, tu commences. »

On pouvait palper la tension dans l'air, chaque enfant espérant qu'un des deux capitaines, n'importe lequel, ça n'avait pas d'importance, le pointe du doigt et dise son nom.

« Annie ! »

Annie alla rejoindre Antoine avec un large sourire satisfait.

« Mathieu ! » appela Stéphane à son tour.

« Jérôme ! » poursuivit Antoine.

« Martine ! »

Martine alla se planter derrière Stéphane, fière de quitter le groupe qui rapetissait au compte-goutte, mais, surtout, soulagée de ne pas être la dernière à être choisie.

« Caroline ! »

« Ariane… »

… jusqu'à ce que Madeleine se retrouve, comme d'habitude, toute seule devant les deux groupes qui la dévisageaient.

« Oh non, tu peux l'avoir, j'en veux pas de la grosse ! » dit Antoine.

« J'en veux pas non plus. C'est à ton tour de choisir, c'est toi qui dois l'avoir. »

C'est à ce moment-là que monsieur Brière crut bon d'intervenir et de trancher : « Antoine, Madeleine est dans ton équipe. »

« Bon, c'est sûr qu'on va perdre, c'est pas juste ! » Il lança le ballon droit sur Madeleine qui ne tenta pas de l'attraper. Le ballon la frappa sur l'épaule droite et fit un ricochet pour lui gifler la joue.

« *Out* ! » cria quelqu'un.

Stéphane rit.

1

La liste noire

Madeleine frappa à la porte de l'unique salle de bain de la maison pour la troisième fois ; de petits coups qui se voulaient timides malgré l'urgence grandissante de la situation. Elle avait *vraiment* envie d'uriner, mais détestait l'idée de déranger sa mère, surtout lorsque celle-ci était occupée dans cette pièce en particulier. Son énorme robe de chambre en serviette rose voguait au rythme de son dandinement.

« Maman ! T'as bientôt fini ? » Les cognements qui suivirent, stimulés par l'insistance de sa vessie, étaient plus autoritaires.

« Maman ? » Elle colla l'oreille à la porte, retenant son souffle. Rien d'autre que le bourdonnement du silence.

« Maman ! Ça va ? » Elle agrippa la poignée et la tourna sans conviction, de peur qu'elle n'ouvre et les plante toutes deux dans une position embarrassante. Celle-ci ne céda pas. Elle avait bel et bien été fermée à clé.

Toujours aucun bruit à l'intérieur. À l'extérieur, des oiseaux se chamaillaient.

Madeleine sentit une goutte d'urine humecter sa culotte. Elle se croisa les jambes. L'idée que sa mère dormait à poings fermés dans sa chambre, tout à fait inconsciente que sa fille était aux prises avec une envie pressante, la frappa soudain. L'une d'elles avait sans doute appuyé sur le bouton-poussoir de la poignée de porte avant de la fermer derrière elle. Elle croyait se souvenir que c'était arrivé une fois ou deux au cours de leur dernière décennie de cohabitation. Ça expliquait tout. Se rattachant à cet éclair de génie, Madeleine choisit une épingle parmi la ribambelle qui retenait sa longue chevelure châtaine dans un éternel chignon serré à l'orée de sa nuque, l'introduisit dans le trou de la poignée et entendit bientôt le *clic* tant espéré. Sans réfléchir davantage, elle ouvrit grand la porte et s'élança aussi vite que son obésité le lui permettait en direction de la toilette. Son élan fut toutefois stoppé sec lorsqu'elle faillit trébucher sur l'énorme masse qui jonchait le sol et occupait une bonne proportion du plancher de la petite salle de bain. Madeleine recula jusqu'à ce que le cadre de la porte l'arrête, flanquée d'une attaque de chair de poule généralisée qui avait peu à voir avec l'air glacial qui s'échappait de la salle de bain.

Si l'aspect ciré de sa peau avait pu laisser quelque doute sur l'état de santé de sa mère, la nudité exhibée aussi ouvertement par cette femme dont Madeleine n'avait jamais entrevu les rotules avait achevé de les anéantir. Sa mère était allongée sur le dos, les bras en croix, les jambes ouvertes, le cou tordu de façon tellement anormale que toute la pilosité de Madeleine s'était remise au garde-à-vous. La jambe gauche était repliée au-dessus du rebord du bain qui se remplissait au compte-goutte depuis Dieu sait quand, goutte qui tombait avec un retentissement assourdissant aux trois secondes dans le silence de mort de la pièce.

Madeleine avait scruté le fond des yeux vitreux du cadavre sans être surprise de n'y percevoir aucune différence quant à leur vacuité. Sa mère s'était éteinte depuis longtemps. Très loin dans son subconscient, Madeleine se demandait quel mal avait fini par souffler la chandelle maternelle.

Après un moment d'une durée qu'elle n'aurait pu évaluer, pendant lequel son esprit s'était vautré dans le néant, une odeur l'avait ramenée à la réalité. Une odeur forte d'ammoniaque aux étranges soupçons d'asperges mélangée à une autre inconnue, mais tout aussi nauséabonde.

C'est en voyant la rivière jaune apparaître à ses pieds et suivre la pente légère du plancher, remplissant sur son passage les lignes de coulis du carrelage, pour aller disparaître sous le cadavre, que Madeleine sortit de sa torpeur et comprit d'où provenait la source du réchauffement soudain de l'intérieur de ses cuisses. Sa vessie avait décidé de se soulager.

Plus d'une heure s'était écoulée avant que Madeleine ne compose le 911, ayant dû éponger et javelliser le plancher de la salle de bain pour effacer toute trace du soulagement de sa vessie, mettre ses vêtements à laver en utilisant un tantinet plus de détergent que nécessaire, et se laver du mieux qu'elle avait pu à l'aide d'un torchon et de savon à vaisselle à l'évier de la cuisine, le seul autre évier de la maison.

Habillée d'une de ses robes génériques, chignon remis en place, elle avait recouvert le corps de sa mère d'un drap de flanelle carreautée, prenant soin de détordre son cou et de fermer ses paupières à jamais. Leur dignité à toutes deux était relativement préservée. Son équilibre mental, lui, avait catégoriquement été mis à l'épreuve.

Les pompiers volontaires du dimanche étaient arrivés les premiers. Ils étaient descendus du camion, verre en carton de Tim Hortons à la main. La présence d'un mort ne semblait plus suffire pour éveiller les sens de ces hommes, la caféine demeurait nécessaire.

L'urgence que les sirènes des différents véhicules avaient laissée supposer en brisant le silence dominical lui avait semblé inappropriée. Les voisins curieux, ainsi alertés d'une tragédie possible, étaient sortis de chez eux, tasse de café à la main, pantoufles aux pieds. Ça avait été l'heure de gloire de la morte, mobilisant plus d'attention qu'elle ne l'avait fait de son vivant.

Les discussions des hommes en uniforme avaient été plutôt d'ordre logistique, chacun paraissant oublier qu'il occuperait un jour la place de la masse cachée par le drap de flanelle. Comment allait-on procéder pour évacuer l'énorme corps de la minuscule salle de bain? De quelle façon devrait-on l'agripper pour le transférer sur la civière? La discussion s'était animée quelque peu lorsqu'il avait fallu décider qui aurait le privilège de précéder le cortège dans les escaliers. Madeleine, en retrait, observait la scène dans l'ombre du corridor.

La baignoire pleine d'eau glaciale, la nudité complète de la victime, mais surtout l'obésité de celle-ci, avaient été les trois éléments principaux qui avaient vite laissé présumer un accident banal survenu la veille au soir. C'était la conclusion logique et rapide à laquelle on était arrivé à l'unanimité.

Une fois l'opération terminée, tout le monde s'était vite éparpillé. Madeleine avait finalement regardé l'ambulance repartir en silence, et les voisins rentrer chacun chez eux.

On avait plus tard informé Madeleine que l'heure du décès avait été approximativement 21 h, que la cause avait probablement été reliée au muscle cardiaque, tout en ajoutant que son obésité morbide devait sans aucun doute y être pour quelque chose. On l'avait toutefois rassurée que la mort avait sûrement été rapide et sans grande souffrance.

Rosalie Richard avait été enterrée trois jours plus tard aux côtés de son défunt mari. Ç'avait été un mercredi gris et banal, et venteux. Le vieux prêtre, sa bible usée en main, ouverte à une page que le vent voulait tourner, avait récité une prière d'un ton d'automate qui promettait à Madeleine, seule personne présente, que… — il avait cherché à tâtons ses lunettes dans une poche invisible de sa soutane et, une fois celles-ci déposées sur son nez proéminent, avait regardé de près le nom sur le bout de papier qui servait de signet à sa bible — … que Rosalie Richard avait désormais trouvé bonheur et paix éternels.

L'épitaphe de la pierre tombale usée par les intempéries et le cours des saisons avait été pratiquement toute prête pour ce jour inévitable :

Ici reposent Arthur Richard
1915 – 1971
et son épouse Rosalie Richard
(née Lamoureux)
1935 –

On n'avait eu qu'à rajouter un « 1999 » qui détonait par sa propreté pour finalement conclure ce chapitre. Le décompte des jours de l'épouse avait commencé dès 1971. Il semblait que son existence n'avait eu que pour but d'agrémenter celle d'un homme qui avait été de vingt ans son aîné et qui, lui-même, avait trouvé bonheur et paix éternels depuis belle lurette. Madeleine avait pensé que la mort nous plane toujours au-dessus de la tête tout en nous chatouillant constamment la plante des pieds.

C'est à onze ans qu'elle s'était retrouvée pour la première fois devant la pierre tombale toute neuve. Elle n'avait pas le souvenir d'avoir versé de larmes ce jour-là non plus et elle se souvenait très bien des yeux secs de sa mère alors qu'elle fixait son propre nom fraîchement gravé sur le granit poli de la pierre tombale.

On avait cogné à la porte un soir, fait inhabituel en soi. Rosalie avait ouvert sur un policier qui lui avait annoncé un accident tragique à l'usine où Arthur Richard travaillait depuis avant même d'être en âge d'y travailler. On lui avait épargné les détails dont elle ne s'était pas enquise, et apparemment sanglants, puisqu'on avait pris soin de maintenir le couvercle du cercueil bien fermé. Elles ne l'avaient jamais revu. Elles ne le voyaient jamais de toute façon ; elles l'entendaient toujours. Sa voix grondait derrière le journal : Bière. Bottes. Faim. Des ordres monosyllabiques qui avaient été obéis en silence par mère ou fille, selon la proximité de l'une ou de l'autre.

La qualité de leurs vies s'était améliorée grandement à la suite de la disparition de la présence masculine dans la maisonnée. Rosalie Richard avait été dédommagée plus qu'amplement pour cette disparation, les mettant toutes deux à l'abri du besoin pour le prochain siècle si on prenait en considération la maigreur de leurs besoins, qui consistaient principalement en une commande d'épicerie hebdomadaire qui aurait pu facilement nourrir une famille de six.

Madeleine était maintenant âgée de trente-huit ans, paraissant sans âge. Sa peau était aussi lisse que du pouding à la vanille. À peine quelques ridules entouraient ses yeux bleus délavés ; deux sillons verticaux s'étaient creusés depuis longtemps entre des sourcils qui n'avaient jamais vu l'ombre d'une pince à épiler. On ne pouvait les apercevoir que lorsqu'une rafale relevait la frange qui couvrait son front et qu'elle taillait elle-même le premier de chaque mois. On pouvait toujours les sentir dans son regard. Son meilleur atout, une chevelure longue et luisante digne des annonces publicitaires de shampoing où on voit une femme mettre la sienne en valeur en la faisant virevolter autour de sa tête, et ce au ralenti, était emprisonnée dans un chignon expert quatorze heures sur vingt-quatre.

Depuis l'enterrement de sa mère le mois précédent, Madeleine n'avait plus de contact avec l'humanité. Bien sûr, elle sortait de temps à autre pour faire des courses, mais elle avait la capacité de marcher dans une foule sans voir les visages qui l'entouraient. Elle se sentait comme une âme errante, la seule qui semblait devoir porter le poids de la chair dans un monde peuplé de fantômes. Ou plutôt, elle se sentait comme un spectre en chair et en os qui déambulait dans un monde où tout le monde avait été vacciné contre une potentielle madeleinite. Cette conviction était née alors qu'elle n'était encore qu'une enfant, mais s'était enracinée dans la vingtaine avancée lorsqu'elle s'était résignée à emménager chez sa mère, ayant renoncé à se forger une place au sein d'une société qui de toute évidence ne voulait pas d'elle.

Les conversations entre mère et fille avaient été rares et courtes. Celles-ci s'étaient allongées et s'étaient animées quand les deux femmes avaient eu l'occasion de se plaindre contre n'importe quoi ou de pester contre tout ce qui avait pu les agacer. Lorsque leurs cordes vocales avaient été en sérieux besoin d'exercice, elles s'étaient souvent retournées contre la voisine qui laissait sa lessive sur la corde à linge des journées entières, ou contre les éboueurs qui ne semblaient pas comprendre que la place d'un couvercle de poubelle est *sur* la poubelle. Ces échanges critiques avaient pu les occuper pendant un bon moment, éclairant leurs visages au fur et à mesure que le ton de la voix s'était élevé, que les plaintes s'étaient succédé. Enfin, lorsqu'elles avaient épuisé leurs ressources, elles étaient retombées dans un silence poli, redevenant des fantômes payeuses d'hypothèque, si hypothèque elles avaient eu à payer.

Madeleine était devenue le portrait craché de sa mère pendant ces années de cohabitation. Elle avait rapidement gagné la cinquantaine de livres qui lui manquait pour la rattraper. Elles avaient toutes deux fini par porter des robes taillées selon le même patron, dans la même taille. Leur garde-robe respective était garnie de celles-ci dans un arc-en-ciel de tons pastel. Ç'avait constitué un avantage certain à leur statut de jumelles décalées dans le temps.

Madeleine avait vu en sa mère une vieille femme pathétique et solitaire, et avait eu la lucidité d'esprit de clairement voir son propre reflet les rares fois où elle avait pris la peine de la regarder dans les yeux, les mêmes yeux bleus délavés. Cette image lui avait construit une grosse boule amère bien rigide au fond de la gorge qu'elle était incapable d'avaler ou de faire passer. Pas de remède en bouteille, pas de Pepto Bismol miraculeux pour le mal de cœur chronique qu'elle engendrait.

Selon Madeleine, feu madame Richard avait vécu sa vie sans passion ou ambition, sans attentes ou regrets. Mademoiselle Richard, elle, vivait de passions désabusées, d'ambitions oubliées, d'attentes inaccessibles et d'éternels regrets. Elle enviait sa défunte mère. Les adjectifs disparaîtraient peut-être avec le temps.

Des cernes violacés creusés par le même cauchemar qui habitait ses nuits depuis l'enterrement maternel coloraient sa figure pâlissante, terrifiée par la triste réalité qu'il symbolisait.

Dans son cauchemar, elle se réveille, aveuglée par un rayon de pleine lune passager qui entre par la fenêtre sale. Les yeux bouffis de sommeil, elle cherche à tâtons sa lampe de chevet, espérant que la lumière fera disparaître l'horreur qu'elle perçoit dans l'atmosphère. Clic clic. Clic clic. Clic clic. Mais la lampe s'entête à l'envelopper dans l'obscurité. Assourdie par le silence écrasant, angoissée par le calme absolu qui règne, elle s'assoit dans son lit à une place et prend une grande inspiration pour calmer ses nerfs à fleur de peau, assaillant ainsi ses narines de l'odeur de moisi imprégnée dans l'air.

Elle repousse courageusement les couvertures et se lève, étouffant le cri qui monte en elle lorsqu'une planche de pin s'indigne d'être écrasée. L'air frigorifié de la pièce transperce sa robe de nuit, lui provoquant une attaque de frissons instantanée de la tête aux pieds. Elle se dirige vers la commode qui constitue le reste de l'ameublement de sa chambre. Le tiroir du haut contient une bonne réserve de chandelles, précaution prise en cas de panne d'électricité. Mais elle voit bien un lampadaire briller de tous ses éclats dans la rue, et la lanterne du perron des voisins d'en face. La panne d'électricité est localisée chez elle.

Dans le tiroir, elle trouve une boîte d'allumettes et une bougie qu'elle plante dans le chandelier d'argent vert de corrosion qui se trouve sur le bord de la fenêtre. Elle sent une brise chaude s'infiltrer par la fenêtre à guillotine ouverte de quelques millimètres, causant un tremblement spectral aux loques de mousseline qui l'entourent.

D'une main tremblotante, elle gratte un bâton d'allumette humide sur le côté de la boîte. L'un après l'autre, il casse en deux et refuse de s'enflammer. Madeleine en laisse tomber douze l'un après l'autre sur le sol avant que le treizième prenne enfin feu en grésillant d'indignation. Ce n'est que lorsqu'elle réussit à transférer le feu de l'allumette à la tige de la chandelle qu'elle s'aperçoit de l'aspect de ses mains. Ses ongles sont longs, courbés et brunâtres; ses mains semblent appartenir à une bicentenaire. Ses paumes sont pourtant aussi lisses que les fesses d'un bébé, dépourvues de ligne de vie, de cœur, de chance ou de destinée.

Elle cherche un miroir en vain puisqu'ils sont quasi inexistants dans la maison. Elle tente alors d'analyser son apparence en baissant la tête sur son corps. Rien d'autre ne semble anormal, toute autre parcelle de peau est couverte. Seuls ses cheveux persistent à témoigner du temps passé. Sa belle chevelure châtaine a tourné au gris et lui descend au bas des genoux.

Madeleine ravale un sanglot en cassant ses ongles avec acharnement. Ceux-ci brisent le silence avec un *tac* rempli d'écho alors qu'ils rejoignent les allumettes cassées sur le plancher. Elle prend le chandelier et, se dirigeant vers la porte, constate sur son passage que le couvre-lit fleuri qu'elle a elle-même fabriqué lorsqu'elle était adolescente est percé par les mites, les fleurs bouffées par les vers. Sa chambre, qu'elle garde normalement immaculée, est infestée de toiles d'araignées et Madeleine n'hésite pas une seconde à écraser de son pied nu une des coupables de l'infestation qui a eu le malheur de se retrouver sur son chemin.

Une fois à la porte, elle en agrippe la poignée et n'est même pas surprise d'entendre le long grincement plaintif qui accompagne son ouverture.

Elle entre dans le corridor dont l'obscurité totale s'ouvre autour de la flamme vacillante qui dessine des ombres dansantes sur les murs, dont la tapisserie rayée jaune et brun tombe en lambeaux. Un nuage de poussière l'élève à chaque pas qu'elle entreprend.

Chaque nuit, elle fait le même trajet. Elle descend l'étroit escalier en comptant machinalement les marches comme elle a l'habitude de le faire pour éviter le centre de la septième qui menaçait de lâcher sous son poids. Quatre, cinq, six… déviation vers la droite qui a pour conséquence de faire frotter son corps entier contre le mur. Elle continue ensuite de descendre, laissant le compte inachevé.

Au rez-de-chaussée, tout est là, tout est gris. L'écran vide de la télévision, dans son mutisme, semble annoncer qu'il a pris sa retraite. Le vieux Lazyboy de sa mère paraît à sa place dans le décor. Elle se rend à la cuisine où elle contemple la porte fermée du réfrigérateur pendant un moment avant de décider que c'est autre chose que la faim qui tiraille son estomac.

Lorsque l'idée d'aller vérifier la salle de bain s'infiltre dans ses pensées, elle rebrousse chemin, remonte l'escalier en hâte, laissant derrière elle des empreintes plus espacées dans le sens inverse. Elle n'entend même pas la menace de la septième marche de l'escalier alors qu'elle passe dessus en y mettant tout son poids en plein dans son centre.

La porte de la salle de bain est fermée. Appréhensive, elle prend la poignée qu'elle tient sans bouger pendant de longues secondes. Un soulagement immense l'envahit lorsque celle-ci tourne facilement dans sa main et ouvre sans le grincement anticipé.

C'est au moment où elle se voit, nue et vieille, allongée sur le plancher, bras en croix, jambes impudiquement ouvertes et regard vacant qu'elle se réveillait en sursaut, trempée de sueur froide, la frange collée au front.

Elle passait ensuite des heures à ne pas oser fermer l'œil, à écouter le silence, et à se maudire de se laisser effrayer par un rêve si stupide qu'il contenait tous les clichés des vieux films d'horreur en noir et blanc qu'elle se plaisait à regarder le samedi soir. Elle se rendormait rarement.

Depuis le début de ses nuits cauchemardesques, elle avait pris l'habitude de passer ses journées à tourner en rond dans la petite maison qui la gardait prisonnière par la relative sécurité qu'elle lui procurait depuis sa naissance. Ces promenades l'amenaient souvent dans la cuisine où elle contemplait plusieurs fois par jour le contenu souvent changeant du frigo.

Seul Santa Maria, son roman-savon télévisé préféré, lui apportait un répit quotidien pendant lequel elle pouvait s'échapper; s'échapper de son salon, de Sainte-Marie-de-la-Présomption, de son destin. Elle survivait par l'entremise de son personnage préféré, la belle Agatha Maisonneuve.

La belle Agatha avait été trahie par sa riche et machiavélique demi-sœur Maryse Grimaldi qui avait un œil sur son fiancé John. Peu avant la date prévue du mariage pour lequel elle avait déjà envoyé des centaines, voire des milliers de cartons d'invitation, Maryse, désespérée, avait sollicité les services d'un criminel professionnel pour kidnapper Agatha et la garder prisonnière pendant des semaines dans une cabane au fond des bois. Peter, le criminel engagé, muni de sa mâchoire carrée, de ses muscles bombés et de son charme de *bad boy*, avait pendant ce temps pour mission de faire tout en son pouvoir pour faire craquer Agatha pour ledit charme, laissant ainsi à Maryse le champ libre pour planter un peu partout de fausses lettres qui laissaient croire à la population entière de Santa Maria qu'Agatha avait quitté son fiancé pour un prince arabe milliardaire.

Maryse avait ensuite gentiment offert à John son épaule pour pleurer, ses bras pour le réconforter, et son décolleté pour l'attiser.

Pendant ce temps, lors d'une tentative d'évasion de la cabane au fond des bois, Agatha, poursuivie de près par Peter, avait trébuché, était tombée, et avait perdu connaissance après s'être cogné la tête sur l'unique roche qu'on pouvait voir dans le décor. Peter l'avait transportée avec facilité à la cabane et avait pris soin d'elle jour et nuit jusqu'à ce qu'elle se réveille deux semaines plus tard, complètement amnésique. Cette amnésie fortuite avait offert à Peter l'opportunité inégalée de raconter à Agatha (dont il était tombé éperdument amoureux pendant son coma) l'histoire de sa vie qui culminait par leur fuite dans la cabane au fond des bois afin de pouvoir consommer à leur bon gré leur amour réciproque, loin d'une société dont ils n'avaient aucun besoin.

Une centaine d'épisodes plus tard, Agatha était retombée et s'était recogné la tête alors qu'elle tentait sans grand succès d'épousseter le luminaire du salon de la cabane en se tenant debout sur une chaise à l'allure précaire. Cette deuxième chute avait du coup guéri son amnésie. Elle avait continué de jouer le rôle de l'amoureuse hermite jusqu'au milieu de la nuit où elle avait réussi à s'éclipser en douce et avait pu vite retrouver son chemin jusqu'à la porte de John qui, lui, était à Cuba, en train de consommer son union avec Maryse. Agatha, le cœur brisé, avait tenté de se réfugier en pleurant à chaudes larmes chez sa meilleure amie Suzie, qui était elle aussi absente, ayant accepté le rôle de demoiselle d'honneur pour la nouvelle mariée.

Alors qu'Agatha orchestrait sa vengeance contre Maryse, John, Suzie, Peter, et bien d'autres, une idée avait germé, et mûri, dans l'esprit épuisé de Madeleine.

Madeleine avait facilement dressé sa propre liste noire. Sa vie allait changer. Fini le rôle de victime. Elle prenait désormais les cornes du taureau à deux mains et allait mettre fin à sa misérable existence en faisant payer cher à ceux qui en étaient responsables. Elle pourrait ensuite renaître de ses cendres, tel un phénix triomphant.

Les nuits de sommeil sans rêves qui avaient suivi cette décision étaient un signe qu'elle avait trouvé la solution.

«Chut!» dit Madeleine d'un ton autoritaire, prévenant la maison de cesser ses craquements, de taire ses plaintes, pour la prochaine heure du moins, alors que la musique familière qui annonçait le début de son émission sortait de la télévision à rétroprojection géante qu'elle avait commandée quelques semaines plus tôt par catalogue. Les héros de son univers préféré étaient dorénavant grandeur nature.

« Santa Maria », chanta un homme à la voix mielleuse alors que Madeleine grimaçait un sourire en flattant de son gros index les huit noms qu'elle avait inscrits avec soin dans son calepin tout neuf, et qui composaient sa liste noire. Les huit personnes de sa liste allaient payer pour ce qu'ils lui avaient fait

2

En quête de localisations

Les pages jaunes ne contenaient pas de section « détective privé » ou « agence de recherche ». C'était en les feuilletant une à une que Madeleine était tombée sur « enquêtes » qui renvoyait à la section « investigation ». Le choix était restreint. Trois noms dont un seul se trouvait à Sainte-Marie-de-la-Présomption même. Une publicité prenait le coin inférieur gauche de la page. *Vous doutez de la fidélité de votre partenaire ? Vous recherchez un enfant mis en adoption ? Vous suspectez un de vos associés de fraude ? Vous voulez en avoir le cœur net de n'importe quelle histoire ? Raymond Lafrenière, détective privé, est la seule personne qu'il vous faut.* Il ferait l'affaire.

On était un lundi, quatre jours depuis sa prise de décision de vengeance, de renaissance. Le générique de Santa Maria déroulait rapidement sur l'écran, mais Madeleine n'y portait jamais attention étant persuadée qu'il lui aurait été moins facile de croire que l'histoire entremêlée des familles Grimaldi et Maisonneuve n'était pas inventée de toutes pièces par une équipe de scripteurs à production volumineuse si elle avait connu le nom des acteurs.

Madeleine éteignit la télévision et composa le numéro de la compagnie de taxi.

Jusqu'à cette heure, sa routine quotidienne n'avait pas dévié. Elle vivait une succession de journées qui ne différaient les unes des autres que quant à la composition des nombreux repas et gueuletons qui en faisaient partie. Elle se levait entre 8 h et 8 h 15, s'extrayant des limbes dans lesquels elle s'était réfugiée pendant les dix dernières heures grâce à un cadran interne qui ne lui avait jamais failli. Elle se dirigeait au radar vers la salle de bain en faisant chanter ses pantoufles. Elle aurait pu devenir aveugle et déambuler dans la maison qui l'avait abritée de si longues années sans jamais orner son corps de meurtrissures. Elle devait se transformer en contorsionniste pour exécuter son rituel hygiénique dans la petite pièce. Il était 9 h lorsqu'elle comptait les marches qui la menaient au rez-de-chaussée, vêtue d'une de ses robes pastel choisie au hasard dans sa garde-robe.

Elle allait à la cuisine où elle concoctait instinctivement trois fois par jour depuis toujours des plats appétissants dignes de restaurants cinq étoiles par leurs saveurs exquises et leur richesse immodérée. Ses assiettées, elles, étaient dignes des bons vieux restos de quartier par la monstruosité des portions.

Elle apportait son plateau dans la salle à manger et s'installait face à la fenêtre qui donnait sur la rue souvent remplie d'enfants criards qui jouaient à des jeux dont elle ne connaissait pas les règlements. Elle dégustait son repas en silence en s'inventant des films d'aventures, des comédies musicales, des pièces de théâtre pour lesquels chaque personne qui déambulait devant la fenêtre obtenait un rôle. Différentes espèces d'oiseaux joignaient leurs chants pour composer la trame sonore. Elle était scénariste, metteure en scène et cheffe d'orchestre. Le rideau tombait lorsqu'elle avalait la dernière bouchée de son dessert immanquablement décadent. Elle lavait ensuite méticuleusement ses chaudrons, ses poêlons et son assiette.

Chaque jour, elle passait chaque surface de la maison sous la guenille et chaque plancher sous l'aspirateur. Sauf la chambre des maîtres. Madeleine y avait rarement mis les pieds du vivant de sa mère et n'y était entrée qu'une seule fois en coup de vent depuis le fameux dimanche fatidique pour choisir au hasard une des robes pastel dans la garde-robe, refermant la porte derrière elle sur une chambre dont le lit ne serait plus jamais défait. Rosalie Richard avait été enterrée dans une robe bleu ciel.

Tous les jours de semaine, à 14 h pile, elle s'installait dans son nouveau Lazyboy en cuir qui faisait face à la nouvelle télévision géante, Coca-Cola à sa gauche et télécommande à sa droite, prête pour Santa Maria qu'elle regardait en tricotant machinalement à un rythme qui s'adaptait à la tension de l'émission. Elle continuait ensuite de tricoter pour le reste de l'après-midi en écoutant un des longs jeux de Michel Louvain, de Jean-Pierre Ferland ou de Ginette Reno de sa mère. Des douzaines de gilets de laine multicolores aux motifs compliqués, des centaines de paires de pantoufles et de chaussettes de tailles variables, de tuques avec ou sans pompon, de foulards courts ou interminables, de mitaines de toutes les couleurs imaginables, s'empilaient dans une armoire pleine à craquer au fond du couloir du deuxième étage.

Elle avait attendu au lundi pour démarrer les démarches qui allaient enterrer sa routine à tout jamais. Sa nouvelle vie méritait de commencer en début de semaine.

On répondit après la cinquième sonnerie.

« Taxi du Coin, toujours prêts pour tous vos besoins. »

« J'ai besoin d'un taxi. »

« L'adresse ? »

« 555, rue de l'Affliction. »

« Quinze minutes. »

Madeleine attendait sur le perron depuis vingt-trois minutes, pétrissait son sac à main depuis huit bonnes minutes, quand elle vit enfin apparaître au coin de la rue, à travers la pluie battante, une grosse Buick surmontée d'un « TAXI » illuminé.

Si elle n'avait pas dû parcourir la distance qui la séparait de la portière arrière du taxi au trot pour éviter de se faire tremper, elle se serait sentie comme une starlette qui foule le tapis rouge. Le chauffeur de taxi n'ayant pas bravé la pluie pour lui tenir la portière ouverte, Madeleine dégoulinait quand elle réussit à se réfugier sur la banquette arrière.

« Bien le bonjour ma p'tite dame. Et où est-ce qu'on s'en va ? »

« Vous êtes en retard. »

« Il mouille madame. Il faut pas être pressé quand il mouille. Rien qu'hier, j'ai vu… »

« 1234, rue Saint-Joseph. »

Le chauffeur remit le bras de vitesse de la Buick sur D et repartit prudemment.

« … j'ai vu un de ces fous qui livrent des paquets en bicyclette se faire ramasser par… »

Madeleine n'écoutait pas. Elle regardait sans le voir le monde passer par la fenêtre, occupée à imaginer l'homme qui allait jouer un rôle capital dans ses projets. Elle le voyait vêtu d'un long imperméable défraîchi, lui dévoilant à travers un nuage de fumée de cigare les secrets griffonnés dans son calepin tout en la fixant intensément de son bon œil.

Elle avait l'impression que le temps s'était arrêté quand le chauffeur interrompit sa rêverie.

« On est rendus. 1234, Saint-Joseph. » Il appuya sur un bouton du compteur qui fit augmenter le montant de deux dollars. « Ça fait 7 et 70. »

Madeleine plongea ses gros doigts dans son porte-monnaie et en sortit une à une quatre pièces de deux dollars qu'elle passa au chauffeur. Elle attendit patiemment sa monnaie malgré la difficulté que le chauffeur semblait éprouver à la trouver. Il brassait des pièces dans le cendrier en marmonnant des sons inintelligibles. Il finit par lui tendre un vingt-cinq cents.

« J'ai pas de cinq cents. »

Madeleine offrit à son rétroviseur son meilleur regard désapprobateur avant de sortir du véhicule. Il ne pleuvait plus. C'était bon signe.

Le 1234, rue Saint-Joseph était un petit bungalow surélevé dans un quartier résidentiel, loin des ruelles qui devaient abriter les locaux du détective privé qu'elle avait imaginé. Elle aurait demandé au taxi de l'attendre s'il n'était pas déjà reparti en trombe. Elle se dirigea vers la maison malgré sa conviction d'être à la mauvaise adresse. Une fois à la porte, elle fut soulagée de lire la plaque dorée qui lui indiquait qu'elle se trouvait bel et bien à la bonne adresse.

Raymond Lafrenière
Détective privé
Enquêtes en tous genres

Elle appuya sur le bouton de la sonnette d'un index tremblant un peu trop longtemps.

Une jeune femme brune qui devait être sur le point d'accoucher ouvrit alors que Madeleine s'apprêtait à sonner à nouveau. Elle portait des gants de caoutchouc dégoulinants d'eau de vaisselle.

« On n'a besoin de rien et je suis occupée comme vous le voyez. »

Madeleine se retrouva à nouveau le nez collé à la plaque dorée avant d'avoir eu le temps d'articuler un seul mot. Elle resonna.

La jeune femme brune rouvrit.

Madeleine pointa la plaque. « Je suis ici pour voir Raymond Lafrenière, détective privé. »

« Raymond ne m'avait pas dit qu'il avait un rendez-vous, surtout si tard. »

« Un rendez-vous ? J'ai pas de rendez-vous, » balbutia Madeleine. Elle s'était contentée d'apprendre l'adresse par cœur. Ses jointures blanchissaient sur son sac à main qu'elle s'acharnait à torturer.

« Raymond ! » cria la jeune femme, dirigeant sa voix vers l'escalier qui menait au sous-sol. Puis elle fit signe à Madeleine d'entrer, la laissant sur un petit tapis où on pouvait lire *bienvenue* à l'envers.

Une odeur de ragoût réchauffa ses narines. Elle y aurait ajouté du clou de girofle pour relever le goût de la viande, mais elle se garda bien de commentaires.

« C'est déjà l'heure du souper ? Ça sent… » Un jeune homme efflanqué aux cheveux roux trop longs montait trois par trois les marches du sous-sol. L'adjectif resta dans l'air odorant lorsqu'il aperçut l'étrangère sur le pas de la porte. Son regard devint interrogateur.

« C'est pour toi Raymond. Travail. Elle a pas de rendez-vous. »

« Oh ! Bonjour ! Voyons, Julie, pas besoin de rendez-vous. » Le détective en herbe dépassait Madeleine d'une bonne tête et demie et la pâleur de sa peau laissait croire qu'il sortait rarement de sa cave. Raymond Lafrenière avait des cicatrices d'acné fraîches et avait l'air assez jeune pour être le petit-fils du célèbre Colombo. Elle sentit le découragement la gagner ayant tout à coup peur pour la première fois que les chances de succès de son entreprise soient anéanties à l'état embryonnaire.

« Allons dans mon bureau », dit-il en commençant déjà à redescendre l'escalier qu'il venait de monter.

Madeleine le suivit jusqu'à une petite pièce sans fenêtre qui avait été entièrement meublée chez Ikea. Un énorme écran d'ordinateur qui ronronnait bruyamment occupait une bonne partie de la surface du bureau. Le jeune détective alla s'asseoir dans sa chaise et invita Madeleine à choisir une des deux petites chaises qui lui faisaient face. Madeleine s'assit.

Au-dessus de la tête rouquine, elle pouvait voir un certificat dans un cadre qui devait aussi avoir été acquis dans le magasin d'ameublement suédois qui certifiait que Raymond Lafrenière avait terminé avec succès le programme collégial « Investigation en sécurité privée » en juin 1998.

« Comment puis-je vous aider, madame… ? »

« Mademoiselle, c'est mademoiselle Richard. »

« Comment puis-je vous aider, mademoiselle Richard ? »

Madeleine sortit de son sac à main une feuille 8 par 11 pliée deux fois et la déplia ; à l'aide de la paume de sa main, elle la repassa plusieurs fois sur sa cuisse pour effacer du mieux qu'elle put les meurtrissures qu'elle avait subies lors de la torture du sac à main et la tendit au détective.

« Je veux retrouver ces personnes. »

« Vous voulez retrouver ces… un, deux, trois, quatre… huit personnes ? » Raymond Lafrenière souriait.

« C'est bien ça. Dans l'ordre de la liste. C'est bien important. Pouvez-vous m'aider ? »

« Il ne devrait pas y avoir de problème. Avec les ordinateurs et internet, c'est plus facile que jamais de localiser des individus de nos jours. »

Madeleine sourit à son tour.

« Pouvez-vous me donner des informations sur leur identité ? Par exemple, leur âge, une vieille adresse, emploi, tout ce qui pourrait m'aider à démarrer mon enquête. »

Il prit une tablette de papier ligné jaune, un stylo à bille rétractable, rétracta la bille et lut le premier nom sur la liste.

« Na-tha-lie Sau-va-geau, » dit-il en griffonnant le nom qu'il souligna de deux traits rapides.

« Qu'est-ce que vous pouvez me dire sur Nathalie Sauvageau ? »

Madeleine inspira profondément et regarda en l'air.

« Elle doit avoir trente-neuf ans. »

Raymond Lafrenière écrivait. « Trente-neuf ans. Bien, quoi d'autre ? »

« Elle était une élève à l'école primaire de Sainte-Marie en même temps que moi… en 1967. C'est la dernière fois que je l'ai vue. Elle avait les cheveux blonds. »

Le détective ajouta les informations et la regarda, attendant la suite.

« Ses cheveux étaient longs. C'est tout ce que j'ai. »

Raymond mâchouilla son stylo, laissant une petite tache d'encre bleue au coin de sa bouche. « OK. OK ! Ça devrait aller. »

Ils firent de même pour le reste des noms de la liste et s'entendirent sur les honoraires et sur un dépôt initial. Elle signa son contrat pendant qu'il lui appelait un taxi.

« Appelez-moi à la seconde où vous avez localisé Nathalie Sauvageau. »

« À la seconde, lui promit-il, pas une minute de plus. »

Nathalie Sauvageau
Madame Bisson
Claude Rioux
Benoît Lachance
Judith Allaire
Anne Houle
Angèle Lemieux
Luc Sauvé

3

Voyage en pays sauvage

Madeleine était assise dans le siège inconfortable de l'autobus depuis plus de deux heures. Le front appuyé contre la fenêtre, elle regardait défiler les arbres qui longeaient la route de campagne. L'automne faisait déjà sentir sa présence. Quelques feuilles se révoltaient du passage du mastodonte sur roues en se déchaînant dans l'air. Des volées d'hirondelles tachaient le ciel sans nuages. Elles se dirigeaient vers le sud ; Madeleine, elle, vers le nord-nord-est. Sa propre migration prendrait fin à Saint-Famé, un petit village peuplé d'environ cinq mille âmes.

Le téléphone était resté obstinément muet pendant douze journées interminables après sa rencontre avec le détective privé. Elle avait souvent lorgné l'appareil en se demandant s'il la boudait. De temps à autre, elle avait soulevé le récepteur pour en vérifier la tonalité et le reposait à la fois soulagée d'entendre la note monotone et préoccupée de son entêtement à

35

rester silencieux. La curiosité la démangeait tant qu'elle avait composé des dizaines de fois les neuf premiers chiffres du numéro de téléphone de Raymond Lafrenière, raccrochant avant de presser le quatre, le dernier chiffre du numéro qu'elle connaîtrait probablement par cœur pour le restant de ses jours. Elle s'était toujours retenue, terrifiée qu'il lui dise qu'il avait changé d'idée et ne voulait plus l'aider ou qu'il était incompétent et ne pouvait pas l'aider. Il lui avait promis qu'il lui téléphonerait à la seconde où il aurait des nouvelles et elle allait se rattacher à cette promesse, espérant de tout son cœur qu'elle n'avait pas été lancée en l'air.

Dès la première sonnerie, Madeleine avait laissé tomber sa pâte à pain et s'était élancée vers l'appareil avec toute la grâce que la lourdeur de son corps lui permettait. Une longue traînée de farine l'avait suivie jusqu'au salon.

« Mademoiselle Richard ? Raymond Lafrenière, détective… »

« Oui, oui. Vous l'avez retrouvée ? Nathalie Sauvageau, vous l'avez retrouvée ? » Son souffle était court, sinon à cause de sa course, à cause de son appréhension.

« Je l'ai retrouvée, mais ça n'a pas été facile. Le moins qu'on puisse dire, c'est qu'elle a bougé dans sa vie ! Elle a probablement déménagé trente fois depuis 1967. Ça devait être une bonne amie pour que vous vouliez tant la localiser. »

Madeleine avait ignoré la curiosité déplacée du jeune homme. Elle s'était emparée du cahier sur lequel elle avait inscrit « JOURNAL DE BORD » en grosses lettres majuscules. Elle avait pris soin de diviser le cahier Canada de trente-deux pages en huit parties égales. Huit chapitres. Chaque chapitre avait pour titre le nom d'une des personnes de sa liste. Chaque nom avait été calligraphié avec soin et souligné à l'aide d'une règle. Les lignes bleues qui suivaient chaque nom étaient dénudées, semblant attendre patiemment l'écriture de l'histoire. Madeleine était démangée d'impatience de les remplir.

Elle avait ouvert le cahier à la première page et, le stylo bien enfoncé sur la marge de la première ligne, avait répondu :

« Je vous écoute, dites-moi tout. »

Il lui avait tout dit.

« Vous pouvez maintenant rechercher madame Bisson. Vous aurez probablement moins de difficulté avec celle-là. Je vais partir en voyage pour un certain temps, mais je compte sur vous pour continuer de vous occuper de mon affaire. Je vous contacterai à mon retour. » Elle avait raccroché en se sentant revigorée et invincible.

La voix neutre d'une femme lui avait appris qu'un seul autobus se rendait jusqu'à Saint-Famé chaque semaine. Elle ne s'était aperçue du fait qu'elle avait affaire à un enregistrement que lorsqu'elle avait tenté d'interrompre la voix pour savoir de quel jour de la semaine il s'agissait. Celle-ci avait poursuivi son monologue en l'ignorant. Madeleine avait toutefois fini par obtenir tous les renseignements dont elle avait besoin.

Dimanche, 15 h 20. Le lendemain.

Elle était montée dans sa chambre à la hâte après avoir laissé sa pâte à pain lever. Elle s'était mise à quatre pattes tant bien que mal pour déterrer sa petite valise de sous son lit. Celle-ci n'avait pas vu la lumière du jour depuis que Madeleine était revenue s'installer dans la chambre de son enfance, la tête basse, résignée à sa défaite dans le jeu de la vie dix ans auparavant. L'enterrement de sa valise sous son lit avait marqué sa capitulation. Elle avait cessé de croire aux frivolités qui n'existent que pour certains privilégiés. L'amitié, l'amour, l'ambition, le bonheur n'étaient que d'éphémères illusions auxquelles seuls les forts pouvaient se raccrocher. Comme elle avait rêvé de succomber à l'appât, de mordre à l'hameçon à pleines dents ! Mais après sa seule et unique tentative, elle était retombée dans une morbide désillusion, persuadée qu'il serait moins douloureux de continuer son existence en vivant chaque jour un après l'autre anesthésiée par un cocktail de Coca-Cola, d'épices exotiques et de romans-savons jusqu'à ce qu'elle ne se réveille plus, overdosée.

L'ouverture de la valise avait laissé échapper une odeur de renfermé plus poignante que celle qui régnait dans la maison, lui ramenant soudain à l'esprit le souvenir de la première nuit qui avait abrité à nouveau son sommeil d'adulte dans sa chambre d'enfant. Son lit avait mis une éternité à la réchauffer, comme s'il protestait d'avoir été abandonné. Elle avait fini par s'endormir d'un sommeil sans rêves alors que les dernières vraies larmes qui s'étaient échappées de ses yeux depuis ce jour trempaient son oreiller. Les larmes qui résultaient d'une annonce publicitaire de la SPCA contre la cruauté aux animaux, ou celles provoquées par le martyr d'Aurore ne comptaient pas vraiment.

Elle avait secoué la tête pour chasser le souvenir et avait rempli sa valise. Elle avait ensuite fait cuire sa miche de pain qu'elle avait transformée en multiples sandwichs jambon-fromage, petit gueuleton pour le voyage.

C'est alors que Madeleine mastiquait tranquillement une bouchée de son deuxième sandwich que la femme assise de l'autre côté de l'allée d'autobus se décida à lui parler. Un trait de salive séchée lui tachait le menton.

« Où allez-vous, ma chère ? »

« Saint-Famé. »

« Quelle coïncidence ! Moi aussi ! Vous allez y visiter de la famille ? Vous n'y habitez certainement pas, je le saurais. Je connais tout le monde là-bas et je sais tout ce qui s'y passe. J'y suis née, je m'y suis mariée, j'y ai élevé mon fils et j'y vis mon veuvage. Soixante-treize heureuses années à Saint-Famé. » Elle prit une rapide inspiration et continua :

« Mais où sont mes manières ? Je me présente. Angélique Morency. » Elle tendit à Madeleine une main gauche chétive.

« Madeleine… euh, Madeleine Maisonneuve, mademoiselle Madeleine Maisonneuve. » Elle répondit malgré son envie instinctive de l'ignorer, prenant soin de changer son nom. Elle connaissait ce genre de femmes. Angélique Morency était une Erica Grimaldi. Erica était la commère de Santa Maria. Angélique Morency devait être celle de Saint-Famé, celle qui sème les doutes et récolte les discordes, celle qui exagère les histoires anodines pour les rendre juteuses. Il valait mieux l'avoir dans son camp.

« Sandwich ? » s'enquit Madeleine en insérant, sans attendre de réponse, un sandwich dans la main que la femme lui tendait.

« Comme c'est gentil, merci. J'oublie souvent de manger depuis la mort de mon Maurice. Je ne réussirai jamais à m'habituer à manger toute seule. »

Angélique mâchait avec appétit quand elle insista. « Alors ? Famille ou amis ? »

« Pardon ? »

« Qu'est-ce qui vous amène dans mon petit coin de paradis, de la famille ou des amis ? »

« Ni l'un ni l'autre, ma mère vient de mourir et j'ai décidé de prendre des vacances tranquilles loin de la ville. »

Madeleine scruta le petit visage ridé de sa voisine pour la première fois, question de déceler si elle avait avalé le mensonge. Angélique avala une bouchée de sandwich. Madeleine, incapable de lire si le sourire qui égayait ses yeux verts était suspicieux, rajouta :

« Juste comme ça, sans aucune raison particulière. »

« Et vous avez choisi Saint-Famé ? Pour être tranquille, vous allez être tranquille, ma chère Madeleine. Je suis désolée pour votre mère. C'est tragique la perte d'un parent. »

Madeleine acquiesça d'un hochement de tête.

« Et où allez-vous rester à Saint-Famé ? »

« J'ai réservé une chambre au Plaza. »

« Oh, Madeleine ! Vous ne pouvez *pas* rester au Plaza. »

« Ah non ? Et pourquoi pas ? »

« Le Plaza ne s'écroule pas grâce à la clientèle régulière qui sert de piliers de bar et loue ses cinq chambres à l'heure aux deux prostituées du village. Ça ne me surprendrait même pas que les matelas soient plus vieux que moi. »

Devant l'expression désemparée de Madeleine, Angélique poursuivit :

« Vous venez chez moi. J'ai une grande maison vide et ça va me faire plaisir d'avoir de la compagnie. »

Madeleine s'apprêtait à ouvrir la bouche pour protester faiblement quand Angélique la prévint catégoriquement qu'il était absolument inutile de protester.

Si Madeleine se fiait aux dires d'Angélique, elle n'avait pas vraiment le choix. Habiter avec une femme qui semblait atteinte d'un cas terminal de diarrhée verbale comporterait certains avantages malgré un inconvénient majeur à considérer. Elle devrait toujours se tenir sur ses gardes et peser chaque parole prononcée pour que la vraie raison de sa présence à Saint-Famé ne soit pas découverte. Elle ne voulait surtout pas être la prochaine victime des racontars d'Angélique. D'un autre côté, elle serait une mine d'informations qui ne demanderait qu'à être exploitée. Elle devait sans doute connaître Nathalie Sauvageau puisque celle-ci travaillait comme caissière dans le seul supermarché du village.

« D'accord. J'accepte. Merci. »

Madeleine avait mis fin à la conversation en fermant les yeux.

Il était près de 19 h quand l'autobus s'arrêta enfin à Saint-Famé. L'avant-dernier arrêt du trajet. À peine cinq personnes étaient éparpillées dans les rangées de sièges. Le village ne semblait pas être une destination bien populaire.

« J'habite à deux coins de rue, nous pouvons marcher. C'est ce qui est beau d'un petit village comme Saint-Famé, on peut marcher partout sans se polluer les poumons ! »

Elles marchèrent lentement, le poids de la valise de Madeleine ralentissait son pas déjà flegmatique. Lorsque Angélique annonça qu'elles étaient arrivées en ouvrant un petit portail qui quémandait d'être huilé, Madeleine ne put retenir un soupir de soulagement. La singularité de la maison la surprit à peine, ayant passé les dernières heures en compagnie de sa propriétaire. Son extérieur rose, délavé par les années, lui rappela la cabane de friandises qui avait séduit la gourmandise infantile d'Hanzel et Grettel. Chaque fenêtre était ornementée de volets verts et d'un bac à fleurs. Des fleurs de toutes sortes tapissaient une bonne partie du parterre ; la courbe de leurs tiges témoignait de la fatigue laissée par un été entier passé à exhiber leurs couleurs. Leurs parfums entremêlés chatouillaient les narines dans un dernier effort pour plaire. Aucune abeille ne leur bourdonnait la romance. L'ensemble attestait une jardinière chevronnée dépourvue de toute facette artistique.

Angélique devança Madeleine dans l'ombre de la maison qui s'illumina de tous ses feux lorsque son index expert remonta trois interrupteurs d'un seul coup. On aurait dit que la maison était heureuse d'accueillir à nouveau sa résidente.

La décoration intérieure laissait croire qu'elle avait été improvisée par la jardinière en herbe dans un élan d'inspiration. Les boutons de rose du papier peint qui tapissait les murs étaient dissimulés par une ribambelle de photographies emprisonnées dans des cadres disparates. Certaines en noir et blanc montraient des familles disposées dans des poses calculées et sérieuses ; d'autres, en couleurs, avaient figé dans le temps un instant de bonheur d'enfants insouciants. Des figurines de porcelaine étaient disposées sur toutes les surfaces planes, mettant en scène des demoiselles de bonne société du siècle passé, des gentlemen aux longs favoris et des animaux domestiques bien domestiqués. On avait à peine besoin de solliciter son imagination pour voir les cils battre et les hauts-de-forme se lever. L'antre de la commère était un musée de verre qui ne pouvait pardonner aucune maladresse. La cuisse de Madeleine se frotta à une petite table branlante quand elle déposa sa valise ; un golden retriever s'anima, épouvantant une donzelle qui s'évanouit en laissant entendre un *toc* creux contre le bois.

Angélique lui offrit un sourire pincé alors qu'elle relevait la figurine. Madeleine lui offrit un sourire embarrassé en retour.

Un piano droit automatique qui semblait être sorti tout droit d'un film western attira Madeleine dans le salon. Une dizaine de cadres s'inclinaient sur son dessus. On y voyait un garçon aux cheveux bruns passer de l'enfance à l'adolescence de gauche à droite. Il avait un sourire édenté à la deuxième photo, avait commencé à porter des lunettes à la troisième, avait cinq gros boutons d'acné et une permanente manquée à la sixième, et s'était métamorphosé en beau jeune homme à la dernière. Il avait toujours la même expression d'insouciance qui devait être naturelle à toute personne ayant eu la chance de grandir sous la tutelle d'un piano.

Angélique la rejoignit.

« C'est mon fils, Martin. Il est au Cameroun présentement pour Médecins sans frontières. Vous jouez ? » demanda Angélique alors que Madeleine laissait la trace de ses doigts dans la fine poussière qui couvrait l'instrument.

« Non. Malheureusement. Et vous ? »

« Je joue et je l'enseigne ! Trois générations de Saint-Famé ont martelé ces touches d'ivoire. Certaines mères doivent bien traîner leurs enfants au début, mais je finis toujours par les amadouer. » Elle s'assit sur le banc et joua un joyeux refrain que Madeleine ne connaissait pas.

« J'aurais bien voulu que ma mère me traîne chez vous, » murmura-t-elle d'une voix assez faible pour qu'Angélique ne l'entende pas.

Angélique conclut son exhibition par un glissando descendant.

« Vous devez être fatiguée. Venez que je vous montre votre chambre. »

Engouffrée sous une pile de couvertures à l'odeur inconnue,

Madeleine ferma les yeux et se revit à six ans. C'était la deuxième semaine d'école. Elle se souvenait avoir adoré apprendre tout en détestant se sentir aspirée dans le chaos créé par le tourbillon d'enfants dans l'école. Elle n'était plus à la maternelle, la première année, c'était la vraie première année de sa carrière d'élève. Fini les jeux et les siestes, bonjour les choses sérieuses comme les mots et les additions. Elle ne s'était sentie en sécurité qu'assise derrière son pupitre, quand la maîtresse maintenait l'ordre dans la classe. Elle détestait même quand madame Laroche se tournait pour écrire au tableau. On aurait dit que l'atmosphère changeait, que l'espièglerie prenait le dessus, et que tout pourrait arriver.

Elle sentait son petit-déjeuner tourner dans son estomac dès qu'elle entendait le moteur de l'autobus scolaire gronder, avant même qu'elle voie l'énorme véhicule jaune tourner le coin de sa rue. Son angoisse était palpable quand les freins grinçaient et que la porte s'ouvrait brusquement pour lui ordonner de monter. Du lundi au vendredi, elle combattait l'impulsion de retourner chez elle en courant et grimpait avec difficulté les marches trop hautes de l'autobus. La porte se refermait derrière elle, l'autobus repartait en grondant, elle avançait lentement, s'agrippant aux dossiers des bancs. Tous les yeux la dévisageaient. À son approche, certains enfants assis seuls se déplaçaient jusqu'au bord du banc, lui indiquant clairement qu'elle devrait continuer son chemin. Chaque matin, elle se sentait comme une piratesse disgraciée un peu boulotte à qui on fait subir le supplice de la planche.

Cette deuxième semaine avait été la pire. Elle avait été victime d'un vol. De plusieurs vols en fait. Trois jours d'affilée, elle avait soulevé le couvercle de son pupitre d'écolière sans y trouver les denrées qui assureraient sa subsistance pour la journée. Trois jours d'affilée, elle avait eu les oreilles cassées par le grondement assourdissant de son estomac qui exprimait sans retenue sa frustration d'être laissé sur sa faim. Le tiraillement avait été intolérable.

Le premier jour, elle était rentrée chez elle en pleurant. Elle avait eu le menton tremblant tout l'après-midi et avait fini par éclater en sanglots aussitôt qu'elle avait mis les pieds dans la maison. La crise de larmes entrecoupée de hoquets l'avait rendue incapable d'en articuler la raison lorsque son père lui avait demandé *c'était quoi le problème*. Après avoir ajouté qu'il n'y avait pas de place pour les chigneurs dans sa maison et qu'elle ferait mieux d'aller chigner ailleurs, sa mère l'avait consolée en lui présentant un gros morceau de gâteau au chocolat qui, bien qu'il avait calmé ses larmes, n'avait pas tout à fait réussi à éradiquer le profond sentiment de désarroi qui était né en elle.

Le lendemain, son esprit avait été plus préoccupé par la sauvegarde du sac de papier brun dans son pupitre que par les sons nasaux que madame Laroche leur faisait lire en unisson. C'est alors qu'elle n'avait pas eu le choix d'aller regarder ses camarades de classe jouer au ballon-voleur pendant la récréation que son précieux sac s'était à nouveau volatilisé.

La même chose s'était produite le troisième jour. Entre l'heure de la récréation et l'heure du dîner, elle avait rassemblé tout son courage pour aller se plaindre à madame Laroche bien qu'elle n'ait eu personne à pointer du doigt pour le crime. Elle avait déjà eu envie d'uriner quand la cloche avait sonné. Elle s'était aussitôt dirigée vers le bureau de la maîtresse, mais s'était quand même retrouvée derrière deux autres enfants qui ne devaient sûrement pas avoir quelque chose d'aussi grave qu'elle à dévoiler. Madeleine piétinait les jambes croisées quand madame Laroche avait interrompu l'interminable monologue du garçon blond.

« Madeleine, tu as la permission d'aller aux toilettes. » Madame Laroche avait aussitôt reporté son attention sur le garçon blond et lui avait dit de continuer son interminable monologue.

Madeleine avait décidé que sa plainte pouvait attendre, mais pas son envie et s'était rendue à la salle de bain illico presto.

Elle avait à peine eu le temps de se rendre au petit coin sans mouiller sa culotte. C'est alors qu'elle finissait de soulager sa vessie que les sons lui étaient parvenus de la cabine voisine. Quelqu'un mastiquait une carotte ; quelqu'un froissait un sac de papier, en brassait le contenu, sélectionnait, de toute évidence, ce qui constituerait la suite du repas. La stupeur l'avait paralysé sur son trône, les jambes pendantes. Son voleur, ou plutôt sa voleuse (c'était la toilette des filles) était en train de dévorer *son* dîner. Elle s'était penchée pour regarder les pieds de la criminelle. Celle-ci portait de minuscules chaussures trouées, sans chaussettes, et des pantalons rouges trop courts. Soudain, un sandwich était tombé et une main de taille proportionnelle aux pieds l'avait ramassé, écartant tout doute qui aurait pu subsister dans l'esprit de Madeleine. Ce sandwich avait bien été préparé par *sa* mère.

Elle avait remonté sa culotte et rajusté sa robe avant d'aller se laver les mains en concentrant toute son attention sur la cabine de toilette où son dîner se faisait engloutir. Silence. Madeleine avait ouvert la porte qui devait la ramener dans le couloir, mais l'avait laissée refermer sans quitter la pièce. Elle s'était collée au mur, avait arrêté de respirer et avait tendu l'oreille. Les bruits de mastication n'avaient pas tardé à recommencer. Dix bonnes minutes s'étaient écoulées avant qu'elle entende le déclic du loquet et que sa voleuse se montre enfin. C'était une maigrichonne à la bouche tachée de gâteau au chocolat et au visage fin encadré de longs cheveux blonds. Voir la maigrichonne chiffonner son sac de papier brun vide en une grosse boule avait fait naître et bouillonner en Madeleine un sentiment de rage jusqu'à ce jour inconnu. Madeleine s'était élancée impulsivement vers la gloutonne en lançant un cri de guerre accompagné par un long gargouillement venant de son bedon. Elle avait empoigné deux grosses mèches de cheveux blonds et avait tiré de toutes ses forces. Nathalie Sauvageau (on lui avait dit son nom plus tard dans le bureau du directeur) avait riposté en restituant le contenu fraîchement avalé de son estomac sur toute la longueur de sa robe et sur ses chaussures avant de hurler à mort.

Deux adultes, alertés par les cris, avaient accouru dans les toilettes. Le spectacle offert par les deux fillettes allait être décrit pendant des années à venir dans la salle des professeurs. Une petite fille blonde se tenait la tête à deux mains en pleurant et une petite fille potelée était secouée de haut-le-cœur alors qu'elle tenait dans chaque poing une longue mèche de cheveux blonds dont les pointes traînaient dans la vomissure.

Ce soir-là, Madeleine avait contemplé longtemps un long cheveu blond qui flottait dans sa soupe.

Madeleine avait écopé de trois jours de suspension pour l'attaque et avait été privée de dessert pendant trois longues semaines, une semaine pour chaque jour de suspension.

Elle ne sut jamais quel avait été le sort de Nathalie Sauvageau, une élève de deuxième année de la classe voisine. La vraie coupable. La seule coupable.

L'injustice de la punition lui avait imprégné un goût amer dans les papilles gustatives. Cette amertume avait dégradé la saveur de chaque plat qu'elle avait avalé depuis ce jour. Cette amertume l'avait aigrie prématurément.

Elle avait détesté être une enfant. Elle détestait être une adulte tout autant.

Elle avait six ans lorsque Nathalie Sauvageau lui avait appris que le monde était injuste et cruel. Nathalie Sauvageau allait bientôt s'apercevoir qu'elle n'avait plus affaire à une gamine.

4

La faim justifie les moyens

Sardines, thon, jambon pressé, jeune homme portant un tablier vert. Elle arrêta de pousser son panier d'épicerie devant lui.

« Excusez-moi, le basilic ? »

« Les épices ? Allée trois. »

« Merci », lui lança Madeleine en poursuivant son chemin. Deux mètres plus loin, elle s'arrêta à nouveau, prit une boîte de tomates coupées en dés qu'elle jeta dans son panier et sortit calepin et stylo de son sac à main qu'elle avait installé dans l'espace du panier où les mères peuvent emprisonner leurs jeunes enfants. *Alain, environ 20 ans, place des boîtes de* elle se retourna pour le regarder *soupe poulet et nouilles Campbell faible en sodium dans l'allée 2, 5'9», 150 livres, cheveux châtains, yeux ? Remarque : a répondu que le basilic se trouve dans l'allée 3.*

Fèves vertes, fèves jaunes, maïs en grains, maïs en crème.

Elle prit une boîte de pâte de tomates et la jeta dans son panier avant de tourner le coin de l'allée.

Elle avait proposé de préparer les repas comme paiement pour sa pension alors que l'omelette qu'Angélique lui avait présentée pour le déjeuner lui roulait dans la bouche.

« Si vous voulez, ma chère Madeleine, je ne me plaindrai pas, je déteste cuisiner ! »

« C'est réglé. Où est le supermarché ? »

« Oh, si vous allez cuisiner, le moins que je puisse faire, c'est de m'occuper des provisions. »

« Merci Angélique, mais comme vous pouvez le constater, avait-elle rétorqué en pointant ses hanches de ses deux mains, tout ce qui touche la nourriture est pour moi un passe-temps des plus agréables. »

Convaincue, Angélique lui avait offert de dessiner pour elle un plan du trajet qui séparait sa maison du supermarché et qui se faisait aisément à pied.

C'est ainsi que quelques heures plus tard, Madeleine déambulait dans les allées du supermarché qui employait Nathalie Sauvageau, prenant des notes sur tout ce qui pourrait lui être utile dans la mise en œuvre de son plan de vengeance. Jusqu'à maintenant, elle avait examiné six employés : trois femmes dont une aurait dû être à la retraite depuis longtemps, et trois jeunes hommes. Aucun d'eux ne semblait faire l'affaire.

Aujourd'hui, elle s'était donné comme mission d'analyser le terrain. Le supermarché de Saint-Famé deviendrait son champ de bataille. Elle ne pouvait que vaincre, étant la seule à savoir qu'une guerre allait bientôt éclater. Mais avant, il fallait enrôler ses troupes.

Neuf pages pleines de notes, de codes secrets, d'abréviations indéchiffrables suivaient sa liste d'épicerie dans son petit calepin quand elle fut enfin prête à passer à la caisse pour payer les ingrédients dont elle aurait besoin pour faire sa sauce à spaghetti. Dans le présentoir à magazine, le gros titre de l'Hebdo Soap lui sauta au visage : *Agatha écrase enfin Maryse*. Son héroïne continuait de triompher contre ses nombreux ennemis. Ça ne pouvait être qu'un signe qu'elle-même, Madeleine, ne pourrait qu'être victorieuse dans son plan d'écrasement de sa propre première cible.

Grâce à Raymond Lafrenière, Madeleine savait que le quart de travail de Nathalie avait commencé pendant qu'elle faisait sa tournée des allées du supermarché et qu'elle la trouverait à la caisse quand elle serait prête à payer. Elle avait tout calculé — le temps approximatif que ça lui prendrait pour marcher de chez Angélique jusqu'au Provigo et le temps qu'elle prendrait pour rassembler les ingrédients pour son menu du souper en tenant compte de ses interruptions pour prendre des notes. *Juliette* était brodé en grosses lettres sur la robe boutonnée verte que portait la femme derrière la caisse numéro un.

Elle se dirigea vers la caisse numéro deux, s'arrêta pour prendre un paquet de chewing-gum aux cerises d'une main tremblante — *Audrey*. C'est à la caisse numéro trois qu'elle lut enfin *Nathalie* sur l'uniforme de la caissière qui passait la commande d'une cliente dont le panier était tellement plein qu'elle donnait l'impression de se ravitailler en vue d'une apocalypse imminente. Le rythme du battement de son cœur doubla presque instantanément à la lecture tant anticipée du nom.

Madeleine s'installa derrière la cliente à la commande apocalyptique et s'apprêtait à profiter de l'attente pour dévisager à loisir Nathalie Sauvageau.

« Madame. »

« Madame ! » cria-t-on.

Madeleine sursauta.

Audrey, à la caisse numéro deux, lui indiquait qu'elle était libre et pouvait la servir.

Madeleine alla à la caisse numéro deux à reculons et, vidant le contenu de son panier sur le tapis roulant, épia Nathalie du mieux qu'elle put. Il ne restait aucune trace de la petite fille qui avait vécu dans sa mémoire pendant les trente-deux dernières années dans la femme qui entrait le prix d'une pizza pepperoni-fromage congelée sur la caisse enregistreuse d'à côté, mais elle savait catégoriquement, par un instinct viscéral bizarre, que c'était bel et bien elle. Ses longues mèches blondes avaient tourné au cendré et avaient été coupées à la garçonne. Une frange épaisse qui ressemblait presque à celle de Madeleine lui couvrait le front. Le nez n'avait pas de courbe originale, la bouche n'était ni trop petite ni trop grande, les yeux malhonnêtes n'étaient ni trop rapprochés ni trop éloignés. Même si Nathalie Sauvageau aurait pu être jolie, Madeleine aurait été incapable de le discerner. C'était bel et bien sa voleuse, c'est tout ce qui importait.

Madeleine marcha le trajet qui la ramenait chez Angélique en transférant de bras la charge trop lourde du sac de provisions à tous les dix pas sans même s'en rendre compte tant son esprit était occupé à absorber les informations qu'elle avait pu recueillir pendant son excursion.

À son arrivée, elle déballa son sac dans la cuisine qu'elle s'était déjà appropriée, et se força à accepter l'invitation d'Angélique de la rejoindre au salon, espérant qu'un des monologues de son hôtesse lui dévoile des détails utiles. Madeleine s'attendait à l'entendre prononcer le nom de Nathalie Sauvageau à tout instant tant elle était convaincue que la caissière devait attirer les ragots comme un os de jambon attire une chienne. Angélique s'entêtait pourtant à le taire, comme pour la narguer, persistant à gaspiller sa salive sur tous les autres habitants inintéressants du village.

Elle retourna au supermarché les deux jours suivants. Elle gribouillait, analysait, épiait, et commençait à désespérer de trouver le (ou la) complice dont elle avait besoin pour la mise en œuvre de son plan quand elle fut témoin d'une altercation qui semblait avoir été mise en scène pour son unique bénéfice.

Madeleine s'arrêta net au bout de l'allée des produits de toilette et feignit être captivée par un paquet de culottes jetables de protection contre l'incontinence quand elle entendit Nathalie lancer un « paresseux » bouillonnant à un emballeur qui lui répondit sitôt par un « salope » accompagné d'un bras d'honneur énergétique. La scène n'avait duré que quelques secondes, mais ces quelques secondes avaient suffi à lui dévoiler l'identité de son futur allié.

Une dizaine de minutes plus tard, elle déchargeait le contenu de son panier sur le convoyeur de la caisse numéro deux, celle où l'emballeur au bras d'honneur — Marc, lut-elle sur son tablier — finissait d'emballer les provisions du client devant elle sans prendre soin de l'ordre dans lequel il les plaçait dans les sacs de papier. Le pain se trouvait écrasé sous le carton de lait et un énorme poulet couvait une douzaine d'œufs calibre gros.

« Jeune homme, Marc, est-ce qu'il vous serait possible de m'aider à apporter mon sac à l'extérieur ? Je me suis blessée au poignet et j'aurai bien de la difficulté à mettre le sac dans le coffre de la voiture. » Elle fut surprise de l'aisance avec laquelle elle mentait.

Elle lui fit miroiter une pièce de vingt-cinq cents toute neuve pour finir de le convaincre.

Marc, dont le visage était ravagé par une acné d'adulte, se contenta de hausser les épaules en marmonnant une réponse rendue inaudible par une énorme mâchée de chewing-gum.

Il prit le sac et la suivit à l'extérieur du supermarché.

« Elle est où l'auto ? »

« Plus loin, là-bas. » Elle l'entraîna jusqu'à un coin désert du stationnement et se retourna pour lui faire face.

« En fait, j'aurais une proposition à vous faire. »

Le regard de l'emballeur devint interrogateur. Il fronça les sourcils alors qu'il détaillait son interlocutrice de la tête aux pieds et des pieds à la tête, s'imaginant déjà que la grosse femme sollicitait ses prouesses sexuelles.

Madeleine rougit et se dépêcha de poursuivre.

« Vous connaissez Nathalie Sauvageau ? »

« La salope ? Ouais, je la connais. »

Madeleine sourit, la répétition de l'insulte lui procurant la dose d'assurance qui aurait pu lui manquer.

« Qu'est-ce que vous diriez de vous mettre cinq cents dollars dans les poches assez facilement ? »

« Ça dépend, c'est quoi *assez facilement* ? »

« J'ai des comptes à régler avec… la salope, et je crois que vous pourriez m'aider. »

« J'écoute. »

« J'ai un plan en quatre étapes. Vous aurez 100 $ par étape et 100 $ en bonus si tout se déroule comme prévu. La première est simple. Je veux que vous m'écriviez un rapport contenant tout ce que vous pouvez me dire sur la vie de Nathalie Sauvageau.

Je veux tout. Vous pouvez vous renseigner, mais je ne veux qu'à aucun moment vous ne mentionniez mon existence. Je nierai tout et ce sera ma parole contre la vôtre. » Madeleine lui avait débité d'un souffle le discours qu'elle avait répété dans le miroir de la salle de bain d'Angélique. « Alors ? Qu'est-ce que vous en dites ? »

« Cool. Ça marche. Quoi d'autre ? »

« Patience, Marc. Je vous donnerai d'autres instructions quand vous me remettrez les informations que je vous ai demandées. Vous travaillez dans deux jours ? »

« Je travaille dans ce trou tous les jours. »

« Parfait, rendez-vous ici même, dans deux jours, à 15 h pile. Vous me donnerez votre rapport et je vous remettrai votre premier paiement. »

« No problemo, ici dans deux jours. »

Elle prit le sac des bras de Marc.

Il lui présenta sa paume.

Elle y déposa la pièce de vingt-cinq cents qu'elle lui avait fait miroiter comme appât. Il mit la pièce dans sa poche. Ils s'apprêtaient à partir chacun de leur côté quand Madeleine revint.

« J'allais oublier. Où pouvez-vous mettre vos effets personnels dans le bâtiment ? »

« On a une petite salle pour nos manteaux, nos pauses café, et fumer », répondit-il en tapotant ce qui devait être un paquet de cigarettes dans la poche de sa chemise.

« Est-ce que Nathalie y laisse son sac à main ? »

« Eh non, les femmes les gardent avec elles derrière leur caisse. »

Alors que Madeleine réfléchissait, il poursuivit : « Nathalie apporte toujours un sac d'école qu'elle laisse dans le fumoir, comme on l'appelle. Elle suit des cours après le travail, ou un truc du genre. Elle a toujours le nez fourré dans un livre pendant les pauses. »

« Parfait. Parfait. » Il fallait bien qu'elle admette que la chance était de son côté. Elle l'aurait sa vengeance, et comme elle serait douce au cœur de Madeleine.

Madeleine passa les deux jours qui suivirent en compagnie d'Angélique. Elle souriait souvent, excitée à l'idée de la réalisation de son plan qu'elle ressassait sans cesse dans son esprit. Elle concoctait repas après repas qui impressionnait Angélique. Angélique, au grand plaisir de Madeleine, s'était mise en devoir de lui enseigner quelques notions de piano. Sa patience était illimitée, ayant passé des décennies à entendre pianoter des enfants qui auraient préféré dribler un ballon de basket-ball sur l'asphalte. Madeleine, sans être vraiment douée, s'acharnait à la tâche, passant des heures à répéter les premières mesures de Für Elise de Beethoven.

Lorsque l'heure du rendez-vous avec Marc approcha enfin, Madeleine prétexta une marche de santé, ayant besoin de prendre l'air. C'était une belle journée, même la météo était de son côté. Elle refusa un peu trop sèchement quand Angélique lui proposa de l'accompagner. Elle avait besoin d'être un peu seule. Cette femme devait décidément toujours fourrer son nez dans les affaires des autres.

Il était 14 h 47 quand elle arriva devant le supermarché. Elle n'y entra pas, se contentant de longer la façade aller-retour, feignant s'intéresser aux spéciaux de brocoli et de bœuf haché affichés en chiffres géants dans la vitrine. À 14 h 55, elle se rendit au coin du stationnement où elle avait donné rendez-vous à son informateur. Elle se sentait comme un agent du FBI en mission ultra-secrète. L'enveloppe qu'elle allait remettre à son contact en échange des précieuses informations était dans le fond de la poche de sa veste.

Il était 15 h 12 quand elle vit enfin Marc s'approcher vers elle d'un pas nonchalant, un sac de poubelle pratiquement vide en main.

« Vous êtes en retard. »

Il ignora le regard désapprobateur et haussa les épaules.

« Vous avez le rapport ? » Elle regarda autour d'elle.

Il mit le sac de poubelle par terre et sortit un briquet et un paquet de cigarettes de sa poche de chemise. Il en sortit une cigarette qu'il se mit aux lèvres, et une feuille de papier pliée en petit carré qu'il lui tendit. Il alluma sa cigarette et lui demanda si elle avait son fric dans un nuage de fumée.

« C'est ça votre rapport ? » lui demanda-t-elle en prenant le bout de papier plié qu'il lui tendait.

« Ouais, mon fric ? »

Madeleine sortit l'enveloppe de sa poche et la lui remit furtivement.

« Voici votre premier paiement. Vous y trouverez aussi des instructions précises pour la suite. Vous devez les suivre à la lettre. Rendez-vous ici même dans deux jours, même heure, 15 h, pile. »

En signe d'approbation, il lui montra son pouce levé de la main qui tenait sa cigarette fumante, puis enchaîna avec un petit salut du genre militaire qui permit à la cigarette d'enflammer un cheveu rebelle, et repartit avec son sac de poubelle presque vide flanqué par-dessus l'épaule.

La curiosité que lui inspirait le petit carré qu'elle tenait dans sa main était intenable. Elle maudit son poids qui l'empêchait de parcourir la distance qui la séparait de sa chambre plus rapidement. Aussitôt qu'elle tentait d'accélérer le pas, le frottement de l'intérieur de ses cuisses l'une contre l'autre devenait intolérable.

Quand elle atteignit enfin la maison, elle refusa la tasse de thé que lui offrit Angélique et monta directement dans sa chambre. Elle déplia son rapport. Six fois, Marc avait replié la feuille six fois. Le découragement s'empara d'elle lorsqu'elle aperçut les pattes de mouche raturées qui emplissaient la page. À quoi lui servait toute l'information du monde si elle était incapable de la déchiffrer ? Elle entreprit de transcrire le contenu du rapport dans son JOURNAL DE BORD lettre par lettre, devinant certains mots, corrigeant instinctivement les innombrables fautes d'orthographe. Elle n'aurait jamais cru que tout ce dont elle avait besoin, et même plus, pouvait se retrouver dans ce fouillis, mais tout était là.

Son ennemie avait trois enfants, une fille de vingt ans, un fils de dix-huit ans et un autre fils de six ans. Elle vivait seule avec son fils cadet, Mathieu, et n'avait personne dans sa vie, côté amoureux. Elle travaillait à temps plein au supermarché, suivait des cours dans un collège communautaire d'une ville voisine trois soirs par semaine — lundi, mardi et jeudi — pour devenir secrétaire médicale. Les cours étaient de 18 h à 21 h et elle s'y rendait sitôt après le travail, se changeant de vêtements dans le fumoir. Ces soirs-là, une certaine Jacqueline Fiset, cinquante-deux ans, prenait soin de Mathieu, qui se rendait directement chez elle après l'école.

Son rendez-vous du mercredi avec Marc se déroula exactement comme le précédent — même retard, même nonchalance, même regard désapprobateur ignoré, même échange d'enveloppe contre un autre petit carré de papier plié six fois sorti d'un paquet de cigarettes, même frottement de cuisses échauffant causé par le pas hâté sur le chemin du retour.

En revanche, cette fois-ci, le dépliage du rapport dans l'intimité de sa chambre dévoila un *NO PROBLEMO* écrit en grosses lettres bien lisibles qui prenait toute la diagonale de la feuille.

5

Étalage de vols

Madeleine se trouvait opportunément dans le stationnement du supermarché, à une distance idéale de la porte, lorsque Nathalie Sauvageau s'était pour ainsi dire étalée devant elle le jeudi suivant. Nathalie était sortie du bâtiment en trombe chargée de son sac à main en bandoulière, d'un sac de plastique plein passé dans l'avant-bras et de son vieux sac d'école qu'elle étreignait à deux bras. Les larmes qui inondaient ses yeux avaient embrouillé la dénivellation causée par une craque dans le béton; elle avait trébuché, avait laissé tomber sa charge et avait tenté, par réflexe, de freiner sa chute en accolant Madeleine qui se trouvait directement devant elle, mais qui, quelque peu surprise, avait reculé d'un pas. Nathalie s'était donc retrouvée à quatre pattes à ses pieds. Elle sanglotait, le haut du dos soulevé par des hoquets intermittents, et semblait ne vouloir faire aucun effort pour se relever. Madeleine, elle, resta immobile quelques longues secondes pour savourer la jubilation procurée par le spectacle. Ce n'est que quand le cartable qui était sorti du sac d'école s'ouvrit et laissa échapper une liasse de feuilles que le vent ramassa dans une bourrasque, que Nathalie se remit sur ses pieds, et que Madeleine s'extirpa de son état de transe. Les feuilles tachées de sang de bœuf voletaient autour d'elles dans une danse asticoteuse. Madeleine aida Nathalie à les récupérer du mieux que sa corpulence le lui permettait. Elles finirent par réussir à rattraper toutes les pages de la dissertation, sauf une, qu'elles regardèrent s'envoler vers les nuages gris. C'était la page cinq.

Quand le chambardement que la chute avait causé s'apaisa et que les pages désordonnées furent à nouveau dans le cartable et que le cartable fut à nouveau dans le vieux sac d'école, Madeleine sortit un mouchoir tout propre de sa poche et le tendit à Nathalie dont les larmes, maintenant silencieuses, continuaient de rouler sur les joues, laissant sur leur passage de longues traces sinueuses de mascara velvet noir.

« Je suis désolée madame, avait-elle balbutié, vraiment désolée. »

L'essuyage des traces de mascara ne réussit qu'à distordre davantage ses traits déjà distordus par la détresse, jusqu'à lui donner l'allure d'une muse de Picasso. L'ambiance cafardeuse de l'ensemble du tableau dépeint par la caissière sur le fond maussade de la journée d'automne fit presque pitié à Madeleine.

« Merci », ajouta Nathalie. L'articulation des deux syllabes sembla suffire à déclencher quelque chose à l'intérieur de l'ennemie qui se remit aussitôt à pleurer sans pudeur ni retenue.

« Bon, donnez-moi ça, répondit Madeleine en extrayant le sac d'école des bras de Nathalie, où est votre auto ? »

«Là-bas.» Elle pointa du menton une grosse berline solitaire dévorée par la rouille.

Nathalie se laissa entraîner docilement par le coude vers la voiture qu'elle avait pointée. Quand Madeleine s'aperçut que leur avancée était cadencée par le boitement de Nathalie, elle regarda ses genoux pour découvrir que les trous dans ses bas nylon dévoilaient des rotules ensanglantées.

«Regardez-moi ça. Ces genoux ont besoin d'un bon jet de peroxyde. Est-ce qu'il y a quelqu'un à la maison pour s'occuper de vous?» Une oreille fine aurait pu discerner que sa question s'était terminée avec une inflexion anormalement aigüe.

Nathalie secoua la tête.

«Vous n'êtes pas en état d'être toute seule. Je viens avec vous. On va nettoyer tout ça et vous pourrez me raconter tout… si vous voulez, bien sûr, tout me raconter.»

Nathalie ouvrit la bouche, mais Madeleine l'interrompit avant même qu'elle ait pu prononcer le «mais» qui allait introduire sa faible objection.

«Pas de *mais*. Comme vous le savez, je suis en vacances et je n'ai *absolument rien* de mieux à faire.» (En effet, au cours de ses nombreuses visites au supermarché depuis la lecture du *NO PROBLEMO*, Madeleine avait aussi souvent que possible payé ses provisions à la caisse numéro trois — la caisse habituelle de Nathalie — et en avait profité chaque fois pour amorcer des échanges avec la caissière sur des sujets variés, tels que la météo changeante, le prix exorbitant du porc ou le fait anodin qu'elle était en vacances à Saint-Famé.)

«D'ailleurs, poursuivit Madeleine, que deviendrait ce monde si on ne pouvait pas compter sur la simple bonté humaine?»

Nathalie remercia Madeleine pour la deuxième fois.

Madeleine sourit.

La chance était indéniablement de son côté. Même le plan le plus astiqué n'aurait pas pu la conduire plus directement sur le siège du passager de la berline rouillée de Nathalie, et ce en moins de dix minutes.

Nathalie se regarda dans le rétroviseur et offrit une grimace de découragement à son reflet. Elle lécha ses doigts et tentait de se débarbouiller le visage quand Madeleine lui tendit un autre mouchoir propre pour lui faciliter la tâche.

Nathalie la remercia, et Madeleine sourit.

Nathalie agrippa enfin le volant, prit deux longues inspirations et tourna la clé de contact de la voiture qui riposta en toussotant plusieurs fois avant de finir par vrombir.

« Je dois aller chercher mon fils chez sa gardienne, elle ne peut pas s'occuper de lui ce soir. C'est bien ma chance. Je vais manquer mes cours. De toute façon, je serais incapable de me concentrer après une journée aussi catastrophique, et en plus une page du devoir que je dois remettre s'est envolée. »

Nathalie alluma la radio. L'animateur annonçait la chanson *Genie in a Bottle* de Christina Aguilera. Les deux femmes l'écoutèrent en silence, sans donner signe qu'elles se laissaient envoûter par le rythme dynamique de la chanson pop, qui était accompagné à chaque coin de rue par les pets explosifs du silencieux défectueux de la voiture. Christina Aguilera plaidait *come come, come on and let me out* quand Nathalie éteignit la radio et se gara devant une maison de briques. Elle se regarda dans le rétroviseur encore une fois, mais cette fois-ci elle étira ses lèvres dans un sourire peu convaincant.

La porte d'entrée de la maison devant laquelle elles étaient garées s'ouvrit soudainement. Un enfant en sortit aussitôt, dévala les trois marches du perron et s'élança en courant vers la voiture. Le sourire de Nathalie s'élargit à la vue de son fils, illuminant d'un coup tout son visage. Elle sortit de la voiture et eut à peine le temps de faire deux pas vers lui avant qu'il se jette dans ses jambes écorchées.

Madeleine sentit son cœur se serrer de jalousie. Jamais personne ne s'était jeté sur elle, avec ou sans enthousiasme.

Nathalie prit le garçon par la main et lui dit quelques phrases que Madeleine ne pouvait pas entendre, mais qui le firent sauter d'excitation. Elle l'entraîna vers la porte arrière de la voiture, l'installa dans son siège d'appoint et se remit au volant.

« Mathieu, je te présente… » Nathalie laissa sa phrase en suspens, s'apercevant tout à coup qu'elle ignorait le nom de sa compagne.

« Madeleine, Madeleine Maisonneuve », acheva Madeleine. Elle se tourna vers l'enfant. « Enchantée Mathieu. »

« Bonjour. »

L'enfant ressemblait plus à la Nathalie Sauvageau de sa mémoire que la femme qui conduisait la voiture. Il avait la même blondeur, la même forme des yeux même s'ils étaient d'une couleur différente, le même âge, six ans.

Madeleine avait l'impression que le temps s'était arrêté quand la voiture s'arrêta devant un bâtiment qui portait l'adresse qu'elle connaissait par cœur. Ils étaient arrivés chez Nathalie.

« Maman, on fait la course ? »

« Pas aujourd'hui, mon chéri, maman est un peu fatiguée.

Tu y vas pour nous ouvrir la porte si tu veux. On te rejoint, OK ? » Mathieu prit les clés des mains de sa mère et disparut en coup de vent.

Madeleine fut déconcertée par l'allure décrépite du bloc-appartements qui leur faisait face.

« Vous habitez vraiment ici ? » demanda Madeleine plus pour elle-même que pour Nathalie.

« Oui, j'habite ici, répondit Nathalie, mais je ne sais pas pour combien de temps », poursuivit-elle plus pour elle-même que pour Madeleine.

Nathalie vivait au dernier étage de l'immeuble sans ascenseur, au quatrième. La montée des escaliers fut lente et pénible pour les deux femmes, Madeleine ayant le souffle court, et Nathalie souffrant à chaque pliage de genou. Une fois arrivées au dernier étage, elles se dirigèrent vers Mathieu qui sautillait dans une porte entrouverte.

« Je peux aller jouer avec Thomas, maman ? »

« Oui, oui, vas-y. »

Mathieu alla cogner à une porte voisine et Madeleine le vit entrer chez son ami alors qu'elle suivait Nathalie dans son minuscule appartement qui était aussi miteux que le reste de l'édifice. Nathalie déposa ses sacs dans un coin et se dépêcha d'aller débarrasser le sofa d'une couverture rose moutonnée et d'un oreiller qui perdait ses plumes. Elle alla les jeter à travers une des deux portes closes de l'appartement.

« Assoyez-vous, je vous en prie », offrit-elle à son invitée en présentant de la main le sofa délabré qui devait servir de lit à Nathalie. Elle était sur le point de s'approprier le bol de Rice Krispies ramollies qui trônait sur la table à café quand Madeleine secoua son inertie momentanée et se mit en devoir de prendre les choses en main. Elle devança Nathalie, prit le bol et lui ordonna gentiment d'enlever ses bas nylon.

« Assoyez-vous et ne bougez pas, je m'occupe de tout. »

Madeleine alla dans le coin cuisine, mit le bol dans l'évier, remplit la bouilloire d'eau et alluma le rond de la cuisinière. Elle se dirigea ensuite directement vers la porte derrière laquelle la couverture moutonnée et l'oreiller plumé ne se trouvaient pas, celle qui devait s'ouvrir sur la salle de bain.

Elle ressortit de la pièce quelques minutes plus tard avec en main deux débarbouillettes mouillées d'eau chaude, une bouteille de peroxyde d'hydrogène, une boîte de Band Aids et un sac de boules d'ouate. Elle donna une des débarbouillettes à Nathalie pour qu'elle se nettoie le visage, déposa tout le reste sur la table à café et retourna sitôt au coin cuisine pour retirer la bouilloire qui sifflait du rond de la cuisinière.

Nathalie restait assise bien sagement sur le sofa, se nettoyait le visage et regardait le tourbillon d'efficacité étourdissant qu'était devenue Madeleine.

Madeleine ouvrit d'un mouvement les deux armoires du haut dont les portes étaient décorées par des dessins signés *Matheiu*. Il y avait trois tasses disparates sur une tablette ; une ébréchée qui publicisait un festival western qui avait eu lieu en 1987, une qui déclarait *J'aime ma maman* avec un gros cœur rouge, et une autre qui affirmait que le *Karma is a bitch*. Madeleine choisit les deux dernières et prit la boîte de Nesquik qui était à côté. Elle trouva une cuiller dans un tiroir, mit de la poudre de chocolat dans chaque tasse qu'elle remplit aux trois quarts d'eau bouillante, et ce n'est que lorsqu'elle ouvrit la porte du réfrigérateur pour trouver du lait qu'elle s'immobilisa enfin pendant un long moment.

Même s'il lui arrivait souvent, lorsqu'elle était chez elle, de se planter devant la porte ouverte du réfrigérateur à en contempler le contenu, c'était soit en raison de l'indécision que lui causait l'embarras du choix, soit parce qu'elle avait de la difficulté à trouver ce qu'elle cherchait tellement il était plein ; jamais, au grand jamais, parce qu'il était tellement dégarni que c'était possible d'en compter les éléments sur ses dix doigts. Des frigos vides comme celui de Nathalie Sauvageau, elle n'en avait vu que dans les films qui mettent en vedette des détectives alcooliques.

Madeleine prit le carton de lait presque vide qui régnait seul dans la porte du frigo et en vida le contenu à parts égales dans les deux tasses en se demandant comment cette femme pouvait être aussi négligente, et avec un jeune enfant en plus.

Elle prit les deux tasses, sourit et se tourna vers Nathalie qui n'avait pas bougé du sofa et qui semblait maintenant perdue dans ses pensées.

« Du bon chocolat chaud, ça réchauffe toujours le cœur, comme disait ma mère. »

Madeleine tendit la tasse *Karma is a Bitch* à Nathalie et s'assit à côté d'elle.

« Je vais nettoyer vos blessures, dit-elle en s'affairant déjà avec les boules d'ouate et le peroxyde, et vous allez me raconter ce qui s'est passé pour vous mettre dans un état pareil. »

« Je ne veux pas vous embêter avec mes histoires. »

« Ne soyez pas ridicule, allons… laissez-vous aller, ça va vous faire du bien de vous vider le cœur. »

« Je ne sais pas. J'ai honte. »

« Pas de jugement, juste une oreille thérapeutique. Promis. »

« Vous avez peut-être raison. »

« Mais bien sûr que j'ai raison. »

« D'accord, mais je ne comprends pas très bien ce qui s'est passé. Cette semaine a été complètement désastreuse. Tout a commencé lundi. Madame Lévesque est passée à ma caisse et elle revient tout énervée une demi-heure plus tard en disant que sa livre de beurre n'était pas dans ses sacs, mais qu'elle l'avait payée. Elle criait presque en me brassant son reçu sous le nez. »

Nathalie grimaça de douleur alors que son genou gauche pétillait sous le peroxyde.

« Désolée. Continuez, je vous en prie. »

« Tout ce brouhaha a attiré l'attention de monsieur Aubin, le patron. Il fallait bien que ça tombe sur madame Lévesque — madame Lévesque est un peu… difficile, expliqua-t-elle — elle lui a dit qu'elle s'était rendu compte que sa livre de beurre n'était pas dans son sac quand elle était arrivée à la maison, mais qu'elle l'avait bien payée en lui donnant son reçu. Quand monsieur Aubin lui a demandé si elle ne pouvait pas être tombée du sac dans le coffre de sa voiture, ça l'a rendue hystérique, il a donc décidé de chercher autour de mon comptoir pour essayer de la calmer et… »

Nathalie s'interrompit pour prendre une gorgée de chocolat chaud.

« Et ?? »

« … et il a trouvé la livre de beurre derrière mon sac à main. »

Madeleine ne vit pas Nathalie rougir puisqu'elle était occupée à lui coller un sparadrap au motif de Spiderman sur le genou. « C'est tout ? », demanda-t-elle toujours sans la regarder.

« Non, ce n'est pas tout. Le lendemain, il est revenu fouiller derrière mon comptoir, sans raison, comme ça, et il y a trouvé un gâteau au chocolat. Quand il m'a demandé pourquoi il était là, j'ai menti. J'ai dit qu'un client avait changé d'idée et que je l'avais mis là en attendant de pouvoir aller le remettre sur les étagères. Mais la vérité, c'est que je ne sais pas comment il s'est retrouvé là, ni la livre de beurre. Je ne les ai pas pris ! »

« Bien sûr que non. »

« Et aujourd'hui, c'était la cerise sur le gâteau… Juste avant de finir de travailler, j'ai reçu un coup de téléphone de la gardienne de Mathieu pour me dire qu'elle avait gagné vingt cartes pour le plus gros bingo annuel et qu'elle ne pouvait absolument pas manquer ça et que je devais me dépêcher d'aller le chercher. Déjà que monsieur Aubin n'aime pas qu'on reçoive des coups de téléphone personnels pendant les heures de travail, il n'avait pas l'air content quand il m'a arrêtée pendant que je me dépêchais pour partir et a exigé que je lui montre mon sac d'école. J'étais un peu déboussolée, mais vu que j'étais pressée et que je n'avais rien à cacher, je le lui ai donné. Eh bien, il a trouvé… il a trouvé… »

Nathalie éclata en sanglots et Madeleine l'encouragea à boire son chocolat chaud qui allait refroidir.

Nathalie dut se calmer pour prendre une gorgée et put enfin conclure : « … il a trouvé un énorme bifteck. »

Elle prit une autre gorgée de chocolat chaud.

« Et il m'a congédiée. »

Les deux femmes restèrent silencieuses un long moment que Madeleine savourait pleinement quand l'expression du visage de Nathalie passa soudainement de celle de découragement total à celle de choc de compréhension.

« Marc ! », s'écria-t-elle.

« Quoi ? » Madeleine pâlit.

« Marc Frenette ! Ça peut juste être Marc Frenette ! »

« Marc Frenette ?? »

« Un des emballeurs, le neveu du propriétaire. C'est l'homme le plus paresseux que j'ai jamais connu. Il fait toujours tout pour arrondir les coins. Il se fiche de tout et disparaît à longueur de journée pour aller fumer en prétextant des tâches qu'il ne fait jamais. Il sort avec un sac de vidanges pratiquement vide et peut revenir quinze minutes plus tard avec le sac de vidanges encore en main. »

« Et vous pensez que ce… neveu a quelque chose à voir avec cette histoire ? Mais pourquoi donc ? »

« J'ai souvent des altercations avec lui. Hier encore, je l'ai menacé de le dénoncer au patron quand je l'ai surpris à voler un paquet de cigarettes. »

L'expression de panique réprimée de Madeleine fut alors accompagnée par un affaissement des épaules quand elle comprit qu'elle avait payé un voleur pour se venger de sa voleuse.

« Et vous êtes certaine que c'est lui ? »

« Oui, qui d'autre ? Mais c'est peine perdue de le prouver. Tout est là pour m'incriminer, et mon patron sait trop bien que j'ai des problèmes financiers. Il a toujours été bon avec moi en me donnant des produits qui avaient dépassé la date d'expiration pour presque rien. »

« Il vaut probablement mieux chercher un autre travail et recommencer à neuf, Nathalie. »

« Oui, un autre travail… sauf que l'horaire de celui-là était parfait. Je ne travaillais pas le soir et les fins de semaine et madame Côté me dépannait pour garder Mathieu quand j'avais des cours pour vraiment pas cher. Et je vais probablement devoir arrêter mes cours. Adieu le rêve de devenir secrétaire médicale et de sortir enfin Mathieu de ce trou. » Nathalie se parlait maintenant à elle-même.

Semblant se souvenir qu'elle avait de la compagnie, elle sourit. « Je vais tenter de trouver une solution. Demain. Ce n'est pas comme si je n'avais jamais eu de problèmes plus graves ! »

Madeleine commençait à sentir un malaise lui tirailler les entrailles. Elle rendit son sourire à Nathalie.

« Madeleine, je veux vous assurer que n'ai pas tenté de voler mon patron. J'ai honte de l'avouer, mais j'ai déjà volé, une fois, quand j'étais petite. Je ne l'ai jamais refait, j'ai appris ma leçon. »

« Ah oui ?? »

« Oui, un jour une petite fille s'est assise à côté de moi dans l'autobus et elle a déballé le contenu de son sac à lunch. Je n'avais jamais vu un lunch pareil, il y avait des fruits, des légumes, des sandwichs et même un gâteau au chocolat Jos Louis. La salive me revient encore à la bouche rien qu'à y penser. En descendant de l'autobus, je l'ai suivie. C'était comme si mon estomac était aimanté à son sac à lunch. Je l'ai vue le mettre dans son pupitre qui était juste à côté de la porte de la classe. Je l'ai volé pendant la récréation. Trois jours de suite. »

Madeleine resta muette, étonnée d'entendre l'aveu de la bouche de sa criminelle.

Tout à coup, la porte de l'appartement s'ouvrit et Mathieu entra.

« Maman, je peux apporter mes crayons de couleur chez Thomas ? »

Il alla se planter devant sa mère pour lui présenter un

regard suppliant, mais fut bientôt distrait par les sparadraps de Spiderman qui ornaient ses genoux.

« Oh non, t'as des bobos ? »

« C'est rien, mon chéri. L'amie de maman s'en est occupée et tout va mieux. C'est joli, hein ? »

Mathieu se pencha pour donner un baiser du bout des lèvres à chaque genou.

« Ça va mieux, maman ? »

« Pouf, c'est parti ! »

Mathieu sourit largement.

« Oui, tu peux apporter tes crayons de couleur chez Thomas. À condition que tu les ramènes et que tu me rapportes un beau dessin. »

Mathieu courut dans sa chambre et les deux femmes le regardèrent disparaître, trousse de crayons en main.

« J'avais tellement faim. »

« Pardon ? » Madeleine n'était pas certaine d'avoir bien compris.

« J'avais tellement faim et ses lunchs étaient tellement parfaits. Je n'avais jamais rien dans mon sac à lunch. Mon père buvait tout l'argent qu'il pouvait gagner. On avait rarement de quoi à manger à la maison. C'était comme si j'étais possédée, comme si mon estomac vide avait pris le contrôle. Je me souviens de m'être cachée dans les toilettes pour tout manger tranquillement autant pour savourer que pour faire durer le plaisir. Mais la troisième journée, la fillette m'a prise la main dans le sac… vide… et s'est jetée sur moi avec une rage qui m'a tellement fait peur que j'ai tout vomi ce que je venais d'avaler sur sa belle robe. L'école m'a renvoyée à la maison pour une semaine avec une lettre qui expliquait que j'étais suspendue pour cause de vol. Mon père a tellement eu honte qu'il m'a battue comme il ne m'avait jamais battue. Ce jour-là, il a choisi de le faire avec la boucle de sa ceinture au lieu du cuir. Après la semaine de suspension, j'étais encore tellement amochée qu'il ne m'a pas renvoyée à l'école et on a même déménagé. J'ai mis des semaines à m'en remettre. En fait, j'ai failli y passer. » Elle monta la frange de son front pour dévoiler à Madeleine une longue cicatrice.

Madeleine se tenait raide, les fesses sur le bord du sofa, les yeux écarquillés.

« Je peux vous jurer que je l'ai apprise ma leçon et qu'après ça je n'ai plus *jamais* volé une seule bouchée, même si j'étais affamée. »

« Je vous crois Nathalie. » Madeleine était soudain lasse. « Il est tard, je dois partir. »

Elle se leva et mit sa veste.

Nathalie se leva à son tour. « Je vous remercie pour tout Madeleine et je m'excuse de vous avoir embêtée avec mes histoires, mais vous aviez raison, ça m'a fait vraiment du bien. »

« C'est la moindre des choses. Est-ce que vous avez une idée de ce que vous allez faire maintenant ? »

« Je sais pas. Trouver du travail. Je vais devoir manquer mes cours puisque je ne pourrai pas payer la gardienne. Je vais sûrement trouver le moyen de me débrouiller. Tout fini toujours par s'arranger, ne vous en faites pas pour moi. »

Madeleine avait la main sur la poignée quand elle se retourna vers Nathalie. « Ça me ferait plaisir de m'occuper de Mathieu pendant que vous allez à vos cours ou que vous cherchez du travail, si vous avez besoin. Je ne suis vraiment pas pressée de retourner chez moi et je n'ai pas grand-chose à faire de toute façon. Jusqu'à ce que les choses se replacent… »

« Vraiment ? Mais non, je ne peux pas vous demander de faire ça. »

« Mathieu et moi allons nous entendre à merveille. »

« Vous feriez vraiment ça ? Ce serait merveilleux ! Je vous promets de vous payer aussitôt que je trouve du travail. »

« Bien sûr, ce n'est pas un problème. »

« Vous êtes vraiment un ange, mon ange gardien ! Merci de tout cœur pour tout, Madeleine, je ne sais pas ce que j'aurais fait sans vous aujourd'hui. »

« Je me le demande », avait marmonné Madeleine en descendant les interminables escaliers qui la ramèneraient sur le plancher des vaches.

~~Nathalie Sauvageau~~
Madame Bisson
Claude Rioux
Benoît Lachance
Judith Allaire
Anne Houle
Angèle Lemieux
Luc Sauvé

6

Marie-Madeleine

Le soleil d'automne rayonnait sur les toits de Sainte-Marie. Un air dominical régnait sur la ville, cet air indéfinissable propre au jour du Seigneur. Les trottoirs étaient dépeuplés, les rues vides d'automobiles. Les arbres, presque entièrement dénudés de leurs feuillages, semblaient vulnérables, comme s'ils avaient abandonné une bataille en laissant tomber leur bouclier face aux attaques des intempéries. Madeleine marchait tranquillement, le visage levé vers le ciel, la tête perdue dans les nuages. Elle dépassait les poteaux qui liaient les fils de téléphone sur lesquels étaient perchés côte à côte des centaines de petits oiseaux lancés dans ce qui semblait être une discussion générale, une assemblée communautaire où les opinions volaient sans souci pour les conversations qui défilaient sous leurs pattes ; des milliers de conversations — entre mères et filles, entre amants, entre amis — coulaient dans les fils noirs qui résultaient d'un mélange de ressources naturelles amalgamées pour concocter les miracles de la technologie. La terre rapetissait au fur et à mesure que l'évolution que pourchassait le génie humain effaçait les distances, repoussait les frontières de l'univers.

Madeleine se sentait petite.

Comment se faisait-il que l'humain ait réussi à conquérir la lune si peu après avoir été convaincu que la planète qui le logeait était plate sans avoir encore réussi à mettre au point la simple recette du bonheur ? Elle aurait voulu pouvoir prendre un livre de recettes, en consulter l'index : Gâterie des félicités…

1 tasse de ceci
100 milligrammes de cela
10 millilitres de quoi que ce soit
Une pincée du reste
Assaisonner au goût
Bien mélanger

… et dégustez, et savourez

Nombre de portions : illimitées

Elle prit une longue inspiration d'air frais en fermant les yeux. L'air était moins pur à Sainte-Marie qu'à Saint-Famé. Elle rouvrit les yeux en expirant dans un soupir lorsque sa rêverie passa des recettes utopiques au souvenir de ses « vacances ».

C'était en parcourant les rues qui la menaient de chez Angélique jusque chez Nathalie que Madeleine s'était rendu compte qu'elle aimait l'état d'esprit dans lequel la marche la plongeait. Elle avait fait le trajet plusieurs fois pendant la dizaine de jours qui avaient suivi le fameux après-midi des aveux surprenants de sa victime. Elle s'était mise en devoir de l'aider du mieux qu'elle pouvait, remplissant son réfrigérateur, s'occupant de Mathieu lorsqu'elle avait des cours. Elle avait passé de longues soirées en compagnie de Nathalie, se contentant d'écouter le récit de sa vie, n'ayant elle-même rien à raconter. Elle avait savouré ces heures où sa solitude avait été mise au placard. Pour la première fois de sa vie, elle s'était sentie appréciée, même admirée. À quel point son imposture lui donnait le mérite de cette admiration, elle se le demandait. Sa fausse identité avait érigé un mur impossible à franchir pour la création d'une vraie amitié, sans compter la vraie raison de sa présence à Saint-Famé.

Le jour de son départ, personne ne l'avait accompagnée à l'autobus pour lui souhaiter bon voyage, pour lui envoyer la main avec tristesse alors qu'elle quittait leurs vies à tout jamais puisque personne n'avait su qu'elle partait. Elle avait disparu en douce sans laisser d'adresse pour s'assurer de protéger son identité cachée.

Elle avait eu une boule dans la gorge quand Saint-Famé avait disparu de son champ de vision. Elle s'était assise au bout de l'autobus, voulant retarder le plus possible sa séparation d'avec Angélique, qu'elle avait fini par prendre en affection, d'avec la jolie Nathalie, et bien sûr d'avec le petit Mathieu avec qui elle avait passé des heures inoubliables à apprendre les règlements d'innombrables jeux d'enfants qui n'avaient pas égayé sa propre enfance.

Le succès de sa vengeance contre Nathalie dont elle avait prévu de s'enivrer avait plutôt tourné au vinaigre. Elle considérait avoir une dette envers elle et s'était assurée de la payer avant de quitter le village. À cette heure, Nathalie avait dû découvrir que le solde de son compte en banque avait augmenté de dix mille dollars. C'était le montant que Madeleine avait calculé qui lui permettrait de vivre bien confortablement pendant les six mois qui lui restaient pour finir ses cours sans avoir à se soucier de se trouver un nouvel emploi.

Sa première vengeance, sans lui procurer la satisfaction escomptée, lui avait toutefois donné l'assurance qui aurait pu lui manquer qu'elle avait la capacité de mettre des plans sophistiqués sur pied, et surtout de trouver les moyens nécessaires pour les mener à exécution. Tout s'était déroulé comme prévu ; le recrutement de Marc, l'emballeur, et la façon dont il avait en premier lieu semé des doutes dans l'esprit du patron quant à l'honnêteté de Nathalie en cachant la livre de beurre, puis le gâteau au chocolat derrière son comptoir. Il lui avait ensuite été facile de dénoncer Nathalie pour le vol du bifteck qu'il avait placé lui-même dans son sac d'école. Jacqueline Fiset, la gardienne de Mathieu, avait aussi mordu à l'hameçon jeté par Madeleine en acceptant l'invitation lancée par la ribambelle de cartes de bingo que Madeleine lui avait envoyées sous les airs d'un concours auquel elle n'avait pas participé. L'obsession de Jacqueline Fiset pour le bingo était bien la seule information utile qu'elle avait pu soutirer d'Angélique. Et pour finir, sa victime, enfin écrasée, avait accepté la main secourable qu'elle lui avait tendue sans qu'elle ait même eu à lui tordre un bras.

Nathalie Sauvageau n'avait peut-être pas mérité que sa vengeance ait un succès aussi fracassant, mais les autres, les sept autres, le méritaient. Madame Bisson, la prochaine sur sa liste, le méritait. Madame Bisson, qui avait eu l'audace de rendre l'âme avant que Madeleine ait pu lui rendre la monnaie de sa pièce, l'avait mérité.

Le coup de téléphone que Madeleine avait donné à Raymond Lafrenière à son retour chez elle lui avait en effet appris que madame Bisson résidait désormais à jamais dans le cimetière de Sainte-Marie, ayant perdu la guerre contre un cancer des ovaires deux ans auparavant. C'était bien sa chance ! Elle n'arrivait pourtant pas à se résoudre à la rayer de sa liste, comme si sa mort pouvait suffire à effacer les années de moqueries qu'elle avait dû endurer par sa faute. Madame Bisson continuait sa raillerie depuis sa tombe. Madeleine pouvait presque entendre l'écho de son rire accompagner la chanson à répondre harcelante des enfants qui résonnait encore parfois dans les recoins les plus sombres de son esprit.

Marie-Madeleine
Son gros bedon bombé…

Madeleine secoua la tête pour chasser les voix. Sa promenade l'avait amenée près de l'église dont les cloches se mirent à sonner, annonçant le début de la messe. Elle vit une famille retardataire se hâter vers la porte. Les parents traînaient derrière eux des enfants récalcitrants qui avaient l'air de poupées de chiffon tirées à quatre épingles. Madeleine n'avait pas le souvenir d'avoir jamais été traînée où que ce soit par ses parents et ses visites à l'église avaient toutes été imposées par l'école. Madame Bisson l'avait traînée à l'église.

Le clocher de l'imposante bâtisse de pierre grise pointait vers le paradis comme s'il suffisait d'y lever les yeux pour retrouver le droit chemin. Une boussole pour les âmes perdues. Madeleine fut tentée d'y entrer, l'espace d'une seconde. Elle s'était toujours sentie gauche en matière de religion. Chaque fois qu'elle s'était retrouvée dans l'antre du seigneur, elle avait senti les personnages des vitraux la fixer dans leur mutisme éternel. Le jugement silencieux d'une athée, lui semblait-il. Les rayons du soleil transperçaient les iris des figures saintes et la radiographiaient comme s'ils cherchaient les tumeurs des tréfonds de son être, sans aucune considération pour sa pudeur. Les prières dont elle ne connaissait pas les paroles accentuaient son malaise. Sa voix n'arrivait jamais à capter la note juste des chants bibliques, la faisant ressortir du chœur des fidèles. Elle ignorait quand conclure les oraisons du prêtre par un « amen ». Ses genoux avaient protesté à chaque génuflexion.

Elle dépassa l'église sans un second regard et se retrouva face aux portes béantes du cimetière. La clôture de fer forgé qui cernait le terrain avait toujours constitué un mystère pour Madeleine. Les barreaux dont les extrémités se terminaient par une flèche pointue gardaient l'invasion des indésirables, sinon par la menace d'une blessure, par la curieuse façon qu'ils rappelaient le bout de la queue des caricatures de Lucifer. La barrière n'était certainement pas érigée dans le but de proscrire l'escapade de ses résidents. Peut-être empêchaient-ils les familles trop pauvres pour acheter un lot d'y enterrer leurs proches en cachette ? Madeleine s'imagina le curé de la paroisse qui se promenait dans le cimetière, planchette à pince et stylo en main, vérifiant que chaque nom gravé sur les pierres tombales se retrouvait bien sur sa liste. Elle l'imagina s'écrier : « Oh mon Dieu ! Alice Brière a été enterrée ici illégalement ! » Qu'allait-il faire ? La faire exhumer et réexpédier le cercueil à sa famille par courrier contre remboursement ?

Madeleine accepta l'invitation lancée par les portes ouvertes. Elle allait trouver la tombe de madame Bisson, question de s'assurer que la diabolique professeure de sixième année avait bel et bien été ensevelie.

Elle marchait tranquillement dans les rangées de pierres tombales, lisant toutes les épitaphes qui ne donnaient aucune information sur ce qu'avait été la vie des personnes dont le corps se décomposait six pieds sous les siens. On ne donnait que l'année de leur naissance ainsi que celle de leur mort, comme si tout ce qu'ils avaient vécu entre les deux n'avait eu aucune importance. Ils étaient nés et avaient existé chaque jour avec pour seule certitude celle que leurs jours étaient comptés, espérant pour la plupart que le décompte serait le plus élevé possible, avec peut-être l'espérance inconsciente que quelqu'un qui se promènerait un jour dans le cimetière se dise en voyant leur nom : « Ah ! Je me souviens de Gracien, c'était un ben bon gars ! »

Elle s'arrêta, surprise de reconnaître les noms gravés dans le granit. Cela ne faisait que quelques mois que sa mère avait été enterrée et le 1999 commençait déjà à s'assombrir, se rapprochant lentement du ton du reste de l'inscription. Le souvenir des journées passées en sa compagnie commençait aussi à s'estomper, comme un rêve lointain et flou. Elle se rendit compte qu'elle n'avait pas connu ses parents beaucoup plus que leurs voisins de cimetière.

Elle poursuivit son chemin, lisant machinalement nom après nom après nom, se demandant ce qui avait pu emporter un enfant de trois ans ou un homme de cent sept ans, et sursauta quand elle lut enfin celui qu'elle recherchait. Elle fit face au monument qui était plus imposant que la moyenne et sur lequel était étendu nonchalamment un chérubin dodu. Celui-ci informait Madeleine que ci-gisait Rose Bisson, née en 1935 et décédée en 1997. On ajoutait qu'elle avait été épouse, mère, grand-mère et éducatrice bien-aimée. « Elle a inscrit pour toujours une belle musique dans nos cœurs », Madeleine lut la dernière phrase de l'inscription à voix haute, éberluée qu'on ait pu la choisir pour décrire l'odieuse madame Bisson. Quelqu'un avait déposé un bouquet de fleurs multicolores qui n'avait même pas commencé à faner devant la tombe. L'odieuse madame Bisson manquait toujours à quelqu'un, de toute évidence.

Elle avait dix ans à nouveau. Elle se trouvait sur la tribune de bois vernis à l'avant de la classe, faisant face à son jury : vingt-six enfants protégés par leurs pupitres. La professeure, madame Bisson, assise sur une table au fond de la classe, griffonnait des notes qui critiquaient sa performance et sur lesquelles elle allait se fier pour rendre son jugement.

Madeleine avait commencé à réciter la fable de La Fontaine, lançant bras et jambes en tous sens pour tenter de la mimer dans une danse maladroite.

« Imaginez que la fable est une musique. Exprimez-vous ! Mimez-la ! Devenez la lionne, devenez l'ourse », avait instruit madame Bisson à l'aide d'une démonstration où arabesques et pirouettes avaient abondé.

Un rire étouffé qui s'était vite propagé en euphorie générale avait interrompu sa propre version de la récitation. Une expression d'étonnement avait remplacé celle de concentration qui avait plissé son front. Ses gestes desquels aucune grâce n'était perçue, mais qui témoignaient tout de même d'un bel effort s'étaient figés, la laissant dans une position qui rappelait une statue grecque. Elle avait lentement baissé les bras pour faire face à la classe, immobile. Chaque ricanement la faisait souffrir autant qu'une gifle.

« Ça suffit, ça suffit ! Taisez-vous ou vous allez le regretter », avait aboyé madame Bisson, ce qui avait suffi à calmer la vague de rires.

« Bon, Madeleine, continue. »

Sauf que Madeleine était paralysée, sa gorge était nouée, ses pensées étaient éparpillées. Elle avait perdu le cours de la fable, prenant la lionne pour l'ourse, entendant des rires au lieu des rugissements. Un toc toc toc régulier avait fini par rompre le silence alourdi par son mutisme qui régnait dans la classe depuis que madame Bisson avait coupé cours à la risée.

Madeleine avait regardé la porte, espérant que son sauveteur se trouvait de l'autre côté, prêt à la secourir par sa seule interruption. Mais la porte restait fermée, personne n'entrait ; pourtant, le toc-toc-toc persistait. Il lui avait fallu un moment pour se rendre compte que le bruit provenait de ses chaussures. Le tremblement qu'avait provoqué sa nervosité, amplifié exponentiellement par le ricanement des enfants, avait donné aux talons dénivelés de ses souliers vernis une valeur de claquettes contre le bois de l'estrade. Elle s'était penchée vers l'avant dans une courbette qui rappelait le salut octroyé à un public qui démontrait son appréciation d'une performance par une avalanche d'applaudissements. La manœuvre avait pour but de lui permettre de voir ses pieds que sa panse proéminente dissimulait. Ses deux talons, limés vers l'extérieur par sa démarche particulière, cognaient le bois en cadence dans un duo d'une synchronisation impeccable. Elle pouvait voir les plis de sa jupe écossaise s'ouvrir et se refermer rapidement, suivant le tempo. Madeleine avait perdu le contrôle de son corps et n'avait eu pour seul recours que de se mettre à pleurer, pleurer comme ne sait pleurer qu'une Madeleine. Elle avait été littéralement sauvée par la cloche qui avait annoncé la fin de la journée, la fin de son calvaire. Madeleine était descendue de l'échafaud, la tête enfoncée dans les épaules qui se soulevaient avec force chaque fois qu'un hoquet la secouait.

C'est à ce moment-là que madame Bisson avait tout bonnement lancé d'un ton indéfinissable : « une vraie Marie-Madeleine ». Elle avait articulé les quelques paroles d'une voix douce, mais juste assez forte pour être entendue par plusieurs paires d'oreilles.

Une vraie Marie-Madeleine. Cette petite phrase avait tout déclenché.

Dans l'autobus, la ritournelle qui accompagnait les jeux de tape-mains pour passer le temps sur le trajet du retour à la maison avait été remplacée par un refrain qui l'avait pourchassée pendant des années.

Madeleine se boucha les oreilles de ses deux mains. Le vent venait de se lever et lui sifflait l'air de la comptine qui l'avait hantée jusque dans l'adolescence. Elle pouvait presque voir la fantasmagorie des enfants qui chantaient en chœur de leurs voix spectrales le refrain que le fantôme de madame Bisson orchestrait du bout la baguette qu'elle avait invariablement utilisée pour pointer le tableau.

Marie-Madeleine
Son gros bedon bombé
Sa grosse jupe plissée
Ses gros souliers cirés

Elle s'empressa de quitter le cimetière et parcourut le chemin qui la ramènerait chez elle, les yeux rivés sur le trottoir dont les lignes qui en traversaient la largeur à intervalles réguliers délimitaient les mesures, déterminant ainsi le rythme auquel elle marmonnait à répétition la fable de la lionne et de l'ourse qu'elle n'avait plus jamais pu oublier.

Mère Lionne avait perdu son fan.Un chasseur l'avait pris. La pauvre infortunée poussait un tel rugissement que toute la Forêt était importunée.La nuit ni son obscurité, son silence et ses autres charmes, de la Reine des bois n'arrêtait les vacarmes.

Nul animal n'était du sommeil visité.

L'Ourse enfin lui dit : Ma commère, un mot sans plus ; tous les enfants qui sont passés entre vos dents n'avaient-ils ni père ni mère ?

— Ils en avaient.

— S'il est ainsi, et qu'aucun de leur mort n'ait nos têtes rompues, si tant de mères se sont tues, que ne vous taisez-vous aussi ?

— Moi me taire ! moi, malheureuse ! Ah j'ai perdu mon fils ! Il me faudra traîner une vieillesse douloureuse !

— Dites-moi, qui vous force à vous y condamner ?

— Hélas! c'est le Destin qui me hait. Ces paroles ont été de tout temps en la bouche de tous.

« Ridicule fable, monsieur de La Fontaine. Ne saviez-vous donc pas que les ours et les lions n'habitent même pas les mêmes forêts ? » s'était-elle consolée alors qu'elle tournait en rond dans son salon.

7

Les filles de leurs mères

« J e peux vous offrir du café ? Ou peut-être préférez-vous du thé ? » s'enquit Johanne Charles auprès de son invitée.

« Est-ce que vous avez du Coca-Cola ? »

« Je crois bien avoir du Pepsi, diète, à moins que les enfants l'aient déjà bu. J'essaie de limiter leur consommation de boisson gazeuse, mais ils arrivent parfois à distraire ma garde. Vous savez comment sont les enfants ! » Elle disparut, laissant Madeleine seule dans le grand salon qui devait avoir été décoré par une décoratrice professionnelle, et revint quelques minutes plus tard avec un verre rempli du liquide noir qui plaisait tant à Madeleine. Trois glaçons s'entrechoquaient sous les bulles qui laissaient des gouttelettes quasi microscopiques s'échapper du verre.

« Vous avez de la chance, ils ont été raisonnables cette semaine. »

Madeleine prit le verre que la femme lui tendait et en

ingurgita le contenu d'un trait. Bien qu'elle ait eu horreur de l'arrière-goût dilué que les glaçons laissaient au fur et à mesure qu'ils se liquéfiaient, elle avait surtout inconsciemment espéré que la boisson prendrait la fonction de courage liquide.

« Je suis tellement contente d'avoir laissé mon mari emmener les enfants à la piscine, j'aurais manqué votre visite si j'y étais allée. »

Madeleine, rendue larmoyante par l'ingurgitation rapide de la boisson gazeuse, et mal à l'aise au plus haut point assise sur la causeuse luxueuse qui, elle, était à sa place dans le décor, cherchait quelque chose de pertinent à répondre quand Johanne Charles poursuivit :

« C'est une idée fantastique que vous avez eue, je suis tellement contente. Vous dites que c'est pour un travail de recherche ? »

« Oui, c'est pour mon cours de journalisme. On nous a demandé d'interviewer une personne qui a marqué notre vie et j'ai tout de suite pensé à madame Bisson, ma professeure de sixième année. »

« Ça ne me surprend pas. Personne ne mérite plus qu'on la choisisse comme modèle à suivre que ma chère mère. C'était vraiment une femme exceptionnelle. Elle me manque terriblement. »

Johanne Charles se dirigea vers un énorme tableau mis en valeur par un cadre doré qui surplombait le foyer dans lequel brûlaient quelques bûches crépitantes. Madeleine s'extirpa de la causeuse et alla se planter aux côtés de la femme filiforme qui la dépassait d'une bonne demi-tête. Elles se perdirent toutes deux dans la contemplation du portrait de famille où on avait donné la place d'honneur à une femme ridée et frêle que Madeleine ne reconnut pas du tout.

« C'était elle ? » dût-elle s'enquérir.

Johanne, perceptiblement émue par la contemplation, ne put que hocher la tête en réponse.

La vieille femme émaciée qui était assise dans le fauteuil de velours bourgogne qu'on avait placé en plein centre de la photographie ne partageait absolument aucune ressemblance avec le personnage à l'aspect rendu étrangement diabolique par vingt-huit ans de ressassement de mauvais souvenirs qui avait vécu dans la mémoire de Madeleine. Elle donnait l'impression d'être d'une fragilité telle qu'un coup de vent aurait suffi à l'emporter. Les six adultes qui l'entouraient, divisés en couples, donnaient, eux, tous l'impression qu'ils auraient bravé des tornades pour la protéger dans la façon dont ils étaient subtilement inclinés vers elle. Johanne Charles, qui avait une fesse assise sur le bras droit du fauteuil, tenait même la main de sa mère entre les siennes. Les neuf enfants éparpillés à travers les adultes avaient tous un grand sourire, exposant des dentitions infantiles en stades divers, et regardaient directement la caméra, comme s'ils n'avaient aucunement été récalcitrants d'arrêter leurs tourbillons d'activités pour poser sagement. Tout le monde était mince. Le portrait d'une famille modèle décida Madeleine avec un léger pincement au cœur.

« Cette photo a été prise à peine deux semaines avant le décès de maman. Elle était d'une dignité incomparable. On l'a retrouvée dans son lit un matin, allongée sur le dos, les mains jointes sur sa poitrine par-dessus les couvertures. Elle s'était endormie dans la posture funéraire, comme si elle avait su qu'elle allait s'éteindre. Son visage avait une telle expression de sérénité, ses rides étaient atténuées, ses yeux étaient fermés, mais détendus, sa bouche avait presque le sourire de la Joconde. C'est de la voir comme ça que j'ai réalisé à quel point elle avait dû souffrir. Mais elle ne se plaignait jamais. Quand on lui demandait comment elle allait, elle répondait toujours que c'était supportable, qu'il n'y avait pas de quoi en parler. » Johanne soupira et alla s'asseoir dans la causeuse jumelle qui faisait face à celle où Madeleine avait été assise quelques minutes plus tôt. Madeleine la suivit pour reprendre sa place, maintenant persuadée que c'était Johanne Charles qui prenait la peine de fleurir la tombe au bébé dodu.

C'était l'image du bouquet de fleurs qui l'avait tourmentée alors qu'elle usait le tapis de son salon en tournant en rond à son retour du cimetière le matin même. Elle ne pouvait s'empêcher de trouver injuste qu'on offre des fleurs à un monstre tel que madame Bisson, même si le monstre en question n'était plus en position de les renifler. C'était pour calmer ses étourdissements qu'elle avait décidé de rendre visite à la fille du monstre chez qui, d'après Raymond Lafrenière, elle avait résidé pendant les deux dernières années de sa vie. Madeleine avait donc consulté son *Journal de bord* à la section réservée à madame Bisson pour avoir l'adresse et s'y était rendue sans vraiment réfléchir.

Ce n'était que lorsque Johanne Charles avait ouvert la porte que Madeleine s'était rendu compte qu'elle n'avait rien planifié. L'urgence de la situation l'avait inondée d'adrénaline qui lui avait délié la langue.

« Bonjour, Johanne Charles ? »

«Oui…»

«Je m'appelle Madeleine Richard. Votre mère a été mon professeur à l'école primaire.»

«Ah oui?»

«Oui.»

«Maman est décédée il y a deux ans malheureusement. Le cancer…»

«Oh, je suis désolée.»

«Peut-être que je peux vous aider?»

«Euh, j'ai un travail de… recherche à faire et j'aurais aimé que madame Bisson en soit le sujet.»

La fille orpheline de madame Bisson frissonna. «Entrez, entrez.»

C'est ainsi que Madeleine s'était retrouvée assise dans un siège qui devait avoir été attaqué plus d'une fois par l'arrière-train osseux de celle qui occupait la deuxième place sur sa liste noire. Madeleine se sentait aussi rusée qu'une renarde qui réussit à s'infiltrer dans un poulailler.

«Ma mère aussi vient de mourir», s'entendit-elle confier à son interlocutrice sans trop savoir pourquoi.

«Vraiment? Que c'est triste. Je suis vraiment désolée. Je donnerais tout ce que je possède pour qu'on me la rende. Je suis sûre que vous me comprenez. La famille, c'est ce qu'il y a de plus important. Vous avez des enfants?»

«Non, pas d'enfants.»

«Je suis la bouée de sauvetage de mes enfants, la main de fer qui les protégera contre tout, mais jusqu'à la fin, j'étais toujours la petite fille de ma maman.»

«Je comprends», mentit Madeleine.

« Je suis désolée, parler de ma mère me rend toujours sentimentale à l'extrême. Qu'est-ce que vous aimeriez savoir ? »

« Qu'est-ce que j'aimerais savoir ? »

« Oui, pour votre travail de recherche. Je peux certainement vous aider. »

« Hum, est-ce que vous pouvez me raconter une anecdote qui démontrerait l'essence de la vraie Rose Bisson, une histoire qui expliquerait comment elle était vraiment, dans le fin fond ? »

« Excellente idée, mais il y en a tellement. Vous pouvez me laisser une minute ou deux pour en choisir une ? »

« Mais bien sûr, prenez votre temps. »

Madeleine en profita pour se prêter au même exercice et tenta de se remettre dans la peau de la fille de sa mère. Elle ferma les yeux pour oublier le décor qui l'entourait, pour se retrouver dans la maison qui l'avait vue grandir et la voyait vieillir. Pour la deuxième fois en ce dimanche, Madeleine se revit à dix ans…

Elle était rentrée chez elle en courant. Sa mère était invisible, probablement en train de cuisiner puisqu'une odeur de tarte aux pommes lui avait réchauffé les narines. Elle était montée tout droit pour s'enfermer dans sa chambre et avait passé ce qui lui avait semblé des heures à pleurer, le visage enfoui dans son oreiller. Lorsque le flot de ses larmes s'était enfin apaisé, elle était allée chercher tout doucement les énormes ciseaux de couture que sa mère gardait dans la penderie, était retournée s'enfermer dans sa chambre, avait enlevé sa jupe écossaise, s'était assise par terre en petite culotte et s'était mise en devoir de détruire sa grosse jupe plissée. C'était ainsi que sa mère l'avait retrouvée en ouvrant la porte d'un geste impatient.

Les réprimandes qu'elle s'était apprêtée à lancer à sa fille pour l'avoir forcée à monter les escaliers en ignorant ses cris qui l'informaient que le souper était prêt s'étaient évanouies dans sa gorge à la vue du tableau singulier qu'offraient sa fille et ses ciseaux. Au lieu, elle s'était exclamée :

« Madeleine, qu'est-ce que tu fais à ta jupe ? Es-tu devenue folle ? »

« Je la déteste, je veux qu'elle disparaisse. »

« Pourquoi ? C'est ridicule, c'est ta jupe préférée, tu la portes tout le temps. »

Et Madeleine avait essayé de raconter ses malheurs par bouts désordonnés, et lui avait même répété le refrain harcelant que les enfants lui avaient chanté dans l'autobus.

Sa mère lui avait pris le menton dans la main, la forçant à la regarder dans les yeux.

« Écoute-moi bien Madeleine. Je vais te dire quelque chose que tu ne dois jamais oublier. Les enfants sont cruels, ils sont une réplique miniature de leurs parents. Ils disent tout haut ce que leurs parents pensent tout bas. La cruauté est génétique, elle passe dans le sang par le cordon ombilical. Je te le dis. La vie est un éternel carême, Madeleine. Un vrai calvaire, et il faut vivre avec. Maintenant, viens manger, ça refroidit. » Rosalie lui avait pris les ciseaux et la jupe massacrée des mains en ajoutant qu'elle pourrait peut-être la réparer et avait quitté la pièce en refermant la porte derrière elle sur une Madeleine stupéfiée et quelque peu endurcie par la sagesse maternelle.

« Je pense que j'ai trouvé le meilleur exemple », dit soudain Johanne.

Madeleine rouvrit les yeux, à nouveau âgée de trente-huit ans.

« Jérôme est le meilleur exemple de l'essence de ma mère. »

« Jérôme ? »

« Oui, mon grand frère Jérôme. C'est lui qui est à gauche de maman sur la photo. »

Madeleine regarda le portrait et détailla l'homme souriant au regard doux.

« Je vous écoute. Je vais prendre des notes. » Elle sortit un calepin et un stylo de son sac à main.

« Tout a commencé un dimanche, juste comme aujourd'hui. Je devais avoir sept ans. Comme d'habitude, on était allés à la messe de onze heures. Je me souviens même que le sermon du prêtre m'avait tourmentée et que ma mère m'avait rassurée. Il avait parlé du paradis, et comment une femme devait servir son mari pour le mériter. Inquiète, je lui avais demandé : « maman, est-ce que ça veut dire que si je ne me marie jamais, je ne pourrai pas aller au ciel ? » Elle m'a répondu que le paradis n'avait rien à voir avec les maris et que même monsieur le curé pouvait se tromper dans son interprétation de la bible. Je m'en souviens très bien parce que c'est à ce moment-là qu'elle m'a appris que la religion était un guide, mais que notre cœur demeure le juge parfait pour différencier le bien du mal. » Johanne s'était levée et racontait son histoire en marchant de long en large devant Madeleine. Elle tortillait une mèche de ses cheveux avec son index.

« Je suis désolée, est-ce que je peux vous offrir autre chose à boire ? »

« Non, non, merci, continuez s'il vous plaît. » Madeleine tenait la pointe de son stylo immobile sur son calepin, attendant patiemment que Johanne s'échappe et avoue des secrets incriminants sur sa mère.

« C'est quand on sortait de l'église que ma mère a remarqué un garçon d'une dizaine d'années qui dormait à poings fermés dans un coin. Elle s'est approchée de lui et lui a doucement posé une main sur l'épaule. Il s'est réveillé en sursaut et avait l'air complètement terrifié et essayait presque de rentrer dans le mur. Je n'oublierai jamais le tableau. Il était sale et maigre et avait les cheveux trop longs. Il s'était mis à gémir et ma mère l'a calmé en lui flattant les cheveux pendant plusieurs minutes. Il avait fini par se sentir en confiance et l'avait laissée le prendre dans ses bras. Jérôme est rentré à la maison avec nous ce jour-là et n'est jamais reparti. Il n'a pas prononcé une seule parole pendant des mois et maman s'est rendu compte qu'il avait un trouble du langage et était complètement analphabète. Ma mère a travaillé d'arrache-pied avec lui et il a fini par s'épanouir, comme une… fleur, dans notre famille. Beaucoup d'amour et d'attention, c'est tout ce dont il avait eu besoin. En fait, on n'a jamais su d'où il venait et il n'a jamais tenté d'y retourner. Mes parents l'ont adopté officiellement trois ans plus tard. »

« C'est une belle histoire. Et que fait Jérôme aujourd'hui ? » Toutes deux contemplaient l'homme de la photographie.

« Vous ne le croirez peut-être pas, mais il est lui-même professeur de sixième année et ça ne me surprendrait pas du tout qu'un jour quelqu'un veuille le prendre comme modèle pour un travail de recherche comme le vôtre. Jérôme est devenu le fils de sa mère. »

Madeleine ferma son calepin sans y avoir écrit un seul mot et se leva.

«En un mot, je dirais que Rose Bisson était une perle», résuma Johanne.

Une perle noire, oui! pensa Madeleine, que le récit était loin d'avoir convaincue.

«Oui, une perle, des plus rares», conclut son hôte en lui ouvrant la porte.

8

Exploration de fonds de tiroirs

Madeleine venait de finir sa toilette et était prête à descendre pour aller déjeuner lorsque le trait de lumière qui passait sous la porte de la chambre des maîtres lui réchauffa les pieds sur son passage. Elle s'arrêta, contempla la porte pendant un long moment alors qu'elle se remémorait l'après-midi de la veille. Johanne Charles lui avait démontré que l'amour filial n'était pas un mythe. Elle ouvrit la porte.

L'air humide emprisonné dans la pièce depuis la mort de sa résidente lui lécha la peau en s'échappant. Le soleil qui s'infiltrait de pleins feux par la fenêtre qui donnait sur l'est l'aveugla. Elle mit sa main en visière et entreprit de tirer un des panneaux des rideaux de dentelle avant de lancer un regard circulaire sur la chambre à coucher qu'elle connaissait à peine. Les points noirs qui brouillaient sa vue amplifiaient l'atmosphère irréelle qui régnait. L'aspect abandonné de la pièce ordonnée lui donnait l'impression que le temps était suspendu, arrêté dans une dimension à laquelle elle n'appartenait pas. Elle alluma l'interrupteur du plafonnier qui baigna sitôt la pièce d'une lumière ambrée lui permettant d'examiner l'ensemble du décor.

Le lit à deux places était recouvert d'une courtepointe bleue que sa mère avait fabriquée. Trois coussins jaunes étaient disposés en éventail à la tête du lit. Madeleine pouvait deviner les empreintes des doigts de sa mère qui les avaient battus une dernière fois le matin de sa mort. Il y avait une table de nuit de chaque côté du lit. Madeleine aurait été bien en peine de dire laquelle avait appartenu à sa mère si une banane n'achevait pas de se désintégrer sur le dessus de celle de gauche. Ce n'est qu'à la vue du fruit en putréfaction qu'elle put finalement identifier l'odeur qui l'agaçait depuis son entrée dans la pièce. Elle prit la banane noire par la queue et la laissa tomber dans la poubelle de plastique vide qui se trouvait tout près, dérangeant dans son geste une colonie de fourmis qui festoyaient. Les ouvrières se révoltèrent dans une course chaotique où toutes semblaient s'entrechoquer, désorientées par la soudaine attaque.

Madeleine sortit de la chambre avec la poubelle et revint quelques minutes plus tard, armée d'une tapette à mouches de la main gauche et d'un chiffon humide de la main droite. Après avoir exterminé les insectes qui traînaient encore et avoir bien astiqué le dessus de la table de nuit, elle en ouvrit l'unique tiroir. Celui-ci ne contenait que quatre romans à l'eau de rose qui, considérant leur délabrement, devaient avoir été lus, et relus. Les couvertures de chaque livre montraient de beaux couples enlacés, dessinés en couleurs harmonieuses et complémentaires. Les quatre femmes étaient minces avec des courbes féminines exagérées et bien mises en valeur, et avaient toutes une longue chevelure coiffée avec une expertise désinvolte bien qu'elles différaient toutes en couleur : il y avait une rousse, une noire, une blonde et une brune. La chevelure de Madeleine aurait pu, dans un autre monde, ressembler à celle de la brune. Les quatre hommes, eux, avaient tous un air exotique et une poitrine tellement musclée qu'elle ressortait de leurs chemises bien ajustées et un peu trop déboutonnées. Madeleine avait bien lu quelques-uns de ces romans pendant son adolescence, mais n'aurait jamais pu se douter que sa mère avait eu un faible pour les histoires d'amour qui finissent toujours bien.

Elle allait refermer le tiroir quand elle aperçut une petite boîte de velours bourgogne dissimulée par l'ombre du fond du tiroir. Celle-ci contenait un jonc fin en or terni, qui devait avoir scellé des vœux de mariage lointains. Madeleine le sortit de la boîte et tenta de le glisser à l'annulaire de sa main gauche, mais l'anneau s'arrêta au-dessus de sa deuxième jointure. Il devait avoir été mis au doigt d'une femme aux mains délicates. Madeleine remit le bijou dans sa prison de velours en se demandant à qui il avait bien pu appartenir et pesta contre une fourmi qui traversait la vitre du réveille-matin dont les aiguilles s'étaient immobilisées à 9 h 20. Elle la claqua à l'aide de la tapette à mouches, renversant le réveil qui émit un *ding* de protestation. La fourmi s'empressa de disparaître dans la première craque qu'elle trouva.

Madeleine contourna le lit sur lequel elle s'assit et se mit en devoir d'inventorier le contenu du meuble jumeau. Elle sortit un cadre du tiroir, en frotta la vitre poussiéreuse à l'aide du bas de sa robe, et l'approcha de ses yeux pour détailler la photographie qu'il contenait. C'était une photo de mariage en noir et blanc. L'homme, à droite, était raide de fierté. Ses cheveux foncés noyés dans la brillantine avaient été striés vers l'arrière avec un peigne qui devait être gardé à portée de main. Sous une immense moustache qui cachait complètement sa lèvre supérieure sans arriver à dissimuler une mauvaise cicatrice, on pouvait deviner un sourire empreint de satisfaction. C'était la cicatrice qui lui avait permis de reconnaître son père. Il portait un costume trois-pièces d'une couleur foncée et une cravate à rayures diagonales. À sa gauche, il y avait une femme qui semblait assez jeune pour être sa fille. Il tenait sa main gauche levée vers l'avant comme pour présenter un joyau à l'objectif. Madeleine crut reconnaître au doigt de la jeune fille le jonc qu'elle avait elle-même tenté d'enfiler sans grand succès quelques minutes plus tôt. La jeune fille était vêtue d'une robe blanche d'une élégante simplicité et qui révélait à peine des rondeurs proportionnelles. Sa chevelure était remontée dans une coiffure structurée. Ses traits, sans être fins, étaient harmonieux. Sa tête était tournée vers l'homme qui lui tenait la main. Son regard songeur semblait scruter le visage de celui à qui elle venait de promettre de partager le lit jusqu'à ce que la mort les sépare. La jeune femme, dont la mâchoire n'était pas alourdie par des mentons multiples, avait été sa mère.

Madeleine n'avait pas le souvenir de n'avoir jamais vu cette photographie, ni aucune autre d'ailleurs. Sa mère n'avait jamais eu d'appareil photo pour immortaliser les anniversaires ou les Noëls et chaque fois que Madeleine avait fait preuve de curiosité quant au passé de la famille, Rosalie avait invariablement contourné son questionnement en affirmant que le passé était bien où il était et qu'il n'y avait aucune raison de le ressasser. Madeleine avait donc grandi dans un présent qui n'avait jamais été figé par des clichés, ni en noir et blanc ni en couleurs ; un présent qui était toutefois hanté par ses propres expériences passées qu'elle maintenait bien vivantes dans sa mémoire d'éléphant.

Elle posa le cadre bien en vue sur le dessus du meuble, ajustant l'angle de manière que l'image ne soit pas effacée par les reflets de la lumière contre la vitre, et continua d'explorer le tiroir.

Elle en sortit une montre qui, d'après l'usure du troisième trou du bracelet de cuir, avait été portée de nombreuses années au même poignet ; un vieux portefeuille qui contenait les pièces d'identité de son père ; deux cartes d'anniversaire de mariage qui dataient d'avant sa naissance et qui avaient toutes deux été signées à ma jeune femme, ton Arthur pour toujours ; un peigne de plastique noir auquel il manquait deux dents — quelques cheveux gris étaient entortillés dans celles qui restaient. Le dernier item, qui avait adhéré au fond du tiroir avec les années, était une feuille de papier qu'on avait pliée deux fois pour créer une carte d'anniversaire maison. Sur la couverture, une enfant sans grand talent avait dessiné une tête d'homme caractérisé par une énorme moustache et une mauvaise cicatrice ; à l'intérieur, une adulte, sans doute sa mère, avait écrit *bonne fête papa,* et une enfant avait signé *Madeline* en lettres inégales. Madeleine sourit ; elle se revoyait la langue tirée, à moitié couchée sur son pupitre, alors qu'elle se concentrait pour écrire son interminable nom, jetant des coups d'œil envieux à sa voisine de classe qui avait la chance de se prénommer Lili.

C'était tout ce qui restait de la vie de son père. Ce tiroir de table de nuit constituait les oubliettes dans lesquelles sa mémoire avait été mise au rancart.

Madeleine y remit tous les objets, referma le tiroir et continua son inspection de la chambre.

Elle aurait pu croire qu'elle se trouvait devant sa propre garde-robe tant les robes qui y étaient pendues ressemblaient aux siennes. Elle poussa les cintres à gauche et à droite, cogna sur le mur du fond, question de s'assurer qu'il ne donnait pas accès à un passage secret, tout en sachant pertinemment que la cuvette de toilette se trouvait juste derrière le mur. Sur le sol étaient alignées trois paires de chaussures identiques qui se différenciaient seulement par leur degré d'usure ; trois paires de chaussures d'infirmière en version marron. Dans le fin fond de la garde-robe, elle trouva une robe de mariage en satin jauni, la même robe que sa mère avait portée sur la photo noir et blanc. Madeleine soutint le cintre sous son menton et appliqua la robe contre son corps. Celle-ci devait être trop petite de cinq bonnes tailles.

La commode était la dernière pièce d'ameublement. Madeleine alluma la petite lampe à l'abat-jour de perles de plastique qui y était posée et procéda à la fouille méthodique de chaque tiroir en commençant par celui du haut, le tiroir de sous-vêtements. La collection d'immenses culottes ne s'était jamais retrouvée dans la lessive, Rosalie ayant toujours pris soin de savonner elle-même ses dessous. Madeleine, incapable de planter ses mains dans l'intimité de sa mère, réfléchit un instant. Elle s'empara enfin de la tapette à mouches pour utiliser son manche comme outil d'exploration. Elle piqua chaque recoin du tiroir pour constater avec un certain soulagement qu'aucun corps étranger n'y était planqué. Le deuxième et le troisième tiroir étaient remplis de vestes de laine, de bas et de collants. Rien d'intéressant. Elle faillit abandonner sa fouille jusqu'à maintenant décevante alors qu'elle considérait le tiroir du bas du haut de son mètre soixante-trois. N'aimant rien laisser d'inachevé, elle finit par se mettre à genoux en maintenant son équilibre à l'aide de ses mains appuyées sur le dessus du meuble qui menaça de basculer sous l'assaut de la grosse femme. Il se redressa aussitôt qu'elle lâcha son emprise. Une fois sur les genoux, elle tira sur les poignées du tiroir avant de s'affaler sur le sol, surprise par la facilité avec laquelle il était sorti de son orifice, ravalant avec peine des paroles que sa mère aurait considérées comme indignes d'une fille bien élevée.

L'unique contenu du tiroir était une vieille boîte de carton qui devait avoir un jour renfermé une des paires de chaussures d'infirmière version marron.

Madeleine, toujours par terre, sortit la boîte et la posa sur le lit dont elle entreprit l'ascension. Elle mit la boîte sur ses cuisses et en retira le couvercle. Ce qui lui avait à première vue semblé être un amas de paperasses sans intérêt s'avéra révéler des bribes de la vie de sa mère qui surpassaient tout ce qu'elle aurait pu s'imaginer.

Elle déplia une lettre qui avait été rapiécée avec soin à l'aide d'une quantité industrielle de ruban adhésif après avoir été déchirée en deux dans un mouvement qui témoignait d'une rage certaine. Le reste des cicatrices de la page semblaient avoir été causées par l'usure, par la manipulation excessive d'un objet fragile. On pouvait voir que quelqu'un avait tracé par-dessus certains mots qui y étaient inscrits à l'aide d'un stylo d'une couleur légèrement différente du stylo d'origine, comme pour tenter de ressusciter des propos que le temps voulait effacer.

My dearest Rosy,

Je despair tout les jour de prendre ton lovely face dans mes mains again. Je voudrait te donner plain de kisses, sur ton nez, tes joues, ton front, mais surtout tes hot lips. Tu connais comment tes lips me font rever? Quand je ferme les yeux, je vois toi derrière le counter, smiling at me, busy avec les customers, qui, je sais, te regardent tous avec quelque chose dans les yeux qui me rend fou jalou. Tu sais combien de temps je voulais sauter over ce counter, prendre toi dans mes bras and take you away with me forever? I know, it's impossible, for now...

Le soir que tu as été avec moi to the cinema was marvelous. I was the happiest man alive de tenir tes petites doigts dans ma main. You are my Marilyn, Rosy.

C'est mon birthday la prochaine semaine. Je vais être 26. J'ai attendu un long temps pour trouver the love of my life. Maintenant que je te trouve, my rosy Rosaly, je vais garder toi always dans mon cœur. Je vais retourner soon. Attend pour moi my Sweetpea.

With all my love.

Your Chris forever

P.S. Je donne à toi une photo pour que tu n'oublie pas moi

Madeleine relut la lettre cinq fois, la mâchoire pendante de stupéfaction, devinant les mots qu'elle ne connaissait pas. Elle sortit de la boîte un petit dictionnaire Français-Anglais, English-French qui, selon la page de garde, appartenait à une Rosalie Lamoureux. Madeleine lut le nom à voix haute, elle n'avait jamais entendu sa mère utiliser son nom de jeune fille. C'était comme si sa vie avait commencé le jour de ses noces. Madeleine ouvrit le dictionnaire à la section S du côté anglais-français et chercha le mot *sweetpea* qu'elle trouva aisément puisqu'on avait pris la peine de le souligner d'un gros trait noir. *Sweetpea n.* pois *m* de senteur. *Mon pois de senteur.* Elle fit la même recherche pour tous les mots qui lui échappaient et qui avaient tous été soulignés du même trait noir que *sweetpea.* De toute évidence, quelqu'un s'était déjà livré à l'exercice, probablement avec les mêmes intentions qu'elle, celles de faire disparaître tout doute qui pouvait subsister quant à la signification de la lettre.

C'est dans une enveloppe adressée à Rosalie Lamoureux, 19 rue Principale, Sainte-Marie-de-la-Présomption, et qui ne portait pas d'adresse de retour, que Madeleine trouva la photographie qui était mentionnée dans le post-scriptum de la lettre. L'image en noir et blanc montrait le buste d'un jeune homme dans la vingtaine dont les cheveux pâles, coiffés à la Elvis, réfléchissaient un trait de lumière qui lui éclairait le côté gauche du visage. Il semblait avoir les yeux clairs ; bleus, verts, ou peut-être même pers. Il souriait à pleines dents, tant qu'on aurait dit qu'il s'apprêtait à s'esclaffer. Il avait négligé de fermer les boutons supérieurs de sa chemise. L'ouverture béante donnait l'impression qu'il avait écarté les pointes du col pour obtenir un décolleté calculé qui dévoilait la naissance d'une poitrine musclée pas plus velue que celle d'un adolescent. Chris aurait facilement pu poser pour la couverture d'un des romans à l'eau de rose de sa mère. Madeleine traça doucement le contour du visage de l'homme du bout de son index, la tête perdue dans un nuage de la mésosphère.

« Chris », murmura-t-elle. Elle n'aima pas le son du nom dans sa bouche. Il lui rappelait les blasphèmes qu'elle avait entendu certains hommes lancer dans des moments d'exaspération.

Elle remit l'image et la lettre dans l'enveloppe et continua son inspection de la boîte de carton. Il y avait quelques poèmes qui vantaient les mérites de l'amour écrits de la main de sa mère ; une rose séchée et aplatie qui devait un jour avoir été rouge, mais qui paraissait maintenant presque noire ; quelques mèches de cheveux enveloppées dans une pellicule de plastique et qui ne portaient aucune indication quant aux possesseurs des têtes desquelles elles avaient été coupées.

Elle sortit finalement une petite pile de photographies dont les cinq premières étaient du même bébé joufflu, identifiées à l'arrière comme étant Madeleine. Il y avait ensuite une photo qui montrait un couple et deux adolescentes qui devaient être espacées en âge de trois ans au plus. Ils se tenaient devant une bâtisse et pointaient un panneau qui affichait en lettres fraîchement peintes *Chez Philippe — Cuisine traditionnelle*. L'inscription au dos de la photo disait : Papa, maman, Lucie et moi, ouverture du restaurant, 5 juillet 1953. De toute évidence, la photo avait été prise avant la guerre sororale qui avait existé entre sa mère et sa tante Lucie. Sa tante Lucie qu'elle n'avait jamais connue.

Madeleine sortit de la chambre, la boîte de chaussures sous le bras, chiffon et tapette à mouches en main. Les quatre romans qu'elle avait mis dans la poche de sa robe se dandinaient au rythme de son déhanchement.

Elle était rentrée dans la chambre de sa mère sur un coup de tête curieux et en ressortait avec la tête pleine de questions auxquelles plus personne ne pouvait répondre.

~~Nathalie Sauvageau~~

~~Madame Bisson~~

Claude Rioux

Benoît Lachance

Judith Allaire

Anne Houle

Angèle Lemieux

Luc Sauvé

9

La danse de la victoire

Madeleine regardait son épisode de Santa Maria sans être capable d'y porter toute son attention. Pour une fois, le monde dans lequel elle vivait lui semblait plus fascinant que celui des personnages du roman télévisé. Elle se récitait la lettre de Chris qu'elle avait fini par mémoriser en remplaçant Rosy par Mado. Ce n'était qu'une légère distorsion de la réalité ; après tout, Madeleine était bien la fille de sa mère. Elle s'imaginait comme un petit pois vert qui chatouillait les lèvres d'un Chris affamé jusqu'à ce que sa conscience fasse une croix sur l'image. Elle ne savait pas trop si son inconfort provenait de son appropriation illégitime des mots de la lettre d'amour ou de l'érotisme qu'elle devinait dans la scène.

Madeleine restait confuse, étourdie par ses découvertes de la matinée. Comment se faisait-il qu'elle n'ait jamais su que la taille de sa mère, sans être de guêpe, avait déjà eu une mensuration inférieure à celle de ses hanches ? Elle avait toujours cru qu'elle avait suivi les pas de sa mère dans l'existence mis à part un mari qui n'en avait occupé qu'une petite portion. Elle aurait voulu reculer dans le temps de quelques mois et, alors que sa mère et elle tricotaient côte à côte, l'interroger sur son amoureux mystérieux, sur sa tante Lucie, sur le restaurant *Chez Philippe*, lui tirant les vers du nez s'il s'avérait nécessaire. Tout ce brassage de réflexions et de regrets n'avait qu'un seul résultat : amplifier sa frustration qu'elle n'avait aucun moyen d'apaiser. Elle décida donc qu'elle devait, pour la simple préservation de sa santé mentale, oublier ses interrogations, les enfoncer dans le tiroir des questions sans réponse de son cerveau et le cadenasser. La meilleure chose à faire pour réussir ce tour de force était de se concentrer sur sa propre vie.

Ses pensées la ramenèrent donc vers Claude Rioux, la troisième personne sur sa liste noire, celle qui, par son hypocrisie, avait réussi à la caler davantage dans son désespoir après lui avoir offert une bouffée d'oxygène. Madeleine se remémora la soirée où elle avait à peine survécu à la noyade tant le flot de ses larmes avait été torrentiel.

Claude Rioux avait été d'une cruauté incomparable à son égard. Quand tous les autres s'étaient moqués d'elle ouvertement, cette fille avait comploté pour la détruire. Elle se souvenait du bonheur qu'elle avait éprouvé pendant un court temps alors qu'elle découvrait les vertus des relations sociales, alors que la fille la plus populaire de l'école lui adressait la parole, lui souriait, lui demandait comment elle allait. Claude Rioux lui avait fait reluire l'idée qu'elle n'était pas destinée qu'à être un souffre-douleur alors que ses camarades de classe, encouragés par l'exemple de la belle fille, avaient commencé à lui accorder plus d'attention positive, sinon considérablement moins d'attention négative.

Tout avait commencé le premier jour de son arrivée à l'école secondaire de l'ouest de la ville. Madeleine avait insisté pour qu'on l'y transfère malgré les dix kilomètres supplémentaires qu'elle devait parcourir pour s'y rendre. Elle avait espéré que ce changement lui donnerait la chance de repartir à zéro et de finir ses études secondaires sur une bonne note. Elle avait dix-sept ans et elle était indéniablement grosse. Elle se revoyait assise à son bureau, son livre de mathématiques ouvert devant elle, attendant que le cours commence. Un garçon s'était planté à côté d'elle et lui avait lancé : « Hey, l'hippo, tu veux que je vole par-dessus toi pour aller à ma place peut-être ? » Madeleine avait été sur le point de se lever sans répliquer quand la fille assise devant elle s'était retournée, avait regardé le garçon droit dans les yeux et lui avait répondu du tac au tac : « Pourquoi pas, Dumbo ? Avec tes oreilles, ça ne devrait pas être un problème. » Elle avait ensuite offert un clin d'œil complice à Madeleine qui avait souri, stupéfaite qu'une fille aussi belle et parfaite ait pris la peine de prendre sa défense. Le garçon, sans un mot, avait trouvé un autre chemin pour se rendre à son bureau.

« Salut ! Je m'appelle Claude, mais tout le monde m'appelle Sisi. Me demande pas pourquoi. Et surtout, n'écoute rien de ce que dit ce flan mou, il ouvre juste sa trappe pour attirer l'attention. »

« D'accord. Moi, c'est Madeleine. »

Leur première conversation avait été coupée court par le prof de mathématiques dont l'enthousiasme pour la trigonométrie lui avait semblé démesuré. Madeleine avait passé tout le cours à admirer la brillance de la chevelure noire de sa protectrice.

À l'heure du dîner, tout le monde dans la cafétéria colportait la façon dont Sisi avait encore une fois fermé le clapet à GG, abréviation pour le surnom de Grande Gueule, avait-elle appris plus tard.

Elles avaient souvent eu des échanges amicaux après ce jour. Claude lui demandait si elle avait trouvé la réponse à la stupide question numéro trois ou si elle pouvait lui prêter un stylo ; et tous les lundis, elle lui demandait immanquablement ce qu'elle avait fait pendant la fin de semaine, question qui embêtait toujours Madeleine. Elle se souvenait avoir passé des fins de semaine entières à inventer un récit rempli d'activités qu'elle n'avait jamais faites, persuadée que la platitude de sa réalité découragerait Claude de continuer à lui poser la question. Elle ne savait pas pourquoi elle avait senti le besoin de se mettre dans la peau de quelqu'un d'autre devant cette fille qui ne semblait pas la juger. Madeleine incarnait donc un personnage fictif pour être digne de son intérêt. Ainsi, elle s'était créé de toutes pièces des amis qui habitaient son quartier. Elle décrivait des soirées entre filles suivant le modèle de celles qu'elle voyait dans ses émissions de télévision. Elle était même allée jusqu'à lire les critiques cinématographiques dans le journal pour avoir des opinions sur des films qu'elle n'avait pas vus, et attendait au lundi matin, pleine d'excitation à l'idée de raconter à sa camarade de classe les aventures qu'elle avait imaginées de toutes pièces toute seule dans sa chambre.

Claude Rioux avait été son idole. Elle avait représenté en tout point ce que Madeleine aurait voulu être : belle, mince, populaire. Elle provenait en plus d'une famille « riche comme

Crésus», disait-on. Tout le monde riait quand elle racontait des blagues; tout le monde l'écoutait quand elle parlait. Les filles recherchaient sa compagnie autant que les garçons. Les premières, non seulement en raison du pouvoir d'attraction qu'elle avait sur ces derniers, mais aussi parce qu'elle irradiait une énergie indéfinissable qui avait l'effet d'une drogue. Elle pouvait tout autant calmer les nerveux que faire rire les dépressifs.

Mais bien sûr, tout ça n'avait pas duré. Claude, en omettant de l'inviter à la grande fête de Noël qu'elle donnait chaque année et à laquelle tous devaient être invités, lui avait bien fait comprendre que malgré les apparences, elle était encore plus cruelle que le reste. Pendant plus d'un mois avant la fête, qui devait avoir lieu le soir du dernier jour de classes avant le congé des fêtes, Madeleine avait entendu des groupes de filles excitées parler des robes qu'elles allaient porter, des garçons qu'elles allaient conquérir, des cadeaux qu'elles allaient gagner. Madeleine avait aussi entendu dire que Claude envoyait des cartons d'invitation officiels en lettres attachées dorées aux invités, indiquant la date, le lieu, l'heure et la tenue vestimentaire appropriée, soit une robe longue pour les filles, et un complet-cravate pour les garçons. L'atmosphère était pleine d'anticipation que Madeleine avait tenté d'ignorer, tenant pour acquis que les portes de la fête lui seraient naturellement closes, jusqu'au jour où Sisi lui avait lancé, alors qu'elles sortaient de la classe de maths pour s'engouffrer dans la cohue du couloir, une phrase qui l'avait rendue plus heureuse qu'elle ne l'avait jamais été :

«J'ai bien hâte de voir la robe que tu vas porter à la fête! Ciao, Madeleine, à demain!»

J'ai bien hâte de voir la robe que tu vas porter à la fête. Elle avait eu beau analyser la phrase de toutes les façons possibles — elle l'avait même écrite avec soin sur la couverture arrière de son cahier de mathématiques pour s'assurer de n'en oublier aucun des mots — elle arrivait toujours à la même conclusion : elle, Madeleine Richard, était invitée à la fête de l'année donnée par la fille la plus populaire de l'école qui, en plus, avait *hâte* de voir sa robe. Elle n'avait plus eu qu'à attendre son invitation officielle, son propre carton d'invitation en lettres attachées dorées ; carton d'invitation qui ne s'était jamais rendu à destination.

Jusqu'à la dernière minute, elle avait attendu, convaincue que l'enveloppe tant convoitée *devait* arriver.

Elle avait attendu, jusqu'à la soirée même de la fête, vêtue de la robe de velours vert forêt que sa mère avait fini par accepter de lui commander pour mettre fin à ses supplications, supplications qui, elles, avaient commencé dès la fin de son analyse détaillée de la phrase *j'ai bien hâte de voir la robe que tu vas porter à la fête.* Madeleine avait feuilleté la section *robes de soirée* du catalogue Sears pendant des heures, en pliant le coin des pages de celles qui lui plaisaient, et qui étaient offertes dans sa taille, X-large. Elle avait finalement arrêté son choix sur la robe de velours vert, incapable de s'imaginer vêtue de satin bleu pâle ou de dentelle rouge. Elle avait découpé la page et avait tout d'abord abordé le sujet de la fête avec sa mère, page de catalogue en main, avec désinvolture. Sa mère s'était pourtant montrée étonnamment récalcitrante à l'idée de laisser sa fille assister à sa première fête, argumentant avec l'énumération des dangers possibles et des déceptions certaines. Madeleine avait donc répliqué à son argumentation en la harcelant incessamment jusqu'à ce qu'elle finisse par plier. Ça lui avait pris trois jours. Sa robe avait été livrée une semaine plus tard.

Elle avait attendu dans sa belle robe de velours, les cheveux remontés dans un chignon compliqué qu'elle avait elle-même tortillé en s'inspirant de celui de la mannequin du catalogue Sears qui portait la même robe de velours vert, mais dans la taille X-small.

Elle avait attendu, plantée devant la fenêtre du salon, assourdie par le *tic tac* du pendule de l'horloge grand-mère qui égrainait dans son va-et-vient les secondes où la fête se déroulait sans elle. Elle s'attendait encore à ce que des phares apparaissent au coin de la rue et qu'une voiture, probablement noire, s'arrête devant chez elle et que quelqu'un, n'importe qui, lui amènerait en main propre le carton qui lui indiquerait l'adresse où elle devait se rendre pour pouvoir parader sa belle robe parmi toutes les autres filles de l'école, et peut-être même, ainsi endimanchée, attirer le regard admiratif d'un garçon.

Mais elle avait attendu en vain. L'horloge avait égrainé les secondes jusqu'à ce que la fête ait pris fin alors qu'elle se trouvait elle-même encore dans son salon, assise dans le Lazyboy, enrobée de la noirceur la plus totale. Plus aucune voiture ne passait dans la rue. Une larme silencieuse après l'autre s'échappait de ses yeux, parcourait la courbe de sa joue et plongeait de son menton pour aller s'échouer sur sa robe neuve. Minuit avait sonné sans que Cendrillon se soit rendue au bal et Claude s'était avérée être la marâtre plutôt que la fée marraine.

À sa troisième tentative, sa mère avait fini par la convaincre d'aller se coucher, qu'il ne fallait pas en faire tout un plat, que ce n'était pas grave, qu'elle n'avait probablement rien manqué. Madeleine était montée dans sa chambre, avait enlevé sa robe maintenant picotée de gros points noirs mouillés, l'avait remise sur son cintre et l'avait enfermée dans sa garde-robe.

Madeleine s'était pratiquement cloîtrée dans sa chambre pendant toutes les vacances de Noël, ne sortant que quand sa mère lui criait que le repas était prêt, ou qu'elle avait une fringale.

Le jour de la rentrée, avant le début du cours de mathématiques, tout le monde parlait encore de la fête, se remémorant des anecdotes comiques, parlant de couples qui s'y étaient formés, des chansons qu'ils avaient dansées. Madeleine écoutait les histoires, rouge de rage, quand Claude avait eu l'audace de la narguer en lui demandant pourquoi elle n'était pas venue. Madeleine lui avait lancé un regard mauvais et lui avait tourné le dos sans répondre. Elle ne lui avait en fait plus jamais adressé la parole et l'avait évitée comme la peste jusqu'à la fin de l'année, détournant les yeux si elle avait le malheur de se retrouver devant elle, changeant de direction pour éviter de la croiser dans les couloirs ; elle avait même demandé au professeur de mathématiques la permission de changer de place pour être à l'avant de la classe sous prétexte d'avoir de la difficulté à lire les équations au tableau.

Elle avait brièvement pensé à assister au bal des finissants à la fin de l'année, se disant que c'était son droit, qu'elle avait bien mérité de célébrer d'avoir survécu à sa scolarisation, qu'elle n'avait pas besoin de la permission de Claude Rioux pour assister à cette fête ; mais quand elle avait ressorti sa robe de velours de sa garde-robe pour la première fois depuis la fête manquée, qu'elle l'avait enfilée, et qu'elle s'était aperçue que la fermeture éclair dans son dos ne pouvait monter qu'à moitié, elle n'avait pas eu le cœur d'aller harceler sa mère pour une nouvelle robe. Au lieu, pour célébrer, sa mère et elle, avaient ensemble préparé son gâteau préféré, un gâteau forêt-noir à trois étages recouvert de crème fouettée maison et d'un bocal entier de cerises au marasquin. Elles l'avaient mangé avec des boules de crème glacée à la vanille, assises devant la télé à regarder le film *La Fièvre du samedi soir*, mettant en vedette le beau John Travolta, qui passait en première.

Le générique de Santa Maria la tira de sa rêverie et la publicité de friandises qui passa avant le début de l'émission de Jerry Springer fit germer une idée dans son esprit. Elle mit son tricot de côté, s'apercevant que le foulard qu'elle avait continué de tricoter machinalement pendant ses réflexions était maintenant assez long pour en faire deux, et alla chercher son journal de bord. Elle l'ouvrit à la section *Claude Rioux*. Son numéro de téléphone était inscrit à la première ligne. Raymond Lafrenière n'avait pas eu de difficulté à trouver Claude puisque celle-ci n'avait jamais quitté Sainte-Marie. Le détective avait aussi informé Madeleine qu'elle ne s'était jamais mariée. Se pouvait-il que la fameuse Sisi n'ait jamais trouvé preneur ? Cette pensée lui réchauffait le cœur.

Elle écrivit un scénario rempli d'arguments, prévoyant les réactions de son interlocutrice dans des répliques concises, le répéta des dizaines de fois, ajustant son ton jusqu'à ce qu'il lui paraisse naturel et nonchalant, agrippa ensuite le combiné du téléphone avec détermination, et le reposa sur sa base. Elle se sentait plus nerveuse qu'une actrice débutante qui s'apprête à monter sur les planches le soir de la première.

Elle prit quelques grandes respirations, décrocha à nouveau le combiné, composa le numéro, et raccrocha aussitôt que la sonnerie se fit entendre. La sonnerie était bien réelle. Elle s'était fait entendre chez Claude Rioux. Celle-ci allait répondre et Madeleine n'aurait qu'une seule chance pour vendre sa salade.

« Arrête de faire la poule mouillée, Madeleine, t'es capable », s'encouragea-t-elle en recomposant le numéro.

Ça sonnait…

… une fois, deux fois, trois, quatre, cinq…

Elle s'apprêtait à raccrocher, déçue, quand on répondit : « Bonjour, vous êtes bien… »

« Allô ! » interrompit une voix de femme essoufflée.

« … chez Claude… » continua la première voix.

« Un instant que j'arrête le répondeur », la coupa à nouveau la deuxième voix où l'essoufflement laissait place à l'exaspération… « Rioux et… ». La première voix se tut enfin.

« Bon, oui ? »

Madeleine resta silencieuse une seconde, déboussolée.

« Oui ? » répéta la voix dont le ton tournait maintenant à l'impatience.

« Ou-ou-i », bégaya Madeleine.

« Oui ? »

« Claude Rioux ? »

« Un instant. »

Un *toc* prévint Madeleine que le combiné avait été posé contre du bois.

Madeleine profita de l'entracte pour relire son scénario.

« Allô ? »

« Oui, Claude Rioux ? »

« C'est moi-même. »

Madeleine lut : « Bonjour Claude, c'est Madeleine Richard… »

« Madeleine Richard, Madeleine Richard du secondaire ? »

« Oui. » Madeleine se dépêcha de sauter la réplique où elle avait prévu de se décrire, de dire où elles s'étaient connues et comment, et marqua la réplique qui devait suivre de son index.

« Madeleine ! Quelle surprise ! Comment ça va ? Ça en fait une paye ! »

« Ça va bien, et toi ? »

« Comme un charme. Tu habites encore à Sainte-Marie ? »

« Oui, encore. Et toi ? »

« Haha ! J'imagine puisque tu m'y as trouvée ! »

« Haha ! Oui, bien sûr. »

« Dans le bottin, j'imagine ? »

« Pardon ? »

« Tu m'as trouvée dans le bottin téléphonique ? Ou tu m'appelles parce que tu as besoin de mes services ? »

« Euh… oui. »

« Tu as besoin de mes services ? Tu as des problèmes ? »

« Non, non, je n'ai pas de problèmes. Oui, je t'ai trouvée dans le bottin », répondit Madeleine qui était de plus en plus perdue. Elle décida d'ignorer la dernière remarque et de poursuivre avec son scénario.

« Je t'appelle pour savoir si tu serais intéressée à m'aider à organiser une fête d'Halloween pour notre classe du secondaire. »

« Une fête d'Halloween ? »

Madeleine était prête à énoncer son premier argument : ça donnerait l'occasion à tous les vieux copains de se réunir et de ressasser de vieux souvenirs. Elle s'apprêtait à le lire quand Claude poursuivit : « J'adore l'Halloween, quelle merveilleuse idée. Ça me ferait plaisir de revoir tout le monde et de te revoir, toi aussi, Madeleine. »

Madeleine, décontenancée, mit son cahier de côté.

« Qu'est-ce que tu veux que je fasse ? » demanda Claude.

« Eh bien, j'avais pensé qu'on pourrait peut-être se diviser les tâches. Qu'est-ce que tu en dis ? »

« Bien sûr. Laisse-moi regarder mon calendrier. Hum, le 31 octobre est un dimanche, on pourrait l'organiser pour le samedi 30 ? »

« Ça me semble parfait. »

« Tu as déjà une salle en vue ? »

« Non, j'attendais de voir si le projet t'intéressait. » Madeleine passa les rênes à Claude pour qui ce genre d'organisation semblait routinier.

« Mes parents ont un hôtel au centre-ville. Je suis certaine qu'on peut utiliser une des salles de conférence. »

« Ça me semble parfait. »

« Nous sommes déjà le 11 octobre, il faudra faire vite. Ça ne nous laisse pas beaucoup de temps, mais je crois que c'est faisable. »

« J'ai juste un problème », dit Madeleine d'une petite voix.

« Ah oui ? Lequel ? »

« J'ai bien peur d'avoir oublié une grande partie des noms de ceux qui étaient dans notre classe. »

« Oh ! C'est tout ? C'est pas un problème, je crois que je me souviens de tout le monde, sinon j'ai un album pour m'aider. Je vais faire la liste et je te la donne, d'accord ? On pourra se la séparer pour essayer de les retrouver. À mon avis, c'est là qu'on pourrait avoir le plus de difficultés. »

« Oh ! Ça ne devrait pas être trop difficile. Je connais

quelqu'un qui peut retrouver les gens facilement », rétorqua Madeleine, fière de pouvoir offrir une solution.

« C'est décidé donc. Donne-moi ton numéro et je vais te contacter aussitôt que j'ai complété la liste. Ça marche ? »

Un large sourire éclairait le visage de Madeleine lorsqu'elle raccrocha.

Elle décida de célébrer. Elle alla dans la cuisine et passa des heures à préparer un festin qu'elle se permit de déguster devant la télévision.

Elle en était à son plat de résistance, concentrée sur un documentaire présentant la façon inhumaine dont on devait gorger les oies pour faire du foie gras quand la sonnerie du téléphone qui se trouvait sur la table juste à côté d'elle retentit.

Madeleine, dans un sursaut, lança sa fourchette qui se trouvait à quelques centimètres de ses lèvres, provoquant une averse de grains de riz autour d'elle. Le dégât lui provoqua un violent soubresaut de la jambe droite qui déséquilibra l'assiette posée sur ses cuisses et la moitié des os de poulet qui y étaient empilés roulèrent sur le sol.

« Allô ! », répondit Madeleine avant même que la première sonnerie ait terminé de se faire entendre.

« Madeleine ? C'est Claude. J'ai terminé la liste. Tu as un crayon ? »

« Déjà ? Oui, une minute. »

Madeleine posa son assiette sur la table du salon, se leva en hâte, et partit à la recherche de son cahier de bord et de son stylo, prenant soin de sautiller pour éviter d'écraser les grains de riz qui étaient éparpillés un peu partout.

« Bon, je l'ai. Je suis prête. Désolée, je ne m'attendais pas à ce que tu l'aies terminée aussi vite. »

« Pourquoi remettre à demain… bon tu connais l'expression ! Je vais te donner dix noms. J'ai une bonne idée de la façon de trouver les autres et Jonathan, mon assistant, pourra nous aider. Il a l'habitude de faire des recherches comme ça. »

« OK, je t'écoute. »

Claude lui dicta la liste de noms dont certains lui paraissaient familiers alors qu'elle avait l'impression d'entendre les autres pour la première fois.

« C'est noté. Je m'y mets tout de suite. »

« Parfait ! Et pas de problème pour la salle, c'est déjà réglé. »

« C'est merveilleux. Merci Claude. »

« Non, merci à toi Madeleine. C'est ton idée qui est merveilleuse. Il faut que j'y aille. J'attends de tes nouvelles, d'accord ? À bientôt ! »

« Oui. » Claude avait déjà raccroché. « À bientôt », poursuivit tout de même Madeleine. Elle arrivait à peine à croire que tout se déroule avec une telle facilité. Elle reprit le téléphone et composa le numéro de Raymond Lafrenière. Pas de réponse. Ça pouvait attendre au lendemain.

Elle appuya sur le bouton *off* de la télévision et sur le *on* de la radio et alla chercher l'aspirateur dont le bruit du moteur étouffa un slow du groupe Air Supply qui passait à la station rock-détente. Un os de poulet entra dans la bouche de l'aspirateur avec un bruit qui laissait croire qu'il était passé de travers dans le tuyau. Le grondement régulier fit place à une plainte marquée d'un sifflement strident. Madeleine éteignit l'appareil et débrancha le tuyau pour le palper d'un bout à l'autre, à la recherche du blocage qu'elle localisa au beau milieu. L'os était bien coincé. Madeleine souffla dans le tuyau, le secoua avec force ; rien à faire, le tuyau refusait de le régurgiter. Elle se résolut à aller chercher un de ses meilleurs couteaux de cuisine et utilisa tout son poids pour faire une incision dans le plastique. La plaie, plus large que nécessaire, laissa sortir l'os sans plus de complications. Alors que Madeleine pansait le tuyau, l'entourant plusieurs fois du ruban adhésif noir qu'on utilise pour les travaux d'électricité, une voix langoureuse masculine annonça une demande spéciale :

« Voici une chanson pour Henriette et Hubert qui célèbrent aujourd'hui leur quarantième anniversaire de mariage. Pour tous les couples ce soir, « Come Danse With Me » du légendaire Frank Sinatra. »

Madeleine, sur le point de brancher le tuyau dans son orifice, sentit sa tête et ses hanches suivre le rythme du saxophone. Elle agrippa la partie métallique du tuyau de sa main droite, gardant le coude bien levé, elle entoura ensuite la partie souple du tuyau autour de sa taille, le maintint en place à la hauteur de ses hanches avec sa main gauche, et tournoya ainsi dans le salon jusqu'à la dernière note de la chanson. Ses pensées étaient à des années-lumière des grains de riz qui collaient sous ses pantoufles.

C'était jour de fête.

10

La sainte thyroïde

Madeleine poussa avec peine les portes tournantes qui l'emmèneraient de la rue au hall d'entrée de l'*Oeil du Libérateur*. C'était la première fois qu'elle mettait les pieds dans un hôtel quatre étoiles et elle comprit la signification de celles-ci en regardant le décor luxueux qui l'entourait. Il y avait des arbres tropicaux qui poussaient dans des pots de terre cuite géants disposés au travers de nombreux sièges de cuir. Le jet d'eau d'une fontaine que Madeleine chercha des yeux, et qu'elle aperçut derrière les branches d'un palmier, était un bruit de fond. Elle devina la démarche rapide d'une femme portant des escarpins dans le bruit aigu que les talons faisaient contre le marbre du plancher. Les souliers en question étaient chaussés par une femme dans la vingtaine vêtue d'un uniforme qui aurait autant pu être celui d'une compagnie aérienne ou de l'hôtel. Madeleine sursauta au son d'un jappement strident derrière elle. Elle se retourna pour découvrir un caniche nain dont les frisettes blanches étaient ornées de boucles turquoise. Il jappa en regardant Madeleine dans les yeux une fois de plus, exigeant qu'elle lui cède le passage. Il tirait sur sa laisse, tenue par une femme vêtue d'un gros manteau de fourrure ouvert qui dévoilait une robe du même turquoise que les boucles du chien. Celle-ci était occupée à tirer sur une seconde laisse dont l'extrémité disparaissait dans une fente de la porte tournante. Un homme vêtu d'un uniforme similaire à celui de la femme aux escarpins accourut dans leur direction pour porter secours à la cliente qui avait commencé à pousser des cris de détresse que le caniche s'amusait maintenant à imiter. L'homme poussa sur la porte, libérant le jumeau du caniche qui s'élança vers sa maîtresse en sautant dans les airs. Ses sauts étaient étrangement hauts pour la taille de la bête ; le traumatisme semblait avoir décuplé sa force. La femme le prit dans ses bras et le petit corps tremblant disparut vite dans la fourrure de son manteau. Le deuxième caniche, qui avait jalousement observé la scène, fit un numéro jusqu'à ce que la femme le fourre sous son autre aisselle. Elle passa devant Madeleine en parlant aux caniches sur un ton normalement réservé aux poupons.

« Bagages, madame ? » Madeleine porta son attention sur le jeune homme en uniforme qui s'adressait à elle. Il arborait l'expression polie qui masque le visage de tout employé consciencieux dont la description des tâches consiste à satisfaire une clientèle difficile, quelles que soient les circonstances.

« Non, restaurant, s'il vous plaît. »

« Si vous voulez bien me suivre ? » la pria-t-il, et sans attendre de réponse, il la précéda au travers du hall. Ils dépassèrent le comptoir de réception, bifurquèrent à droite devant les ascenseurs avant que Madeleine n'ait eu le temps d'examiner son reflet déformé dans les portes de laiton. Pour la forme, elle rajusta l'élastique de son jupon et repassa son manteau de ses mains. Son cœur se mit à battre la chamade quand l'homme s'arrêta devant les portes grandes ouvertes du restaurant, se retourna vers elle et l'invita dans la pièce d'un geste de la main.

Un employé plus âgé que son guide lui demanda sitôt entrée si elle avait une réservation.

« J'ai un rendez-vous avec Claude Rioux. »

« Par ici, madame. »

Madeleine le suivit dans le restaurant vide jusqu'à une table pour quatre située près d'un foyer où des bûches artificielles parfaitement disposées brûlaient. Il lui tira une chaise qui faisait face à l'entrée du restaurant, ordonna à Madeleine de lui remettre son manteau et s'éloigna sans plus un mot, son manteau replié sur l'avant-bras.

Claude et elle avaient rendez-vous à 17 h. Elles avaient réussi à coordonner la majorité des préparatifs de la fête par téléphone. En fait, Madeleine avait été soulagée de ne pas avoir eu à faire grand-chose. Claude savait exactement quoi faire ; elle avait tous les contacts nécessaires et Jonathan, son assistant, semblait avoir l'habitude d'organiser de telles fêtes. Claude l'avait convaincue de finaliser les détails autour d'un repas dans le restaurant de l'hôtel où la fête d'Halloween aurait lieu. Elles profiteraient de l'occasion pour renouer contact en face à face et inspecter les lieux.

Madeleine avait le regard perdu dans le bleu des flammes de gaz, calmée par la chaleur qui l'enveloppait, quand elle fut ramenée à la réalité par une voix familière qui prononçait son nom. Elle tourna la tête et mit un moment avant de discerner la silhouette qui la surplombait.

Madeleine fronça les sourcils et se leva pour faire face à la femme qui lui souriait et qui lui fit la bise avant même qu'elle ait pu réagir.

« Ah, Madeleine, que je suis contente de te voir. » La femme prit place devant la chaise de Madeleine et commença à expliquer les raisons de son léger retard.

Madeleine se rassit et la coupa : « Je m'excuse, mais ça doit être une erreur, j'attends Claude Rioux. »

« Non, non, pas d'erreur. Madeleine, c'est bien moi, Claude ! »

Madeleine ne disait rien, ne sachant pas quoi dire.

« Mais, bien sûr, j'oublie que ça fait des années qu'on s'est vues. Je sais, j'ai changé un peu, bon, disons plutôt beaucoup, mais c'est bien moi ! »

« Oui, désolée Claude, comment ça va ? »

« Ouf, ça va très bien, mais les journées sont beaucoup trop courtes. Et toi, Madeleine, comment vas-tu ? »

« Ça va. Je ne t'aurais jamais reconnue. »

« Pas de doute là-dessus. Il en a coulé de l'eau sous les ponts depuis le secondaire. Bon, je meurs de faim, qu'est-ce que tu en dis si on commande et qu'on se met au travail après le repas ? » Claude n'avait même pas fini de poser sa question qu'un serveur sembla apparaître de nulle part et posa deux menus devant elles.

« Je vous sers un apéritif, mesdames ? »

« Mon vin rouge habituel, merci Marcel, et toi Madeleine, tu m'accompagnes ? C'est un Cabernet Sauvignon des plus doux et veloutés. »

« Non, merci. Un Coca-Cola… dans un grand verre, sans glaçons. »

Marcel défila les spéciaux de la soirée sur le même ton qu'il aurait récité du Molière et s'éloigna.

Les deux femmes ouvrirent leur menu sur lequel elles portèrent toute leur attention, en apparence du moins pour Madeleine. Elle tenait le sien juste à la hauteur des yeux, se cachant derrière pour pouvoir détailler sa compagne à loisir, tout en ayant l'air de se concentrer sur la description des plats.

Le visage de la femme qui lui faisait face laissait à peine deviner la beauté de la jeune fille que Madeleine avait connue. Sisi avait disparu. Il ne restait devant elle qu'une femme sans surnom que les années n'avaient pas ménagée. Sa belle chevelure noire avait tourné au poivre et sel et était coupée à la mode. Elle avait une mèche complètement blanche qui prenait naissance à la tempe droite. Ses pommettes saillantes et sa mâchoire volontaire avaient disparu sous une épaisse couche de graisse. Madeleine arrivait à peine à croire que la femme qui lui faisait face n'était pas sortie tout droit de son rêve le plus beau. Claude était toujours plus mince que Madeleine, mais d'une taille à peine.

Claude leva soudainement les yeux de son menu, les mêmes yeux rieurs de l'adolescente disparue, pour surprendre Madeleine dans son analyse. Madeleine baissa les siens aussitôt pour arrêter son choix sur un tartare de langoustine au caviar et concombre.

« La thyroïde. »

« Hum, c'est un poisson ? » rétorqua Madeleine qui se mit à chercher le plat sur le menu.

Claude s'esclaffa. « Tu es d'un comique Madeleine, t'as pas changé. Non, j'ai un problème de glande thyroïde qui m'a fait prendre du poids. Mais en fait, si je veux être honnête, la principale raison est probablement Isabelle. »

« Isabelle ? »

« Oui, Isabelle est un vrai cordon bleu. »

Claude se leva et fit une pirouette devant le regard interrogateur de Madeleine qui lui permit d'admirer la façon dont elle était vêtue : un pantalon de lin noir, un chemisier de suède marron et un foulard de soie autour du cou dont les couleurs s'harmonisaient avec le tout. Grosse ou pas, Madeleine devait admettre que Claude demeurait une femme de classe.

« Toi, tu n'as pas changé. On dirait que les années n'ont pas réussi à te rattraper. C'est quoi ton secret ? »

Madeleine se contenta de sourire. *La flatterie ne te mènera à rien*, pensa-t-elle.

À ce moment-là, le serveur apparut avec leurs boissons et prit leur commande.

Et Claude se mit ensuite à parler et parla pendant tout le repas. C'était une vraie machine à paroles qui avait la capacité de captiver son auditoire. Madeleine devait faire un effort pour ne pas se laisser hypnotiser par cette femme d'une hypocrisie diabolique qui voulait s'incruster dans sa tête. C'était une psychologue manipulatrice et dangereuse.

Madeleine la coupa au milieu d'une phrase en lui rappelant l'objet principal de leur rencontre. « Combien de réponses est-ce qu'on a eues pour la fête ? »

« Vingt jusqu'à maintenant, la plupart ont un conjoint, donc quarante personnes. Est-ce que tu as réussi à trouver Marie-Claude et Guy finalement ? »

« Oui, il paraît qu'ils ont quitté le pays. »

« Alors quarante, plus toi et moi et nos invités, ça fait quarante-quatre. »

« Quarante-trois », précisa Madeleine.

« Quarante-trois donc. »

Elles mangèrent en discutant de la nourriture qu'ils allaient offrir pendant la soirée, des boissons, de la musique et, une fois le repas terminé, elles se rendirent à la salle que Claude avait réservée pour la fête.

« Ce n'est pas trop grand, juste assez pour notre groupe. Comme c'est une soirée costumée et que la plupart se sont perdus de vue depuis longtemps, il faut trouver un moyen de briser la glace, de se faire reconnaître dès le début. Une activité amusante, un genre de charade pourrait faire l'affaire, je crois. Il nous reste quelques jours pour y penser », dit Claude dont l'animation des mains démontrait bien son enthousiasme.

« Parfait. Et pour les décorations ? »

« De simples ballons, qu'est-ce que t'en dis ? Des orange et des noirs ? »

« Des ballons donc. »

Claude insista pour offrir le repas à Madeleine et au moment où elles s'apprêtaient à se quitter, Madeleine vit une femme entrer dans la salle et se diriger d'un pas alerte vers Claude.

« Tu n'es pas prête ? »

« Madeleine, je te présente Isabelle. »

« Ah, la fameuse Madeleine ! Enchantée Madeleine. »

« De même. »

« Claude, je ne veux pas être impolie, mais on va être vraiment en retard. »

« Oui, oui, d'accord. Madeleine, je te téléphone demain, OK ? »

« Bien sûr. À demain. » Sans plus attendre, Madeleine enfila son manteau et se dirigea vers la sortie. Alors qu'elle allait franchir le seuil de la porte, le sujet des costumes lui vint à l'esprit. Elle se retourna et sa question mourut sur ses lèvres au moment où Claude plantait un baiser passionné sur celles d'Isabelle.

11

Travestissement d'intentions

D'après le compte de Madeleine, la plupart des invités étaient arrivés. Elle était à la fois nerveuse et fière de voir que tous ces gens étaient réunis grâce à son idée à elle. Elle était encore plus fière de son idée d'organiser une fête d'Halloween costumée qui lui donnait le loisir de déambuler incognito au milieu de ces personnes qu'elle n'avait jamais vraiment connues. Son costume de gorille lui permettait de garder l'anonymat dans cette jungle, et d'observer. Le tableau n'était pourtant pas parfait. Autour de la piste de danse déserte, de petits groupes de deux ou de quatre étaient dispersés. Personne ne bougeait ; tout le monde semblait gelé sur place. Le grondement bas des conversations entremêlées rappelait plus la note monotone du tracé plat d'un moniteur cardiaque que les notes rapides et chaotiques qui accompagnent un cœur pris de fibrillations auxquelles on s'attendrait d'une fête réussie.

Madeleine cherchait Claude des yeux quand la musique de fond changea brusquement de rythme et augmenta de volume. Trois projecteurs s'allumèrent tout à coup au-dessus de la scène pour éclairer de tous leurs feux un mafioso qui se mit à chanter *Blue Suede Shoes* dans le micro qu'il tenait de sa main gauche. »

Le mafioso se promenait en chantant avec entrain sur la scène, un gros cigare qui boucanait dans la main droite. Il avait les yeux cachés par une grosse paire de lunettes de soleil miroir qui réfléchissaient la lumière blanche des projecteurs, la lèvre supérieure garnie d'une moustache, et la tête coiffée d'un feutre noir ; un costume trois-pièces à fines rayures verticales, une chemise blanche, une cravate foncée et une paire de chaussures bleues complétaient le déguisement. L'homme se trémoussait avec aisance malgré sa corpulence. Il mit le micro sur le trépied et quitta soudain le cercle lumineux de la scène pour se frayer un chemin au travers des invités qui s'étaient agglutinés devant lui en battant des pieds et des mains. Il tenta sans succès de séparer une policière et son prisonnier qui étaient joints au poignet par une paire de menottes, décida de leur passer sous les bras à la manière du limbo et s'arrêta enfin devant un Elvis aux longs favoris, vêtu d'un habit blanc garni de paillettes. Le mafioso prit le bras d'Elvis et l'attira vers la scène sans lui donner la chance de protester. Une fois arrivé sur la scène, l'Elvis, raide au départ, se laissa vite emporter par le rythme de la musique et commença à s'animer — tout d'abord par un léger remuement de la jambe gauche qui donnait plus l'impression d'un tic nerveux que d'une danse — pour vite se transformer en un battement énergique et régulier des hanches qui faisait voler le bas de ses pantalons qui semblaient plus à pattes de mammouth que d'éléphant. Il s'appropria le micro des mains du mafioso et chanta le dernier couplet de la chanson sans justesse, mais avec cœur. Lorsque les dernières notes de la chanson s'évanouirent, il gratifia les applaudissements de son public par un *thank you, thank you very much* avant de rendre le micro au mafioso et de disparaître à nouveau dans la petite foule costumée.

« Merci à tous d'être ici ce soir », reprit le mafioso avec un accent italien assez convaincant. Il retira son chapeau qu'il maintint haut dans les airs en guise de salut. La lumière des projecteurs donnait de l'éclat à la brillantine qui imprégnait sa chevelure poivre et sel d'où détonnait une grosse mèche blanche. « Peut-être que vous m'aurez reconnue, mais probablement pas. Le changement de sexe est seulement pour l'objet de cette soirée ; les kilos superflus, eux, sont bien réels », poursuivit Claude alors qu'elle remettait son chapeau en place sur sa tête.

C'était la minute tant attendue par Madeleine. Elle avait décidé à son retour de sa première rencontre avec Claude qu'il lui était inutile de préméditer un plan de vengeance détaillé contre Claude. C'était aussi bien parce qu'elle avait eu une grande difficulté à en imaginer les détails. En fin de compte, tout ce qu'elle aurait à faire, c'était de planifier la fête et d'assister au rejet public inévitable de son ennemie par ses anciens amis dès qu'ils constateraient la métamorphose de la belle adolescente populaire qu'ils avaient connue en femme presque aussi obèse qu'elle. Claude allait enfin goûter à la moquerie qui naît de la non-conformité à la majorité.

Madeleine souriait à pleines dents alors que les rires s'élevaient autour d'elle. La face du gorille, elle, restait impassible.

« C'est grâce à Madeleine que nous sommes ici ce soir.

Où es-tu Madeleine ? Viens donc me rejoindre », poursuivit Claude, la main en visière, cherchant des yeux le King Kong de peluche.

Madeleine baissa la tête, courba les épaules, plia les genoux et tenta de disparaître derrière une ballerine.

« Je crois que Madeleine est un peu timide, mais joignez-vous à moi pour lui donner une bonne main d'applaudissements ». Les haut-parleurs crachaient un *tomp tomp tomp* rapide qui suivait les battements de Claude contre le micro.

Les joues de Madeleine, déjà cramoisies en raison de la chaleur qui régnait sous le costume, s'empourprèrent davantage sous la pluie d'applaudissements qui tombait autour d'elle.

Le mafioso prit une longue bouffée de son cigare qu'il tenta d'expirer en ronds de fumée. Un ovale imparfait venait à peine de sortir de sa bouche qu'il fut balayé par une quinte de toux fumante. « Il faudrait bien que j'arrête », dit-il enfin en fixant le cigare duquel continuait de monter un fil de fumée hypnotique. « Un jour peut-être, quoique si ce ne sont pas mes cigares qui me tuent, ce sera sûrement Al Capone. Il semble qu'il ait une dent contre moi depuis que je lui ai volé le cœur de la belle Isabelle. » Le mafioso tendit la main à une femme habillée suivant la mode du Charleston et qui semblait sortie tout droit des années vingt. Celle-ci accepta la main tendue et alla rejoindre son amoureux sur la scène. « Qui pourrait la blâmer, ce n'est pas tous les jours qu'on rencontre un adonis comme moi. »

Isabelle, les bras autour du cou de son mafioso qu'elle dépassait d'une vingtaine de centimètres, déposa un baiser sur sa joue, y laissant l'empreinte de ses lèvres en rose bonbon.

Les rires explosaient. Madeleine jubilait.

« Vous verrez sur les tables des livres dans lesquels sont listés des titres de chansons. Vous pouvez faire des demandes à notre DJ Daniel et venir nous montrer vos talents de chanteurs. Karaoké, les amis ! Vous pouvez aussi lui donner des demandes spéciales. Daniel m'a garanti qu'il a des sélections pour tous les goûts. Il y a des hors-d'œuvre et des boissons à l'arrière de la salle. Le bar est ouvert. Nous allons faire tirer quelques bouteilles de champagne au milieu de la soirée. La seule condition est de partager ! Maestro, musique. Bonne soirée à tous ! »

Le groupe des invités se dispersa, certains se dirigèrent vers le bar, d'autres vers la nourriture. Le plancher de danse restait désert. Madeleine ne cessait d'observer Claude qui se promenait à l'aise d'un groupe à l'autre sans lâcher la taille d'Isabelle. Elle disait quelques mots puis entraînait un couple vers un autre, amorçait une conversation et laissait le nouveau petit groupe poursuivre l'échange. On aurait dit une araignée qui tissait sa toile.

Madeleine la suivait de près, ne voulant rien manquer de sa victoire. Elle se plantait non loin derrière Claude, et écoutait, mine de rien, les conversations. Tout à coup, elle entendit prononcer son nom, ce qui lui donna instinctivement envie de s'enfuir sous la panique.

« Madeleine… » C'était Claude qui s'était tournée vers elle. « Viens donc te joindre à nous. Ne reste pas plantée là toute seule. »

Le cercle se brisa pour laisser place à la nouvelle arrivante.

« Madeleine, tu te souviens de Maurice ? Mieux connu sous le surnom de GG ? » poursuivit Claude.

Un homme bedonnant lui tendit la main. Il portait l'équivalent d'une vache en cuir pour se faire passer sans grand succès pour un motard. Il semblait beaucoup trop net. Ses cheveux fraîchement coupés cerclaient ses oreilles proéminentes, lui donnant un air gamin malgré les minuscules lunettes aux verres bleus qui y prenaient appui.

« Bien sûr que je me souviens de GG, comment est-ce que j'aurais pu l'oublier ? » déclara Madeleine alors qu'elle insérait sa patte dans la main tendue. Lorsqu'ils brisèrent la poignée de main, un petit morceau de carton tomba sur le sol en tournoyant. Une jeune Madonna le ramassa et le remit dans la main de Maurice en le grondant gentiment : « Maurice, bébé, pourrais-tu, pour une fois, garder tes cartes d'affaires dans tes poches ? » Et se tournant vers Madeleine, poursuivit : « Excusez-le, vous savez comment sont les avocats… toujours en train de penser au travail. Je suis Myriam, la fiancée de Maurice. »

Une fois de plus, Madeleine enfonça sa patte dans la main qu'on lui tendait.

« Myriam, on ne sait jamais quand mes services seront utiles. Je suis certain que ça ne dérange pas Madeleine de prendre ma carte, juste au cas », insista-t-il en lui redonnant la carte d'affaires. Madeleine chercha un instant quoi faire de la carte et finit par l'infiltrer dans la bouche de son costume. Celle-ci alla se loger dans la craque mouillée de ses seins.

Un gladiateur qui faisait partie du groupe déclara : « Claude, je veux savoir la fin de ton histoire. »

« … OK, alors, je travaillais sur un cas de suicide. L'homme, un des pires cas d'hypocondrie que j'ai vu dans ma carrière de psy, était persuadé qu'une tumeur maligne le tuait à petit feu. Il a décidé de mettre fin à ses jours pour éviter ses souffrances inévitables en gobant une bouteille entière de sa prescription. Il m'avait appelé en pleurant et quand je suis arrivée chez lui, il gueulait du souffle d'un vivant, je vous l'assure, qu'il sentait la mort venir le chercher. Alors que je lui tenais la main en attendant l'ambulance que j'avais appelée, il m'a fait promettre de prendre la garde de Régis, son poisson rouge, qui lui aussi avait sans doute besoin de thérapie étant donné qu'il passait la majorité de son temps à nager sur le dos. Une fois à l'hôpital, on lui a fait un lavage d'estomac dont le contenu, après analyse, était une pizza hawaïenne garnie d'une bonne quantité de placebos. La première chose qu'il m'a demandée quand on l'a convaincu qu'il n'allait pas mourir, qu'il ne souffrait que d'une mauvaise indigestion, était s'il pouvait reprendre Régis… »

« Claude ! Viens chanter avec moi ! » dit une voix féminine qui sortait des haut-parleurs.

« Excusez-moi, on me réclame », conclut Claude avant d'aller rejoindre Isabelle sur la scène.

Madeleine déchantait. Tout le monde semblait admirer son ennemie. Les gens riaient avec elle, pas d'elle. Claude semblait aussi populaire que vingt ans auparavant, malgré les kilos en trop qu'elle traînait, et la femme qu'elle n'avait aucune honte à présenter comme son amoureuse. Le monde était viré à l'envers.

La fête battait maintenant son plein. Madeleine erra dans la salle pendant un moment, examinant ceux qui l'entouraient. Elle s'arrêta près d'un petit groupe formé d'un pirate, d'une marguerite sexy, d'une chatte qui passait son temps à recoller ses moustaches et d'un Zorro fatigué qui s'appuyait sur son épée. On énumérait les rejetons, on se relançait sur les années de mariage, on mentionnait un divorce ou deux. Madeleine se dirigea vers un autre groupe de quatre personnes, dont le couple policière-prisonnier ; la policière s'était libérée de sa menotte qui balançait au poignet du prisonnier à chaque fois qu'il prenait une gorgée de son verre de bière. La policière gardait toutefois son emprise sur lui en maintenant son bras enchaîné au sien. De temps à autre, elle appuyait sa tête sur son épaule, ce qui semblait agacer son prisonnier qui racontait avec enthousiasme une vieille histoire d'école à un homme qui avait la tête enfoncée dans un vieux modèle de télévision quatorze pouces et qui présentait sur son écran un gros plan de la figure d'Einstein. Les antennes de la télévision, pleinement déployées, s'entremêlaient davantage dans les rubans qui retenaient une grappe de ballons noirs et orange gonflés à l'hélium chaque fois qu'une crise de rire le secouait. Wonder Woman tentait de le libérer en lui répétant de se tenir tranquille.

Madeleine, déprimée, se retourna pour se retrouver face à la table de nourriture. Elle n'avait pas faim, mais elle achevait de cuire dans son costume. Elle repéra alors au coin de la table un énorme bol de jus rouge dont elle décida de s'approprier. Elle tira une chaise dans l'ombre du bol, s'y affala, et se versa un grand verre de la boisson sucrée qu'elle cala d'un trait.

Les lumières se tamisèrent et de nombreux couples incongrus — comme par exemple, un mafioso et une femme de l'époque du Charleston — s'enlacèrent sur la piste de danse pour tourner lentement au rythme d'un air romantique que Madeleine ne connaissait pas.

La télévision au gros plan d'Einstein se rendit sur la scène alors que la chanson achevait pour chanter quelque chose de plus gai d'une voix grave et enrouée. Claude le rejoignit sur la scène et lui prit le micro des mains : « Qui a la télécommande ? De grâce, baissez le volume ! »

« Sacrée Claude, elle n'a pas changé. Toujours aussi far-ceuse ! » cria un clown à un cow-boy pour se faire entendre par-dessus la musique, alors qu'ils passaient devant un gorille avachi sur une chaise qui achevait d'avaler la réserve de sangria par une bouche figée dans un drôle de rictus.

12

Le lendemain de la veille

Madeleine ouvrit les yeux et eut l'impression d'être extirpée des ténèbres de l'inconscient par un maillet qui s'acharnait sur son crâne comme pour la planter dans la réalité. Elle les referma aussitôt pour tenter d'assoupir la douleur qui l'avait assaillie, mais celle-ci gagnait en force au lieu de s'estomper. Elle prit sa tête dans ses mains dans un geste de protection qui eut pour effet de faire tanguer son corps entier, provoquant une houle d'acide gastrique qui entreprit de se frayer un passage dans l'œsophage. La panique prit le dessus, effaça momentanément la douleur alors qu'elle essayait en vain de s'asseoir. Son corps s'enfonçait dans un matelas liquide qui se révoltait de l'assaut en la balançant fortement de haut en bas ; des clapotements faisaient office de réprimande. Sous la menace de son estomac de régurgiter son contenu, Madeleine dut se calmer et se claustrer dans la sécurité que lui procuraient les couvertures qu'elle remonta par-dessus son nez.

Petit à petit, ses yeux s'habituèrent à la noirceur dans laquelle elle baignait. À sa droite, les chiffres 1:36 illuminés en rouge clignotaient, lui donnant l'occasion, seconde par seconde, de percevoir le décor qui l'entourait sur un rayon de deux mètres. Elle put distinguer une commode, une plante et… elle poussa un cri en remontant promptement les couvertures par-dessus sa tête. Elle crispa tous ses muscles, anticipant l'attaque de l'énorme bête noire qui était tout près d'elle. L'attaque tardant à venir, elle finit par se risquer à découvrir un œil, prête à se recacher au moindre mouvement du monstre. L'animal, qui n'avait pourtant pas bougé d'un poil, lui apparaissant maintenant trop avachi pour constituer une menace.

Soudain, les événements de la veille lui revinrent à l'esprit, flous, comme plongés dans un épais brouillard. Elle revit un cow-boy, une policière, un motard, Elvis, un mafioso. Elle ne se souvenait pas d'avoir quitté la soirée. Que s'était-il passé ? Elle mit toute son énergie à tenter de retrouver son dernier souvenir. Le maillet protesta en frappant de plus belle. Elle se revit assise, buvant à grandes gorgées une exquise boisson, sucrée juste à point, tout en regardant une paire de Merlins jumeaux identiques se trémousser en parfaite synchronisation sur la piste de danse ; puis, la salle s'était mise à tourner, de plus en plus vite, et elle avait été avalée par une tornade qui l'avait engouffrée dans le néant jusqu'à ce qu'elle reprenne ses esprits dans cette pièce inconnue, prisonnière d'un matelas liquide, sous la garde d'un monstre poilu.

On l'avait droguée et la suspecte principale était Claude avec sa bienveillance feinte, sa bonne humeur exagérée, ses sourires hypocrites, sa malhonnêteté digne du mafioso qu'elle avait incarné. Madeleine s'était fait doubler et était devenue la victime de sa propre cible. Elle était devenue la proie de la reine des mystificateurs. Qu'allait-elle lui faire ? Quels supplices immondes lui réservait-elle ?

Madeleine ne devait pas perdre de temps et s'arracher de l'œil du cyclone. Elle baissa les couvertures avec détermination pour les remonter aussitôt qu'elle perçut la blancheur de ses sous-vêtements. On l'avait déshabillée. Jamais en trente-huit ans elle n'avait dormi sans que le coton de sa robe de nuit ne lui caresse la peau. Jamais, jusqu'à aujourd'hui. Son intimité avait été violée et il était probable que le crime avait été perpétré par une femme qui avait choisi de convoiter la chair des individus de son propre sexe. Sa virginité avait été souillée par une femelle.

Un long moment s'écoula avant que Madeleine se redécide à braver le monstre. L'aube naissante baignait la pièce d'une lueur irréelle qui lui permit de discerner davantage son lieu de détention. C'était une pièce assez vaste, remplie de meubles bizarres et anguleux. Les murs étaient peints d'un rouge qui lui rappela la couleur du punch de la veille ; couleur qu'elle trouva nauséabonde. Toutes les draperies avaient un motif de peau de zèbre. Madeleine examina la bête qui la surveillait et reconnut un gorille — son costume de gorille — qui la fixait de ses orifices vides. Il y avait deux portes ; toutes deux étaient fermées. Où pouvaient-elles bien mener ?

Une fois qu'elle eut trouvé le courage de quitter la protection offerte par la lourdeur des couvertures, elle se roula jusqu'au bord du lit qui, à la troisième tentative, lui permit de se lever, non sans faire entendre des vagues de protestation. Elle se dépêcha d'agripper le corps de son déguisement de gorille, laissant la tête glisser sur le siège du fauteuil, enfila avec peine le costume sans même essayer de monter la fermeture éclair dans son dos et s'affala sur le fauteuil, épuisée par l'effort. Elle avait l'impression que chaque battement accéléré de son cœur allait se fracasser contre les parois de son crâne. Elle resta assise un long moment, les traits figés dans une expression creusant encore davantage les deux sillons qui se vautraient en permanence entre la broussaille de ses sourcils. Elle ordonna bientôt à ses jambes de la supporter, de l'emmener vers la fenêtre, question de voir si celle-ci lui permettrait de s'évader en douce. Lorsque ses jambes se décidèrent enfin à obéir à l'ordre, elle se leva, libérant la tête du gorille qui se gonfla, semblant inspirer profondément alors que ses narines de caoutchouc se dilataient sous le contact de l'oxygène dont le postérieur de Madeleine l'avait privée. Madeleine marcha sur la pointe des pieds, trouva l'endroit où les deux panneaux des rideaux se joignaient et les écarta juste assez pour pouvoir glisser sa tête. La fenêtre donnait sur une rue assez large du centre-ville et la hauteur vertigineuse de l'étage où elle se trouvait rendait cette option complètement impensable pour sa fuite. Elle pensa tout de même à l'ouvrir pour crier à l'aide à qui pourrait l'entendre, mais les rues étaient désertes, aussi désertes qu'elles pouvaient l'être un dimanche matin à l'aube. Madeleine jeta un coup d'œil au radio-réveil qui lui révéla qu'à peine vingt-sept minutes s'étaient écoulées depuis qu'elle avait ouvert les yeux.

Le clignotement du réveil et le larmoiement continuel des vitres laissaient deviner qu'un orage violent avait dû s'abattre sur la ville pendant la nuit, ce qui renforçait sa théorie selon laquelle on l'avait droguée. Le tonnerre la faisait toujours souffrir d'insomnie. Peut-être qu'on lui avait administré une dose massive de somnifères dans l'espoir qu'elle s'endorme pour ne plus jamais se réveiller ? Des idées de sacrifices humains, de sectes sanglantes, de meurtres immondes s'insinuèrent dans l'esprit de Madeleine, si bien qu'elle n'eut plus qu'une envie, celle de mêler ses larmes à celles de la fenêtre. Elle appuya sa joue droite contre la vitre et donna libre cours à son désespoir, laissant échapper à intervalles réguliers des soupirs et des hoquets accompagnés de trémolos pour composer une symphonie de condamnée. La vitre joignit son chant à celui de la malheureuse dont les doigts grattaient sans relâche la surface humide. Le maillet qui continuait de s'abattre sur sa tête s'était improvisé chef d'orchestre en battant la mesure.

Madeleine pleura tout son soûl, au point que la déshydratation qui asséchait déjà sa bouche s'était propagée dans tout son corps. Elle s'arracha à l'étreinte de la fenêtre, l'esprit engourdi, les joues rouges, une glacée par la vitre, l'autre brûlée par ses larmes.

Elle ouvrit brusquement les rideaux et se dirigea vers la porte la plus près qu'elle ouvrit aussi sans appréhension, tout à coup résignée à accepter son triste sort, aussi brave qu'une martyre qui s'en autoattribue le titre. Elle allait entrer dans l'antre du lion, se jeter dans la gueule du loup, se soumettre à son bourreau qu'elle vit sitôt la porte ouverte, énorme, cruel, noir.

Il lui fallut une minute avant de reconnaître sa propre image que le miroir de la salle de bain réfléchissait dans une teinte fumeuse. Elle avait vraiment une sale gueule, une gueule à faire peur. On pouvait lire ses tourments dans la moue de sa bouche, sa détresse dans la rougeur de ses yeux gonflés, et son abandon à la démence qui la gagnait petit à petit dans la pagaille de ses cheveux. Madeleine prit ses joues dans ses mains et les assécha en frottant si fort de haut en bas qu'elle modelait son visage dans des grimaces plus ridicules les unes que les autres.

Elle souleva l'interrupteur et abaissa ses paupières aussitôt que la lumière des ampoules de cent watts infiltra ses cornées, traversa ses pupilles pour aller s'écraser contre ses rétines. Sous ses paupières, elle voyait de petites boules blanches se chamailler dans la noirceur, l'étourdissant par leur énergie. Elle se risqua bientôt à rouvrir un œil, maintenant l'autre fermé dans un clin d'œil maladroit jusqu'à ce que sa vision s'acclimate. Le luxe de la spacieuse salle de bain la surprit. Un immense bain-tourbillon volait la vedette aux toilettes en trônant sur une estrade, brillant d'une blancheur éclatante. Devant celui-ci semblaient s'agenouiller une paire de cuvettes dont l'une sembla handicapée à Madeleine par son absence de couvercle et sa profondeur infime.

La lumière raviva son courage. Il fallait qu'elle réfléchisse, qu'elle trouve un moyen de s'échapper de son donjon. Elle remplit le verre qui se trouvait près du lavabo d'eau froide et le but d'un trait. Son estomac laissa entendre une longue lamentation qu'il accompagna d'une crampe aigüe au niveau du plexus solaire. Le visage de Madeleine se contorsionna alors qu'elle posait ses mains sur son ventre, lui donnant l'allure d'une femme enceinte prise de contractions. Ça devait être l'effet des vestiges des drogues qu'on lui avait données. Elles devaient se propager dans son organisme, donner naissance à de rares cancers qui allaient la tuer lentement. Il fallait absolument qu'elle s'enfuie ! Elle sortit de la salle de bain d'un pas déterminé, ignorant toutes les souffrances qui l'accablaient, poussée par une énergie nouvelle procurée par son instinct de survie. Au moment où elle allait poser la main sur la poignée de la deuxième porte, déjà persuadée qu'elle allait être verrouillée, celle-ci tourna, toute seule, comme si elle avait lu les pensées de la prisonnière et s'était mise en devoir de lui donner tort. La porte s'ouvrit sans que ses gonds geignent. Madeleine, elle, lâcha un son indéfinissable qui semblait provenir d'un autre monde alors qu'une sensation inconnue faisait monter son adrénaline à un niveau quasi orgasmique. Elle crispa ses mains sur les culottes de son costume, retint sa respiration, n'ayant absolument aucune idée de ce qu'elle allait faire quand Claude entra dans la chambre, accompagnée de son éternel sourire.

« Je savais bien que quelque chose brassait par ici », dit Claude.

Madeleine recula jusqu'à ce que le lit l'arrête et qu'elle tombe assise dessus, provoquant une houle violente à l'intérieur du matelas. Elle avait mal au cœur.

« Je croyais que tu allais te mettre à dormir ton dernier sommeil après une cuite pareille ! » poursuivit Claude en s'avançant pour lui offrir deux comprimés et un verre d'eau.

Madeleine fixait les deux ronds blancs qui reposaient dans la paume de Claude comme s'il s'était agi d'arsenic compressé et ne fit aucun geste pour les prendre.

« Ne me dis pas que tu n'as même pas mal à la tête Madeleine. Allons, avale, ça va te faire du bien. »

Madeleine leva son regard vers son bourreau avec des yeux où la supplication était évidente.

« Madeleine, ce sont des aspirines, pas du cyanure. J'ai d'autres chats à fouetter que de me mettre à empoisonner mes invités, tu sais ! » Le rire qui pointa la phrase rassura quelque peu Madeleine qui prit les comprimés sans plus réfléchir et les mit sur le bout de sa langue qu'elle garda tirée un court moment, juste assez longtemps pour qu'ils commencent à se dissoudre et que leur goût amer soit enregistré par ses papilles gustatives. Elle prit ensuite une gorgée d'eau et les avala sans cesser de fouiller le fond des yeux de Claude. Le long gémissement de son estomac, aussi discret que celui qu'il avait poussé dans la salle de bain, brisa le silence.

« Tu dois avoir faim. Reste ici, je vais te chercher des vêtements de rechange et je vais te préparer un petit-déj dont tu me redonneras des nouvelles. » Claude disparut de la chambre en laissant la porte grande ouverte.

Madeleine, calmée par la nonchalance de Claude et surtout par le fait que les comprimés qu'elle avait avalés ne l'avaient toujours pas fait s'écraser sur le tapis, morte raide, se décrispa. Elle regarda l'heure : 2 h 33. L'heure la plus longue de sa vie prenait fin.

Lorsque Claude revint dans la chambre, les bras chargés, les analgésiques commençaient déjà à faire leur effet. Le maillet était moins insistant, comme si le bras qui l'avait opéré se fatiguait enfin.

« Tiens, voilà des serviettes et des bulles et tout ce qu'il te faut pour faire ta toilette. J'ai trouvé des vêtements qui t'iront. On est à peu près de la même taille. » Madeleine, toujours immobile sur le lit, regarda Claude mettre sur le dos du fauteuil un cintre sur lequel pendait un ensemble. Elle disparut ensuite dans la salle de bain avec des petites bouteilles, une brosse à cheveux et une brosse à dents neuve. Madeleine entendit l'eau du bain commencer à couler et Claude ressortit de la pièce en ordonnant : « Va prendre un bon bain, ça va te faire le plus grand bien. Ne le prends pas mal, mais tu as une mine de déterrée Madeleine. Je vais aller faire le petit-déjeuner. Viens me rejoindre quand tu seras prête. Tu n'auras qu'à te fier à ton nez pour trouver la cuisine. » Et Claude sortit, refermant la porte derrière elle, avant que Madeleine n'ait eu le temps de protester, ou d'acquiescer.

Madeleine obéit aux ordres de Claude. Elle s'extirpa de son costume, enleva ses sous-vêtements qu'elle plia et déposa sur le lit, alla dans la salle de bain, faisant bien attention de ne pas regarder son corps nu dans le miroir. Les bulles de savon débordaient presque du bain dont l'eau était si chaude que Madeleine mit plusieurs minutes avant de réussir à y entrer, s'asseoir puis s'allonger. Elle ferma les yeux. Ses pensées étaient au point mort, sa tête avait cessé de la faire souffrir et baignait dans un brouillard de vapeurs apaisant, bien loin de la séance de paranoïa à laquelle elle s'était prêtée à peine vingt minutes plus tôt. Un seul mot trottait dans son esprit — *cuite...* Elle se demandait ce que Claude avait bien voulu dire.

Comme Claude le lui avait dit, elle n'eut qu'à laisser son nez suivre les odeurs de nourriture pour trouver la cuisine où Claude s'affairait, entourée d'une quantité incroyable de poêlons et de vaisselle sale.

« Ah, te voilà ! Tu as l'air d'aller mieux. Et les vêtements te vont parfaitement. Fais-moi une petite parade. »

Madeleine s'exécuta gauchement, tournant sur elle-même. C'est la première fois que son entrejambe était réchauffé par un pantalon et la chemise de soie bleue caressait sa peau, lui procurant des sensations nouvelles. Mais, surtout, elle ne pouvait pas s'empêcher d'éprouver une certaine fierté de porter des vêtements qui trouvaient normalement résidence dans la garde-robe de Claude Rioux, cette femme qui, malgré son embonpoint, avait réussi à se faire apprécier par ceux qui l'avaient rejetée, elle. Dans un petit coin de son cœur, elle espérait que les étoffes déteindraient sur sa personne, lui procurant une aura artificielle qui bernerait tout un chacun.

« Je suis assez fâchée de constater que cet ensemble te va beaucoup mieux qu'à moi. La couleur fait ressortir ton teint. »

Madeleine accepta le compliment en rougissant.

« Assieds-toi, lui commanda Claude en pointant de sa spatule une place à la table, tu dois avoir l'estomac complètement révolté par la quantité de sangria que tu as bue. Je dois avouer que je n'aurais jamais cru te voir saoule de la sorte un jour, Madeleine. Tu nous as tous pris par surprise. »

Madeleine s'assit et, plus perdue que jamais, lui demanda ce qu'était de la sangria, mentionnant qu'elle était certaine de n'avoir rien avalé de la sorte.

« Qu'est-ce que tu racontes ? Es-tu en train de me dire que tu ne sais pas que tu as probablement bu plus d'un litre de sangria ? » Claude éclata de rire. « Ma pauvre Madeleine, tu dois te demander ce qui t'a frappée ce matin. La sangria est une boisson préparée avec différents jus d'agrumes, du soda à la lime et, du moins quand c'est moi qui la prépare, une bonne quantité de vin rouge bien corsé. »

La mâchoire de Madeleine s'affaissa de quelques centimètres en réalisant que son calvaire était une gueule de bois, comme s'y référaient les trois vieux qui passaient leurs journées à encombrer les marches du dépanneur du coin. Elle n'avait jamais touché à l'alcool. Sa mère lui avait appris très jeune que seuls les faibles ont recours à des artifices pour se cacher de la réalité. Pourtant, elle n'aurait pas voulu estimer le nombre de bouteilles de bière qu'elles avaient toutes deux décapsulées pour son père. Madeleine ne l'avait toutefois jamais vu perdre le contrôle. Son attitude était toujours demeurée la même, béate, morne et aussi silencieuse que possible.

Claude avait cessé de rire et considérait Madeleine d'un air songeur en la rejoignant à la table. « Tu sais, c'est à croire que tu as passé toutes ces années dans une caverne, loin de la civilisation. » Puis sans attendre de réponse, elle posa devant Madeleine une assiette garnie de pain doré, d'œufs brouillés, de bacon, d'un croissant et de tranches d'orange et de tomates. Elle posa sa propre assiette à la place en face de Madeleine et s'assit.

« Bon appétit. Je ne savais pas trop ce que tu aimes, j'ai donc tenté de varier. Tu as de la chance, le petit-déjeuner est ma spécialité, ma seule spécialité quand on se réfère à la cuisine. »

Les deux femmes mangèrent, Madeleine en silence alors que Claude racontait des anecdotes de la veille. Elle avala sa dernière bouchée en déclarant que la soirée avait été une grande réussite et que Madeleine pouvait en récolter le crédit.

« Je vais te raccompagner chez toi. Tu dois vouloir te reposer dans tes affaires », dit Claude.

« Je vais faire la vaisselle. »

« Non, non. Ne t'en fais pas pour ça, je la ferai plus tard. »

Il était 10 h 30 quand elles s'installèrent dans la Lexus spacieuse de Claude.

« Tu habites où Madeleine ? »

« 555, rue de l'Affliction. Tu sais où c'est ? »

« Je crois que oui. Ça me dit quelque chose. Tu me corriges si je me trompe, OK ? »

Claude alluma la radio.

« *Et voici une demande spéciale de Nancy, Calvaire, de la Chicane…* »

Claude fredonnait, Madeleine se taisait, ne connaissant pas la chanson. Au refrain, Claude interrompit son interprétation et dit :

« Tu sais Madeleine, je veux bien être ton amie. »

Madeleine considéra la femme qui était à son côté comme si sa tête s'était mise à se déglinguer et que des boulons s'en échappaient.

Claude perçut le regard de Madeleine et s'expliqua.

« Je ne veux pas t'alarmer, mais hier, tu étais dans un drôle d'état. »

Tous les muscles de Madeleine se tendirent. Avait-elle dévoilé ses plans dans son ivresse ? « Que… qu'est-ce que tu veux dire ? Qu'est-ce que j'ai dit ? »

« Oh, rien de dramatique. Tu étais seulement très… émotive. »

« Oh ? Émotive ? »

« Disons que quand je t'ai ramenée chez moi au milieu de la soirée, tu pleurais à chaudes larmes en me demandant pourquoi je ne voulais pas être ton amie », ajouta Claude, en omettant de raconter à sa compagne comment elle s'était accroché les pieds dans les pattes de son costume et avait entraîné dans sa chute l'avocat-motard qui lui avait servi de coussin. Lorsqu'on l'avait enfin libéré, GG s'était relevé, le visage rouge de honte et grimaçant de douleur alors qu'il se frottait la hanche.

« Qu'est-ce qui t'a mis dans la tête que je ne voulais pas être ton amie ? »

« C'est ici », répondit Madeleine, soulagée de voir apparaître son domicile.

«Je reconnais cette maison. Tu habites toujours avec ta mère?»

Madeleine, surprise, s'entendit répondre que sa mère était décédée.

«Je suis désolée. Elle semblait être une femme bien», poursuivit Claude, prise au dépourvu.

«Quand as-tu rencontré ma mère? Où? Pourquoi?»

«Ne t'énerve pas Madeleine. Ça fait longtemps. C'était au secondaire. Je me souviens que j'avais organisé une soirée et que j'étais venue te porter une invitation. Si je me souviens bien, tu avais été malade et tu avais manqué plus d'une semaine de cours. J'étais donc venue pour te la remettre étant donné que je ne savais pas si tu allais revenir à l'école avant la fête. »

Madeleine se souvint de la bronchite qui l'avait alitée pendant plus d'une semaine.

«Continue. »

«Ben, c'est comme je te dis. Je suis venue, j'ai cogné à la porte et c'est ta mère qui a ouvert. Je lui ai demandé de tes nouvelles et je lui ai remis le carton d'invitation en lui expliquant que j'organisais une fête. Elle l'a pris. C'est tout. »

Madeleine était plus songeuse que jamais. «Tu veux entrer prendre un chocolat chaud? »

«Non, merci mon amie. J'ai pas mal de travail aujourd'hui. Quelques dossiers à réviser pour cette semaine. Mais ce n'est que partie remise, OK? »

«Oui, bien sûr. » Elle considéra les vêtements qu'elle portait. «Ton ensemble? » dit-elle ne sachant pas si elle devait aller se changer et le lui remettre sans le laver ou si elle pouvait le lui poster.

« Garde-le. Comme je t'ai dit, il te va beaucoup mieux qu'à moi. »

« Merci. Merci pour tout. »

« Il n'y a vraiment pas de quoi. Allez, prends soin de toi, et donne de tes nouvelles, d'accord ? On devrait aller dîner ensemble très bientôt, question d'approfondir notre amitié. »

« Oui. » Madeleine sortit de la voiture, les bras chargés de son costume de gorille. L'odeur de fumée de cigarette qui émanait de la fourrure synthétique lui donna envie de régurgiter son déjeuner.

Plus que jamais, elle aurait voulu ouvrir la porte de la maison et voir sa mère assise dans son Lazyboy, prête à répondre à ses questions. Elle était certaine que Claude n'avait pas menti, mais pourquoi sa mère ne lui avait-elle pas remis le carton d'invitation qu'elle avait tant voulu ? Elle avait beau chercher, elle ne pouvait pas imaginer de réponse logique.

Elle secoua son costume de gorille, ce qui eut pour effet de faire virevolter un petit morceau de carton dans l'air du salon. Madeleine installa le gorille dans le Lazyboy de sa mère, ramassa tant bien que mal le morceau de carton et alla s'asseoir à son tour dans son propre fauteuil.

« Maurice Petit, avocat », lut-elle pour le bénéfice du gorille dont l'expression demeura tout à fait impassible.

13

Miroir, miroir, dis-moi qui est la plus belle !

Jules, en sueur, apparut dans la clairière. Ses mains se mirent à trembler de terreur lorsqu'il aperçut le corps délicat de Natasha qui gisait sur le tapis de fleurs sauvages. Sa robe déchirée dévoilait la peau de soie de ses jambes. Il accourut à elle et la souleva dans ses bras puissants. Il ne put s'empêcher d'embrasser fougueusement les lèvres pulpeuses de la jeune fille, ignorant la souffrance que lui procurait la coupure fraîche qui coagulait lentement au coin de sa bouche.

— Bastien va me le payer, pensa-t-il.

Les paupières de Natasha se soulevèrent doucement, ses grands yeux verts regardèrent le visage de celui qui la tenait prisonnière. Comme il était beau. Une rage incontrôlable l'envahit soudain lorsqu'elle se souvint des événements de la veille.

— Lâchez-moi, espèce de brute !

Malgré ses efforts, elle était incapable d'échapper à l'emprise de l'homme qui la maintenait fermement serrée contre lui.

— Mais vous allez vous calmer, espèce d'enfant gâtée !

— Je vous hais ! Lâchez-moi, lui lança-t-elle en martelant sa poitrine velue de ses poings fragiles.

— Comme vous voulez.

À son grand étonnement, Jules la posa sur ses pieds. Natasha chancela pendant une seconde, toujours affaiblie par sa nuit de cavale. Elle souleva la tête pour le défier du regard, déchirée entre l'envie de reprendre la fuite et sa fierté qui l'obligeait à le confronter.

— Vous m'avez menti, vous m'avez piégée quand vous m'avez envoyée à ce rendez-vous. Bastien a essayé de me prendre de force. Je ne vous le pardonnerai jamais.

— Je n'ai rien fait de la sorte. J'avais besoin de votre expertise sur place. Vous étiez la plus qualifiée pour authentifier ces toiles. C'est Bastien qui m'a doublé. C'est son père qui devait vous recevoir, pas lui. Je ne suis pas idiot, je sais comme il vous désire. N'importe quel imbécile peut le voir à la façon qu'il vous déshabille toujours des yeux.

— Quoiqu'il en soit, je démissionne. Je ne peux plus demeurer sur cette île.

— Je vous congédierais si vous ne démissionniez pas.

— Oh ! Vous n'êtes qu'un ignoble personnage ! Je ne veux plus jamais vous revoir, lui lança-t-elle. Ses yeux s'emplirent de larmes.

— Je vous congédierais puisque mon épouse n'a aucun besoin de travailler.

— Qu'est-ce que vous dites ?

— Je vous aime Natasha. Je vous ai aimée dès notre première rencontre et je veux que vous deveniez ma femme.

— Ne vous moquez pas de moi, je vous en prie, hoqueta-t-elle alors que des larmes coulaient librement sur ses joues.

— Je n'ai jamais été aussi sérieux de ma vie. Natasha, me ferez-vous l'honneur de joindre votre destinée à la mienne ?

— Oh, oui ! Comme je vous aime ! Je croyais que vous me détestiez tandis je me mourais d'amour pour vous.

Il l'attira à lui pour l'embrasser longuement. Lorsque leurs corps se séparèrent enfin, il la souleva à nouveau dans ses bras, aussi facilement que si Natasha avait été une poupée. Cette fois-ci, elle se colla à lui, rassurée par le battement fort de son cœur.

— Natasha, vous ne m'avez pas répondu, voulez-vous passer le reste de votre vie avec moi ?

— Oh oui, Jules ! Je le veux !

Madeleine ferma la couverture du livre et soupira, la tête pleine d'images de l'histoire d'amour, remplaçant les yeux verts de la belle et mince Natasha par ses propres yeux bleus.

« Le jour où un homme va me soulever dans ses bras, il devra avoir une très longue tignasse et se prénommer Samson », pensa-t-elle avec amertume. Malgré tous ses efforts, elle ne pouvait pas imaginer sa mère lire ces histoires d'amour à l'eau de rose. Celle-ci avait eu le cœur aussi chaud qu'un bonhomme de neige.

Madeleine balaya une mouche imaginaire devant son nez et mit le livre sous les trois autres qui étaient empilés sur sa table de nuit.

« Assez paressé. »

Elle sortit de sa chambre pour se rendre à la cuisine en essayant de décider si elle allait faire un gâteau aux carottes ou un pain aux bananes. Au bas des escaliers, elle avait décidé qu'elle ferait les deux s'il lui restait assez d'œufs quand une sensation vague s'insinua dans son esprit. Quelque chose semblait anormal, mais quoi? Elle y réfléchit une minute sans réussir à mettre le doigt dessus. Elle haussa les épaules, alluma la radio et se rendit dans la cuisine, laissant son sentiment s'enfouir dans les oubliettes alors qu'elle sortait tout ce dont elle avait besoin pour ses recettes. Elle cassa un œuf et ce n'est que lorsque le contenu de la coquille alla s'écraser dans le fond du bol que la réponse à son impression la frappa. Elle essuya ses mains sur son tablier, se rendit au salon, éteignit la radio, monta les escaliers qu'elle se mit aussitôt à redescendre.

« Un, deux, trois, quatre, cinq, six, sept. » Elle s'arrêta à la huitième marche, se retourna, en remonta deux qu'elle redescendit. Elle refit le manège trois fois, tendant l'oreille. Il n'y avait pas de doute, le craquement de la septième marche, qu'elle entendait depuis des années alors qu'elle marchait dessus, était moins fort, moins menaçant. Il n'y avait que deux possibilités à cet état de fait : 1 - le bois de la marche avait durci; ou 2 - le poids que le bois de la marche recevait quand Madeleine passait dessus avait diminué. Elle laissa vite tomber la première option et se rendit dans la salle de bain pour détailler son visage avec attention dans le petit miroir qui surplombait le lavabo, le seul miroir de la maison. Les yeux fixés sur son image, elle entreprit d'étirer la peau de son cou, essayant de vérifier si ses multiples mentons avaient diminué en nombre ou en volume. Elle se contorsionna ensuite devant le trop petit miroir pour essayer d'analyser sa silhouette qu'elle devait disséquer en morceau de trente centimètres carrés. Comme cet examen n'était pas suffisant pour déterminer si son diagnostic s'avérait correct, elle décida de se procurer un outil plus adéquat.

« Toutes nos lignes sont occupées. Votre appel est important pour nous. Nous vous prions de patienter. Merci de faire vos achats à l'aide de notre catalogue. N'oubliez pas notre promotion mensuelle : tout achat de 99,99 $ vous donne droit à un calendrier gratuit pour le nouveau millénaire. Toutes nos lignes sont occupées… » répétait inlassablement une voix féminine dont l'entrain ne s'amenuisait pas.

Madeleine patientait depuis cinq minutes quand elle jugea que le délai de deux semaines estimé pour la livraison de sa commande était beaucoup trop long, et raccrocha.

Elle alla se changer et opta pour l'ensemble que Claude lui avait offert, et partit à pied pour les rues commerciales malgré un vent du nord qui semblait s'être mis en devoir de la pousser à rester chez elle.

Sa recherche prit fin avant même de vraiment commencer alors qu'elle passait devant la vitrine sale de Charlot l'Antiquaire et fut éblouie par une version unique de l'objet convoité. Une clochette lui souhaita la bienvenue quand elle entra dans la boutique sombre qui était dans un désordre à décourager même Madeleine. Des meubles étaient empilés les uns sur les autres dans des tours dangereuses qui semblaient défier les lois de la gravité. Une épaisse couche de poussière les recouvrait pour les uniformiser et leur donner l'apparence de sculptures étranges. Alors que ses yeux s'habituaient au manque de clarté, elle commença à être en mesure de tracer des frontières dans les tours, d'attribuer certaines pattes à certaines chaises et certaines autres à des tables. Elle entreprit de s'aventurer prudemment dans le musée improvisé en s'assurant de garder son sac à main tout près de son corps. C'est en sortant d'une allée bordée d'une pile de pupitres surmontée d'un gramophone qu'elle se cogna à un homme miniature qui devait être la plus vieille antiquité de la place.

« J'savais ben qu'j'avais entendu quequ'chose. C'te satanée cochonnerie me joue tout l'temps des tours », dit-il en jouant avec l'appareil qui s'accrochait à l'oreille la plus immense que Madeleine ait jamais vue. « Attends une seconde », poursuivit-il en crachant la chique de tabac qui lui avait étiré les rides de la joue dans une bassine métallique avec une précision qui ne pouvait résulter que de beaucoup de pratique. Il s'essuya la bouche du poignet de sa chemise.

« Que c'é qui f'rait ben ton bonheur ? Tu peux tout' trouver chez Charlot », continua-t-il, aussi inintelligible sans sa chique.

« Le miroir sur pied qui est dans la vitrine. »

« Ah, la psyché !? J'en ai une autre dans l'fond du magasin. Viens donc que j'te mont' ça », lui commanda-t-il, lui tournant le dos avant qu'elle n'ait le temps de protester.

Madeleine le suivit de près dans le bazar. L'antiquaire n'avait pas menti, ce qu'il voulait lui montrer était bien dans le fin fond du labyrinthe. Il s'arrêta enfin devant une armoire, réfléchit un instant sur la façon de procéder, s'adossa à son côté droit et le souleva de quelques pouces avec une force que sa stature ne laissait pas deviner. Il la déplaça à petits pas d'un angle de quatre-vingt-dix degrés laissant apparaître un immense miroir rectangulaire emprisonné dans du bois sculpté et retenu à un pied par des pivots. Madeleine fut éblouie par l'objet qui ressemblait en effet à celui qui l'avait attirée dans le magasin.

« Tout' travaillé à' main par Joseph Carpentier lui-même », dit-il avec l'enthousiasme d'un homme qui a les affaires dans le sang. « Une vraie p'tite beauté, pis juste pour toi, j'te la donne pour juste 300. »

Madeleine flatta le bois, tenta d'examiner l'objet sous tous les angles. Elle se planta ensuite devant la glace, mais son reflet n'était qu'une masse sombre et floue.

« Est-ce qu'il serait possible d'avoir plus de lumière ?

« Y'en a pas assez ? P't'être pas pour une jeunesse comme toi. Tu verras ben quand t'auras mon âge pis les yeux pleins de cataractes comment la lumière peut t'faire souffrir », dit-il en se retournant, le dos tout à coup plus arrondi.

« Oh, et tant que vous y êtes, un chiffon, du nettoyant à vitre et un rouleau d'essuie-tout ne feraient pas de tort », dit Madeleine en regardant le vieillard disparaître derrière l'armoire qu'il venait de déplacer.

Quelques minutes plus tard, des néons se mirent à bourdonner et à clignoter pour finir par s'allumer lentement, baignant peu à peu la pièce d'un éclairage digne de celui d'une salle de classe. L'atmosphère irréelle du décor était levée. Madeleine pouvait à présent discerner chaque objet et voir toutes les traces de doigts qui les avaient touchés. Elle reporta son attention sur le miroir et fut dépitée par son délabrement. Le bois était d'une couleur inégale, le vernis pelait ou craquelait, le tout lui donnait un aspect lépreux.

L'antiquaire, qui était réapparu avec un chiffon sale en main, observa les réactions de sa cliente d'un œil qu'aucune membrane n'obstruait, et se transforma en moulin à paroles.

« Du vernis, ça compte pas, t'sé. » Il regarda Madeleine de la tête aux pieds. « Le vernis, c'est juste comme d'la peau. T'sé ben que c'qui importe, c'est pas ce qui est en dehors, mais ben c'qui est dans l'dedans. C'est le fond qui est important. »

Voyant que Madeleine avait besoin de plus d'arguments pour être convaincue, il poursuivit : « Ben, OK, le vernis, y'é pas beau ! Mais le bois, lui, y'é plein d'âme pis d'histoire, y'é parfait, le bois. » Il examina la grosse femme à nouveau pour évaluer l'impact de ses paroles, et continua son exposé en grattant le vernis de l'ongle long de son auriculaire : « Pis, r'garde comment c'est facile de l'enlever l'vernis. Au pire, si l'dehors te plaît pas, t'as rien qu'à l'changer, t'sé. C'est ben facile, c'est pas un gros travail, cré-moi. »

Madeleine gratta le bois à son tour avec l'ongle de son index. Le vernis tombait en poussière à certains endroits, mais collait au bois avec obstination à d'autres.

« Ça n'a pas l'air si facile que ça. »

« Le prix, y'é pas coulé dans l'béton non plus, t'sé. J'sais ben que peau ou pas peau, ça vaut c'que ça vaut. »

Madeleine ne répondit pas et continua son inspection de l'objet en nettoyant le bois à l'aide du chiffon qu'elle prit des mains de Charlot. Des fissures, certaines fines, certaines plus larges et profondes, apparaissaient au fur et à mesure que l'époussetage progressait.

Alors que le polissage de Madeleine dévoilait l'étendue de l'état miteux du miroir, le commerçant se mit à marchander avec lui-même. « Ben, p't'être ben que l'problème y'é un peu plus profond que le vernis, mais j'peux ben t'faire un prix pour ça. De toute façon, ça s'arrange, t'sé que j'suis sûr qu'y rien qui s'arrange pas si on est prêt à y mett' d'la sueur. Pis, ben sûr, j'sais ben que la sueur, ça s'paye aussi. Ça fait que je veux ben te laisser cette rareté pour 200. »

Madeleine, que le prix intéressait moins que l'objet lui-même, resta ancrée dans son mutisme, ce qui eut pour effet de faire apparaître un tic nerveux au commerçant. Il se mit à se frotter les paumes l'une contre l'autre, créant ainsi un son qui laissait croire qu'il aurait pu sabler l'objet marchandé de ses mains nues.

Madeleine entreprit alors d'en nettoyer la glace qui était criblée des petits points noirs sur toute la surface. De toute évidence, le cas de lèpre était généralisé.

« J'suis antiquaire t'sé. C'est ben sûr que c'que j'ai dans ma boutique est vieux pis pas parfait, mais ça veut pas dire que c'qui est vieux est pas aussi valeureux que l'neuf, t'sé. Le vieux, c'est plein d'expérience pis de souvenirs. Pis l'expérience et les souvenirs, ben, ça laisse des traces et des cicatrices, pis ça, ben, ça fait partie de la vie. T'es encore une p'tite jeunesse, mais ça vient vite, tu vas voir. Pouf ! Tu te lèves un jour pis tu te r'gardes dans l'miroir pis tu te r'connais pu. J'te dis qu'un miroir pas parfait comme celui-là, c'est justement ben parfait pour cacher c'qu'on veut pas voir. »

« Peut-être, mais comme c'est là, tout ce que ce miroir-là me montre, c'est que je suis plus épaisse qu'en réalité. C'est bien beau de masquer ce qu'on ne veut pas voir, mais c'en est une autre de complètement distordre la vérité », dit-elle en observant son reflet qui donnait l'impression qu'elle avait une tête beaucoup trop petite pour son corps et des chevilles qui auraient pu rivaliser avec ses cuisses.

Charlot avait arrêté de se frotter les mains et donnait l'impression qu'il était à court d'arguments.

« Celui-là, je suis désolée, ajouta Madeleine, mais il semble avoir eu de bien mauvaises expériences parce que les cicatrices, elles ne sont pas belles à voir.

« Tasse-toi donc que j'vois ça », dit-il à Madeleine en prenant sa place devant le miroir pour regarder son propre reflet. Il s'approcha et se recula, se mit sur la pointe des pieds et se pencha tout en observant l'image qui se gonflait et s'étirait selon ses mouvements.

« C'est pas si pire que ça », conclut-il.

« Je voudrais voir celui de la vitrine », conclut à son tour Madeleine. « S'il vous plaît. »

« Il va être difficile à sortir de là. »

Madeleine resta silencieuse.

« C'est mon plus beau morceau. »

« Oui. C'est un beau morceau. C'est pour lui que je suis entrée dans le magasin. »

« T'es sûre que tu veux pas c'lui-là ? »

« Celui de la vitrine, ou rien du tout. »

Le vieillard, résigné, se dirigea vers l'avant du magasin en marmonnant entre les dents qui lui restait : « Êt' grosse de même, pis êt' pris du péché d'vanité. »

Madeleine sortit de chez Charlot une demi-heure plus tard avec un reçu qui prouvait qu'elle était maintenant propriétaire de la psyché qui l'avait attirée dans la boutique. Elle regarda la vitrine maintenant dénudée et dut admettre que sans avoir été attirée par le beau miroir, elle ne serait jamais entrée dans le bazar. L'antiquaire lui avait promis que son petit-fils allait lui livrer l'objet le soir même. Madeleine était enchantée.

Lorsque Madeleine arriva enfin chez elle, elle avait acheté un galon à mesurer et un livre intitulé : *Perte de poids pour les idiots*.

Comme promis, le miroir fut livré en début de soirée. Madeleine le fit monter dans sa chambre où il prit résidence dans un coin à côté de la garde-robe. Après l'avoir astiqué à fond, elle se déshabilla, prit une longue inspiration et se planta devant sa nouvelle acquisition. L'impression puissante qu'elle se trouvait devant une étrangère ne la quittait pas. Pour s'assurer que le reflet qu'elle admirait était bien le sien, elle passa un bon moment à faire des mouvements brusques pour analyser les réactions de la jumelle qui lui faisait face. C'était la première fois qu'elle se détaillait des pieds à la tête. Ce qu'elle voyait était loin de l'enchanter, mais même si ce n'était pas la plus belle des images, c'était son image à elle. Son corps était un amas de vallées et de sillons, de monts qui aspiraient à devenir montagnes. Elle se souvint que c'étaient ces mêmes bourrelets qui avaient attiré Benoît Lachance. Benoît Lachance… Au souvenir de l'homme, du quatrième nom sur sa liste, elle vit sa peau se transformer en chair de poule. Le fait que Benoît Lachance ait aimé ses bourrelets était une raison suffisante pour vouloir s'en débarrasser à tout jamais.

~~Nathalie Sauvageau~~

~~Madame Bisson~~

~~Claude Rioux~~

Benoît Lachance

Judith Allaire

Anne Houle

Angèle Lemieux

Luc Sauvé

14

Destination : Au Septième ciel

« Raymond Lafrenière, détective privé, bonjour ! »
« Mademoiselle Richard à l'appareil. »

« Mademoiselle Richard ! Quel plaisir de vous entendre ! Qu'est-ce que je peux faire pour ma cliente préférée… ? » Les hurlements d'un bébé interrompirent la phrase du père. « Un instant, je vais passer Mireille à sa mère », l'intensité des hurlements diminua aussitôt et quelques secondes plus tard, le détective privé reprit le combiné du téléphone. « Je suis désolé, mademoiselle Richard, les coliques, vous savez. »

« Vous vous souvenez de la liste de personnes que je vous ai demandé de retrouver pour moi ? »

« Mais bien sûr, bien sûr ! Vous avez ajouté des noms à la liste ? »

« Non, non, elle est assez longue comme ça. Le quatrième nom sur la liste, Benoît Lachance, je voudrais que vous le suiviez comme son ombre pendant une semaine complète.

Je veux que vous me fassiez un rapport détaillé de toutes ses activités. Je veux savoir ce qu'il mange, quand il va aux toilettes, où il va. Je veux surtout savoir tout ce qui peut paraître bizarre dans son comportement. Je veux savoir tout ce qu'il fait de travers. Prenez des photos, beaucoup de photos. Est-ce que ça vous intéresse ? »

« Si ça m'intéresse ?! Tu parles, euh, vous parlez que ça m'intéresse ! »

« Bon, c'est parfait. Vous avez encore son adresse ? »

« Oui, oui, bien sûr, tout est dans votre dossier. »

« Nous sommes le 10 novembre, je vais attendre votre rapport pour le vendredi 19. Je tiens à ce que vous le surveilliez pendant sept jours d'affilée, ça vous va ? »

« Pas de problème, mademoiselle Richard, je suis votre homme. »

« Au revoir, monsieur Lafrenière, et félicitations pour le nouveau bébé. »

Elle raccrocha et regarda l'heure. Son train partait dans une heure. Elle avait une main sur la poignée de la porte et l'autre sur la poignée de sa petite valise quand le téléphone sonna.

« Mademoiselle Richard ? Raymond Lafrenière, détective privé à l'appareil. Je suis désolé de vous déranger, mais il semble qu'on ait omis de parler finances. »

« Finances ? » répliqua Madeleine qui s'imaginait déjà debout sur le quai de la gare à regarder son train partir sans elle.

« Oui, mon salaire pour la filature. »

Ils convinrent rapidement d'un montant et s'apprêtaient à échanger les formules de politesse quand Madeleine entendit une voix de femme chuchoter, « n'oublie pas l'essence Ray. »

« Oh, mademoiselle Richard, et pour l'essence ? »

« Je vais payer pour toutes vos dépenses, monsieur Lafrenière. Maintenant, je dois partir. Au revoir. »

Madeleine marcha les trois kilomètres qui la séparaient de la gare en passant son temps à transférer sa petite valise de la main gauche à la main droite et de la main droite à la main gauche, modifiant sa démarche à chaque fois. De la sueur lui perlait au front lorsqu'elle s'assit enfin dans le train qui la mènerait à la grande ville pour la première fois en bien des années.

C'était à vingt-deux ans qu'elle avait quitté la maison matriarcale. Sa mère avait tout fait pour l'en dissuader, pour la décourager, mais Madeleine, qui avait terminé ses études secondaires depuis plusieurs années déjà, avait décidé de tenter sa chance dans le jeu de la vie et de voler de ses propres ailes. La fin de son adolescence et le début de sa vie d'adulte n'avaient pas été remplis de fêtes et de sorties, elle avait plutôt passé ces années à attendre que le temps passe en quelque sorte, ses activités principales ayant été manger et dormir. Elle avait eu une vie comparable à celle d'un chien domestique.

Toutes ses démarches s'étaient faites via l'épluchage des petites annonces du journal quotidien *La Gazette*. Deux ans plus tôt, elle avait commencé à prendre plaisir à lire des bribes de vie que des gens ordinaires comme elle rapportaient dans les petites annonces du journal. Elle choisissait un certain nombre d'annonces qu'elle rassemblait pour inventer des rencontres et des aventures. Elle créait un monde autour d'un grille-pain pour lequel on demandait dix dollars dans la section réservée aux ventes diverses. Elle s'imaginait que l'appareil avait électrocuté une femme de ménage de trente-quatre ans, mère de trois enfants en bas âge, dont on mentionnait le décès dans le coin inférieur droit de la page réservée à la rubrique nécrologique. Une autre fois, elle organisait un rendez-vous galant entre une veuve de cinquante-six ans, recherchant homme propre, intelligent, non-fumeur, aimant le cinéma et le bridge, pour amitié ou plus, et un homme de belle allure, recherchant femme dynamique, ayant un bon sens de l'humour pour partager soirées solitaires. C'était en parcourant la rubrique des logements à louer du journal du lundi qu'elle était tombée sur une annonce demandant une jeune fille pour partager un appartement de deux chambres à coucher dans le centre-ville de la métropole. Comme à son habitude, Madeleine avait tenté de trouver une annonce qui décrirait une personne possédant les qualités requises pour devenir la colocataire recherchée. Sans qu'elle ne sache comment ni pourquoi, elle avait commencé à s'imaginer elle-même dans le rôle. Elle avait décoré l'appartement dans sa tête, dessinant une porte qui la mènerait à sa chambre meublée comme une page du catalogue Ikea. Par-dessus tout, elle s'était inventé des conversations animées avec la fille qui allait partager ses repas et devenir sa meilleure amie. Cette vision de son futur s'était implantée dans sa tête jusqu'à l'obséder. Pendant trois jours, elle avait ressassé les moyens dont elle disposait pour réaliser son nouveau rêve sans avoir à faire appel à sa mère qui, elle le sentait, désapprouverait son projet et ferait tout pour la dissuader de le mettre à exécution. Ses tourments avaient été apaisés alors qu'elle était tombée sur une annonce dans la section *offres d'emploi* qui demandait une personne fiable et travailleuse avec expérience dans le domaine de la pâtisserie pour pourvoir un poste de nuit dans une boulangerie à forte production. Elle avait appelé pour offrir ses services pendant que sa mère était montée faire une sieste. L'homme qui avait répondu au téléphone lui avait semblé très occupé. Il lui avait demandé quel genre d'expérience elle avait et lorsqu'elle lui avait répondu qu'elle n'en avait pas vraiment, mais qu'elle s'y connaissait en matière de pâtisserie, il lui avait demandé à brûle-pourpoint de lui énumérer les ingrédients d'un gâteau forêt-noire et de lui décrire les étapes à suivre pour faire une miche de pain à la main. Elle avait raccroché le téléphone, étourdie, avec la promesse d'un poste à temps plein. Elle travaillerait de nuit entre 23 h et 7 h, cinq jours par semaine avec deux fins de semaine libres par mois, au salaire minimum. Elle commencerait le dimanche suivant. Son étourdissement s'était vite transformé en excitation, source du courage dont elle avait eu besoin pour téléphoner à la jeune fille qui, elle l'espérait, accepterait de devenir sa colocataire. Cette fois aussi la conversation avait été rapide et monopolisée par son interlocutrice. Après quelques phrases parsemées de jurons variés, Madeleine avait compris que Judith avait un urgent besoin de pognon depuis que sa salope d'ancienne coloc Linda l'avait laissée en plan en partant avec l'argent du loyer et l'enculé de ses fesses d'alcolo qui l'avait embobinée dans une secte. Il avait donc été conclu que Madeleine pourrait emménager dès qu'elle le voulait pourvu qu'elle arrive avec le montant convenu en poche. La dernière personne à convaincre, et la plus effrayante, avant de pouvoir partir faire sa vie, avait été sa mère qui de plus en plus considérait le monde entier comme une trappe à Richard, et mettait ainsi de moins en moins le nez dehors. Quoique les objections, les critiques, les reproches, les oppositions de Rosalie avaient été nombreuses lorsque Madeleine l'avait informée de son départ imminent, Madeleine n'avait pas flanché dans sa résolution et sa mère avait fini par capituler en lui remettant la somme de trois cents dollars pour l'aider à démarrer sa vie. Madeleine avait donc emménagé dans le petit appartement du centre de la grande ville le samedi suivant, soit la veille du début de sa nouvelle carrière.

Elle se souvenait de son départ, de sa mère qui lui avait souhaité bonne chance sur le pas de la porte en lui remettant un billet de cent dollars additionnel, juste au cas. Madeleine avait pris sa petite valise neuve et avait marché solennellement jusqu'au trottoir où elle s'était retournée pour envoyer la main à son comité d'adieu, se sentant comme une des passagères du Titanic sur le point de quitter le port de Southampton, mais la porte était déjà fermée ; il n'y avait plus de traces de la figure maternelle.

À sa descente du train, Madeleine n'avait eu qu'à monter dans un taxi et à donner l'adresse de son futur domicile au chauffeur. Il l'avait laissée devant une porte qui, selon ses plaies, devait avoir été peinte maintes fois du vert au jaune en passant par le rouge. Le numéro qui y rouillait était bien le 1267.

Madeleine avait appuyé sur le bouton associé à l'appartement C, à son appartement, d'un index à la fois appréhensif et résolu et avait été reçue par un « Ouais ! C'est qui ? » provenant d'un haut-parleur invisible. Quand Madeleine s'était identifiée, la voix du haut-parleur lui avait craché d'attendre parce que le foutu machin qui ouvrait la porte était déglingué. Cinq minutes s'étaient écoulées avant que la porte s'ouvre sur une fille qui venait de toute évidence de quitter son lit bien que le soleil aurait été haut dans le ciel depuis belle lurette s'il n'avait pas été caché par une épaisse couche de nuages. Les cheveux blond-platine de Judith, qui révélaient sans vergogne des racines brunes, étaient ébouriffés. Le mascara bleu qu'elle devait avoir appliqué la veille ou l'avant-veille relevait le mauve de ses cernes. Il aurait été impossible à Madeleine de dire à cet instant de quelle couleur étaient ses yeux tant ses pupilles étaient dilatées. Son habillement complet avait consisté en un énorme gilet d'une équipe de sport dont le col laissait échapper son épaule gauche pour dévoiler un tatouage symbolisant une promesse d'amour éternel pour *Jack*. Madeleine s'était présentée et avait été sommée par Jude — nom qu'elle avait adopté depuis qu'elle avait été en âge de se rendre compte que Judith manquait de sex-appeal — de la suivre dans un escalier tellement étroit qu'il avait obligé Madeleine à maintenir son corps à un angle de quarante-cinq degrés. La montée des marches lui avait révélé que sa nouvelle colocataire avait un penchant pour les sous-vêtements miniatures et le rose bonbon. Une fois dans l'appartement, Jude avait pointé trois portes du doigt, « ma chambre — hors limite — ta chambre, les chiottes » et avait ensuite tourné sa main pour présenter sa paume ouverte à Madeleine. « Ça va être 150 beaux billets, Mado. » Devant l'air perplexe de Madeleine, Jude avait précisé : « Hey, le blé, le foin, le vert, le fric, le pognon, les bidous si tu veux. » Madeleine avait sorti huit billets de vingt dollars de son porte-monnaie. « Est-ce que tu as dix dollars ? » Jude avait happé la petite liasse en promettant de le lui donner plus tard et avait disparu derrière la porte de sa chambre sans oublier de maudire un mal de tête qui aurait pu assommer un foutu bœuf.

Plantée toute seule dans la pièce qui servait à la fois de salon, de cuisine et de salle à manger, Madeleine avait examiné sa nouvelle demeure. Les taches qui décoraient la décrépitude du tapis, la bourre qui s'échappait des deux sofas non assortis, les caisses de bière empilées sur le bord de la porte, les tours de vaisselle sale qui menaçaient de s'effondrer sur tous les recoins du comptoir, et les innombrables cendriers débordants de mégots qui étaient dispersés un peu partout avaient à peine réussi à ébrécher son enthousiasme.

Son inspection de la salle de bain avait été rapide ; une forte odeur nauséabonde, ou plutôt un mélange de plusieurs, l'avaient chassée hors de la pièce. Elle avait gardé la découverte de sa nouvelle chambre pour la fin. Elle était restée devant la porte un instant, les yeux fermés pour se remémorer le décor qui avait rempli ses rêves. Il était temps de les comparer avec la réalité. Une fois l'image bien implantée dans son esprit, elle avait ouvert la porte en se sentant comme Ali Baba qui disait sa formule magique. Pourtant, sa caverne n'avait renfermé aucun trésor et son décor avait été à des années-lumière de ce qu'elle s'était imaginé. Son antre avait consisté en une petite pièce rectangulaire presque remplie par un lit deux places collé au mur et dont le sommier était posé à même le sol. Il y avait aussi une petite table de nuit qui, selon l'inscription sur le dessus, avait commencé ses jours comme contenant pour vingt kilogrammes de saumon frais, et une lampe à l'abat-jour d'un rose qui rappelait étrangement la petite culotte de Jude. Comme le reste de l'appartement, les murs étaient jaunes. Le mur du fond était orné d'un poster qui présentait les quatre membres peinturlurés du groupe Kiss. Celui du milieu lui tirait sa langue démesurée comme pour la narguer. Madeleine était entrée dans la chambre et avait longé le lit pour se rendre à la penderie pour constater que celle-ci, comme le reste, était en sérieux besoin d'un nettoyage méticuleux. Elle s'était ensuite assise sur le lit pour en évaluer la fermeté, s'était allongée et trémoussée jusqu'à ce qu'elle trouve la position la plus confortable, celle où le moins de ressorts s'enfonçaient dans son dos.

Madeleine n'avait pas perdu de temps avant de s'attaquer au décrassage de l'appartement, armée d'un chiffon et d'une vieille boîte de désinfectant en poudre qu'elle avait trouvés sous l'évier de la cuisine. Elle avait fait la vaisselle, vidé les cendriers, nettoyé la salle de bain en retenant sa respiration. De grosses gouttes de sueur lui dévalaient les joues lorsqu'elle avait ouvert grand les fenêtres pour laisser entrer l'air pur. Bien vite, elle avait dû les refermer pour éviter qu'un nuage de monoxyde de carbone provenant de l'arrière d'un camion de livraison stationné devant l'immeuble n'achève de l'asphyxier. Son inspection du réfrigérateur lui avait révélé que Jude avait une prédilection pour les aliments liquides. Elle avait trouvé une quantité substantielle de bières de différentes marques, une boîte de jus de tomate, un litre de lait dont la date d'expiration était passée depuis plus d'un mois, un bol de soupe poulet-nouilles et, dans le tiroir du bas, une série de sacs de plastique transparents remplis des restes liquides et visqueux d'aliments qui devaient avoir un jour garni les étagères de la section fruits et légumes d'un supermarché. Les armoires de la cuisine étaient pratiquement vides mis à part quelques chaudrons et casseroles disparates qui ramassaient la poussière.

Même si Madeleine avait été intimidée par la ville, les supplications lancées par son estomac l'avaient poussée à se mettre à la recherche d'une épicerie qu'elle avait trouvée à trois coins de rue. Elle était revenue à l'appartement les bras chargés de provisions essentielles, et s'était préparé un festin pour célébrer sa nouvelle vie, festin qu'elle avait dégusté seule,

Jude ne s'étant toujours par remontré le bout du nez. Elle était assise sur le sofa, une cannette de Coca-Cola à la main quand la porte de la chambre de Jude s'était ouverte ; un jeune homme à l'allure malade et dont le visage était dissimulé par une barbe d'au moins trois jours était sorti de la chambre, portant curieusement un gilet en tout point identique à celui que sa colocataire avait porté pour l'accueillir. Il était parti vite sans mot ni regard.

Madeleine était allée se coucher sans revoir Jude. Les lumières colorées des néons clignotants censés attirer la clientèle d'un restaurant qui dégageait des relents de vieille huile à friture de l'autre côté de la rue s'infiltraient par la fenêtre sans rideaux pour donner vie au groupe de Kiss. Le personnage à la longue langue du poster la fixait. Son regard démoniaque était planté sur elle, où qu'elle se trouve dans la petite pièce. Madeleine avait fini par allumer sa lampe pour aller décoller le papier qui était tombé sur le sol tout en laissant son empreinte blanche dans le jaune du mur.

Comme prévu, elle avait commencé à travailler à la boulangerie le lendemain, et bien que les nuits avaient été longues et qu'elle avait vécu à l'envers de tout le monde, elle s'était sentie heureuse d'avoir un but, de servir à quelque chose. Madeleine avait apprécié son nouveau chez-elle, et ce, même si elle avait plus vu les traces de Jude que Jude elle-même ; dans les bouteilles vides qui traînaient partout, dans les sculptures de cendre et de mégots qu'elle s'évertuait à créer dans les cendriers pendant la journée. Pendant un mois, elle n'avait que travaillé et nettoyé derrière Jude qui semblait s'être mis en devoir d'étendre sa crasse dans chaque recoin de l'appartement. Chaque matin, alors que Madeleine rentrait d'une nuit de travail, elle avait eu l'impression qu'une tornade avait réussi à s'infiltrer dans la pièce commune pour chambouler toute trace d'ordre qui avait pu exister avant son départ. Le nombre d'hommes qui pouvaient sortir de la chambre de Jude l'avait impressionnée. Il y en avait pour tous les goûts : grands, minces, gros, petits, chauves, barbus, imberbes, jeunes et beaucoup moins jeunes. Et selon les bribes d'informations que Madeleine avait pu récolter ici et là, aucun d'eux ne s'était prénommé Jack.

Même si elle n'avait pas pu considérer Jude comme une amie, elle avait eu Gertrude. C'était en rentrant chez elle un matin qu'elle avait trouvé le chaton chétif qui miaulait sur le pas de la porte de l'immeuble. Madeleine avait apprivoisé la petite bête et Gertrude était bien vite devenue sa protégée et sa confidente.

La nouvelle vie de Madeleine avait eu comme effet de la faire rayonner. Ce rayonnement avait attiré l'attention de Benoît Lachance, un homme de quatre ans son aîné qui prenait sa relève dans la fabrication de tartes pendant la journée. Tous les jours, ils se croisaient à la perforeuse de cartes et échangeaient de brèves formules de politesse ; tous les jours, jusqu'au jour où le salut de Benoît Lachance s'était transformé en invitation à prendre un café la prochaine fois qu'ils seraient tous deux en congé en même temps. Les joues de Madeleine étaient en feu lorsqu'elle avait accepté son premier rendez-vous galant qui n'avait pu avoir lieu que deux semaines plus tard dans un restaurant tranquille. Cette soirée avait marqué le début de sa première relation amoureuse.

Elle avait vécu les trois mois les plus heureux de sa vie avec Benoît. Mais un matin, tout son bonheur s'était écroulé, comme un château de cartes sur lequel Jude avait vidé ses poumons emboucanés.

L'arrêt du train réveilla Madeleine qui avait dormi pendant presque tout le trajet. Sa prochaine destination serait *Au Septième ciel*, endroit où, selon Raymond Lafrenière, Jude poursuivait une carrière de danseuse.

15

Un baiser de Jude

« Jude! Bouge tes fesses! C't'à ton tour de divertir la racaille! », lança une blonde nue et pulpeuse qui mesurait plus de six pieds en entrant dans la petite pièce qui servait de loge aux quatre danseuses présentes. La grande femme se dirigea vers le sofa deux places où était étendue une rouquine absorbée par le limage d'un ongle d'orteil ; elle empoigna le bord de la robe de chambre sur laquelle était couchée la rouquine et tira dessus pour la libérer de sous son derrière.

« Hey! » protesta la rouquine qui faillit tomber du sofa.

« Jude! » répéta la blonde pulpeuse.

« Ouais, ouais, calme tes grosses fesses, Sabrina, j'y vais », dit Jude en léchant son petit miroir. Elle essuya la fine poudre qui cernait ses narines à l'aide de la manche de son peignoir de satin rouge qu'elle renifla ensuite, question de s'assurer qu'elle ne gaspillait rien de sa précieuse drogue.

« Jude, fais gaffe au vieux à la droite de la scène », ajouta la blonde pulpeuse qui avait maintenant enlevé sa perruque pour révéler des cheveux bruns coupés en brosse, « il a l'air obsédé par les talons hauts, il arrête pas d'essayer de les attraper et j'ai failli me casser la gueule. »

Jude sortit de la pièce et se dirigea vers la scène ; elle ouvrit le rideau noir et fut mitraillée par six faisceaux lumineux qui l'empêchaient de se rendre compte de son entourage à plus d'un mètre de rayon. Elle se mit aussitôt à se trémousser mécaniquement à un rythme trop lent pour la chanson de laquelle elle ne percevait que la batterie et les cymbales. Son objectif était d'atteindre le poteau planté au centre de la plateforme où elle épluchait quelques minuscules morceaux de vêtements six jours par semaine dans le but de financer son tabac, son alcool, sa marijuana et, bien sûr, sa cocaïne. Par principe, le sexe qu'elle offrait sans retenue à qui voulait bien d'elle était gratuit.

Les yeux fermés, elle se tortillait autour du poteau de métal, ayant la sensation que son corps était aussi léger que son esprit qui lui, était aussi enfumé que le cabaret. Elle se léchait constamment les lèvres, geste que plusieurs clients percevaient comme étant érotique, mais qui, en fait, tentait sans succès d'apaiser leur gerçure chronique. Alors que Jude était penchée vers l'avant et se déhanchait avec entrain, on lui arracha soudain l'escarpin qui chaussait son pied droit, la laissant dans une posture digne du bossu de Notre-Dame pendant le court instant que dura son étonnement. Pour rétablir son équilibre, elle donna vite un coup de pied de la jambe gauche qui la débarrassa de sa chaussure restante. Celle-ci s'envola en tournoyant et alla frapper une bouteille de bière à moitié vide laissée orpheline au bar. Jude commença son striptease en tirant sur la boucle de la ceinture de son peignoir ; celui-ci s'ouvrit pour dévoiler son corps maigre vêtu d'un bikini rouge délavé qui avait vu des jours meilleurs.

Elle entendit successivement un sifflement strident, une quinte de toux, et une voix rauque crier, « y'é à peu près temps que tu nous montres c'que t'as ! »

Jude ouvrit les yeux, mais ses pupilles dilatées ne lui permirent pas de voir celui qui avait fait la requête. Elle ne voyait pas non plus la grosse femme qui se cachait dans un coin reclus que la clientèle habituelle privilégiait pour recevoir des faveurs spéciales de la part de certaines des danseuses, de Jude y compris.

Madeleine y était assise depuis près d'une demi-heure. Elle avait hésité longtemps avant de pénétrer dans la bâtisse, s'étant sentie désemparée par l'enseigne en néon qui surplombait la porte d'entrée. Celle-ci présentait la silhouette d'une femme nue aux mensurations caricaturales ; les lettres illuminées qui longeaient la courbe de ses reins lui avaient pourtant prouvé qu'elle était bien au bon endroit : *Au Septième ciel*. Mais son besoin d'affronter Judith avait été plus fort que son envie de déguerpir. La garce l'avait fait fuir des années auparavant, mais ne réussirait pas cette fois-ci. Madeleine avait donc inspiré profondément avant d'ouvrir la porte sans réfléchir davantage et s'était engouffrée dans l'obscurité enfumée du cabaret qui l'avait quelque peu rassurée en enveloppant son anonymat. Une femme qui ne portait qu'un g-string et deux étoiles brillantes rouges qui masquaient ses mamelons s'était approchée d'elle, plateau en main, et lui avait demandé ce qu'elle voulait boire entre deux mâchées de chewing-gum.

«Euh, non… rien, merci», avait tout d'abord répondu Madeleine, se sentant étrangement hypnotisée par les deux étoiles.

«T'es mieux de commander quelque chose si tu veux asseoir ton cul pour regarder le show.» La serveuse avait ponctué sa menace en soufflant une bulle de chewing-gum qu'elle avait laissé éclater avec un *clac* bien sonore.

Madeleine avait donc balbutié qu'elle prendrait un Coca Cola Diète sans glaçons et la serveuse avait levé les yeux au plafond avant de repartir vers le bar en secouant la tête.

Madeleine s'était assise dans un coin qui, quoiqu'isolé, lui permettait d'avoir une bonne vue d'ensemble de la place et de bien voir la scène tout en la gardant dissimulée. La noirceur ne réussissait pas à occulter le décor miteux qu'elle avait par la suite associé à l'enfer. Il y avait peu de clients. En tout, elle avait compté quatre hommes. De ceux-ci, un était affalé sur une chaise, la main crispée sur un verre vide posé sur la table devant lui; il avait le menton appuyé contre sa poitrine qui montait et descendait à intervalles réguliers. De temps en temps, il relevait la tête brusquement pour aussitôt la laisser retomber doucement. Un autre homme, habillé beaucoup trop chic pour la place, chantait la pomme à une serveuse qui, tout comme celle qui l'avait accueillie, portait des étoiles brillantes comme uniforme, mais de couleur bleue. Madeleine avait pensé que le chantage de pomme de l'homme devait porter fruit puisqu'à chaque phrase qu'il criait à la femme pour se faire entendre par-dessus la musique, elle s'esclaffait d'un rire tellement franc qu'il faisait voguer sa poitrine proéminente, donnant ainsi vie aux étoiles brillantes.

Le troisième client avait été assis au bar lorsque Madeleine était entrée, mais elle l'avait vu laisser sa bouteille de bière à moitié vide pour aller vers les toilettes, devant remonter ses jeans trop grands à chaque trois pas pour éviter de s'enfarger dedans.

Le dernier, un très petit vieillard dont les lèvres disparaissaient dans sa bouche édentée, se tenait debout le corps appuyé contre la scène, les yeux fixés sur les pieds de la danseuse du moment, et passait son temps à se frapper les mains dans de mini-applaudissements.

Madeleine était justement en train de l'observer quand elle le vit tout à coup s'élancer avec une vivacité étonnante vers le pied de la danseuse qui était à sa portée. Il empoigna le talon aiguille à deux mains et tira dessus jusqu'à ce qu'il réussisse sans grande difficulté à s'approprier l'escarpin. Madeleine le vit ensuite enfouir son trésor dans sa veste à carreaux pour aller disparaître dans le coin le plus sombre de la place.

Elle vit la danseuse au peignoir rouge à moitié déchaussée prendre un instant la posture d'une bossue puis se redresser en se débarrassant de son escarpin restant par un coup de pied. Madeleine vit la chaussure tournoyer et aller abattre la bouteille de bière du client aux jeans trop grands, qui, par chance, n'était toujours pas ressorti des toilettes.

Le fracas de la bouteille fit sortir le barman de ses gonds et réveilla le client endormi qui toussa, regarda la scène et cria d'une voix rauque : « y'é à peu près temps que tu nous montres c'que t'as ! » avant de retomber endormi.

Madeleine porta ensuite son attention vers la scène, curieuse de voir ce que la danseuse avait à montrer. Celle-ci prenait les rebords de son peignoir qu'elle ouvrit jusqu'à dénuder ses épaules pour le laisser glisser le long de ses bras, dévoilant un tatouage qui semblait symboliser une promesse d'amour éternel. Le cœur de Madeleine se mit à battre au rythme du solo de batterie de la chanson qui jouait. Elle était trop loin pour pouvoir déchiffrer l'inscription qui se trouvait dans le cœur percé d'une flèche. Son verre de Coca Cola Diète à la main, sans quitter le tatouage des yeux, elle s'approcha de la scène avec circonspection jusqu'à ce qu'elle puisse lire : *Crack*. *Crack* avait remplacé *Jack*. La danseuse n'était nulle autre que Jude. Madeleine dut prendre son verre à deux mains pour éviter d'en reverser le contenu et se dépêcha de retourner se réfugier dans son coin ; la vieille blessure de son cœur, qu'elle avait crue cicatrisée, s'était rouverte à la seule reconnaissance de celle qui la lui avait infligée. Jude était de loin la personne qui l'avait le plus écrasée. Jude était la personne de sa liste qui méritait le plus d'être écrasée à son tour, et de loin. Madeleine prit son courage à deux mains et se rapprocha une fois de plus de la scène. Elle se força à détailler son ennemie de la tête aux pieds et de graver dans son esprit chaque parcelle de son être que Jude lui dévoilait dans sa mise à nu volontaire. Son ancienne colocataire avait changé, et le temps était loin d'avoir été clément. Sa chevelure n'était plus platine, mais d'un brun terne qui, maintenant, exhibait une racine grise de deux pouces. Madeleine fixa son visage pendant un moment, superposant l'image qu'elle voyait à celle qui la narguait de l'intérieur même de son crâne depuis plus de seize ans. Le visage squelettique de la danseuse, avec sa peau étrangement affaissée et les orbites profondes de ses yeux, lui rappelait le fameux tableau *Le Cri* d'Edvard Munch sur lequel elle avait fait une dissertation au secondaire. Son corps rachitique semblait grugé de l'intérieur, comme si elle avait passé la dernière décennie à se nourrir de ses propres muscles. Les tendons de toutes ses articulations se tendaient et de distendaient à chaque gigotement. Ses épaules osseuses servaient de cintre à une peau qui tombait comme une chemise froissée sur laquelle la gravité semblait avoir un pouvoir mystique. L'abominable tatouage qui garnissait son bras était étiré vers le bas, lui donnant l'aspect flou souvent utilisé pour le titre des films d'horreur à petit budget. Jude ôta le haut de son bikini pour libérer ses minuscules seins dégonflés qui témoignaient d'une manipulation excessive. Madeleine aurait facilement pu compter chacune de ses côtes si elle avait voulu s'en donner la peine. De longues vergetures verticales qui prenaient naissance au niveau de son nombril ressorti pour aller disparaître sous son cache-sexe étaient les vestiges d'une vieille grossesse, démontrant que les sempiternels ébats sexuels de Jude avaient fini par lui donner une progéniture. Madeleine ne put s'empêcher de se demander si c'était un des spermatozoïdes de Benoît Lachance qui avait réussi à féconder son ovule. La rage monta en elle lorsque l'image de son amoureux dans le lit de sa colocataire lui revint à l'esprit aussi clairement que si elle s'était de nouveau retrouvée dans la chambre miteuse. Madeleine secoua la tête pour essayer de se débarrasser de l'atroce souvenir, sans succès. La scène qui avait brutalement mis fin à la période heureuse de sa vie se cramponna à sa mémoire et se joua pour la énième fois derrière la façade de ses yeux.

Madeleine se revit ouvrir la porte de son appartement après une nuit de travail particulièrement éreintante alors qu'elle avait accepté de remplacer un employé malade à la dernière minute. Elle ressentit même le découragement qui lui avait courbé l'échine en voyant que la fête que Jude avait eue pendant la nuit avait été encore plus destructrice qu'à l'habitude. Il y avait des bouteilles de bière partout, la majorité étaient vides, mais certaines, pleines, semblaient avoir été décapsulées juste pour être aussitôt abandonnées. Ce matin-là, son appartement ressemblait à un champ de bataille où les innombrables corps morts laissaient deviner, sinon une guerre violente, une multitude d'escarmouches. Un homme cadavérique affalé sur un des divans comme une marionnette désarticulée l'avait sortie de sa torpeur en lançant un unique ronflement. Elle se souvint d'avoir été tellement épuisée qu'elle avait décidé de le laisser ronfler à volonté et s'était rendue au radar à sa chambre. Elle avait ouvert la porte et avait freiné son effondrement imminent sur son lit en constatant qu'un trio y dormait à poings fermés, leurs membres entremêlés. Jude avait dépassé les bornes. Madeleine avait claqué la porte derrière elle, prête à tempêter dans la chambre de sa colocataire quand elle avait aperçu le petit corps raidi par la mort de Gertrude au travers des bouteilles sur la table du salon. Sa tête pendait dans le vide. Madeleine avait poussé un cri qui avait échoué à faire broncher le cadavre du divan et s'était précipitée vers la petite bête. Un mégot de cigarette s'était échappé de sa gueule bloquée en position ouverte lorsqu'elle l'avait prise dans ses mains. Gertrude avait servi de cendrier aux rapaces qui tournaient autour de Jude. Ses yeux s'étaient remplis de larmes dont l'origine était un mélange à parts égales de rage pure et de détresse absolue. Le corps de Gertrude collé contre son cœur meurtri, elle s'était ruée vers la porte de la chambre de Jude qu'elle n'avait jusqu'à ce jour jamais touchée et l'avait ouverte sans aucune hésitation pour être brusquement affligée d'une vision qui avait achevé d'enfoncer le pieu dans son cœur. Benoît, l'homme avec qui elle avait rêvé de finir ses jours, l'homme à qui elle avait décidé d'offrir sa virginité, gisait nu aux côtés de la traîtresse qui partageait son toit. Madeleine avait poussé un autre cri qui témoignait de la souffrance exponentielle qui l'attaquait. Benoît avait ouvert les yeux et l'avait regardée avec une expression perdue, imité aussitôt par Jude qui s'était mise à rire hystériquement en voyant son visage défait. Madeleine n'avait pu que s'enfuir.

Madeleine ferma fort les yeux pour pulvériser l'image du couple qui la dévisageait, se mit les mains sur les oreilles pour étouffer le rire assourdissant de Jude et secoua la tête, comme si elle avait espéré que le geste pouvait suffire à lui faire tout oublier, à tout effacer à la façon du tableau magique qu'elle avait reçu pour son septième anniversaire.

Madeleine rouvrit les yeux et revint à la réalité. Elle vit qu'une rouquine bien proportionnée avait remplacé Jude sur la scène.

« Pouvez-vous dire à Judith Allaire que Madeleine Richard aimerait la voir ? » demanda-t-elle à la serveuse qui attendait sa prochaine commande.

« Judith Allaire ? Connais pas de Judith Allaire. »

« Jude, Jude Allaire, qui vient de finir de danser. »

« Oh ! Jude ! OK, mais tu veux quoi à boire ? »

Madeleine, qui s'apprêtait à répondre spontanément qu'elle ne voulait rien, merci, se ravisa et lui redemanda la même boisson gazeuse, sans glaçons.

« Tu veux même pas une goutte de whisky, question de corser un peu les bulles ? »

« Non, pas de corsage pour moi, merci. »

« Ha ! Ha ! Elle est bien bonne, et appropriée pour ce trou !

Qui sait, si tu cherches un boulot, le patron t'engagera sûrement. Avec une poitrine comme la tienne, il pourrait s'amuser pendant des heures ! » dit la serveuse en s'éloignant déjà, laissant Madeleine perplexe. Elle revint quelques minutes plus tard, se fit payer un prix exorbitant pour la boisson au goût dilué et, encouragée par un pourboire généreux, elle se dirigea vers l'arrière-scène.

« Jude ! Une Madeleine Richard voudrait te voir. »

« Annette, combien de fois il faut que j'te dise que ça m'intéresse pas de divertir les femelles ? »

« Ça a pas l'air son genre. C'est une grosse femme qui porte une robe qui a l'air d'un sac de patates, qui a un gros chignon et qui boit juste du Coke. En plus, elle connaît ton nom, Judith. Judith Allaire… ça te donne presque un air humain, ce nom-là ! » conclut la serveuse avant de s'éclipser pour éviter de recevoir en plein front la brosse à cheveux que Jude venait de lui lancer.

Jude se remit à sniffer sa ligne de cocaïne avec concentration et lorsqu'elle releva la tête, ses yeux s'illuminèrent soudain, sinon par l'effet de la drogue, par la reconnaissance du nom mentionné par Annette. « Grosse, robe qui a l'air d'un sac de patates, chignon et Coke. Ça peut juste être la grosse Mado. Qu'est-ce qu'elle peut bien venir foutre ici celle-là ?! »

« C'est qui ? » demanda la grande femme aux cheveux coupés en brosse qui avait maintenant revêtu une perruque rose coupée à la Cléopâtre.

« Mado Richard, probablement la femme la plus naïve de la planète, j'te jure. J'ai habité avec elle il y a longtemps. Elle avait une vingtaine d'années et avait l'air plus rétro que ma grand-mère. Jamais rien vu de sa chienne de vie celle-là. »

« Elle a dû en voir de toutes les couleurs en habitant avec toi ! »

« En fait, c'était pas si mal de vivre avec elle. Elle faisait tout le temps le ménage et laissait son argent sur sa table de nuit. J'me servais comme je voulais et je l'ai jamais entendue se plaindre. »

« Et qu'est-ce qui s'est passé ? »

« J'ai couché avec son gars. Comment il s'appelait celui-là… ? André, Michel, non, Steve… ah, et puis on s'en fout de son nom. Mais t'aurais dû lui voir la gueule quand elle nous a vus dans mon lit ! Et tout ça pour ce con d'éjaculateur précoce. Et moche comme mon cul en plus. »

« Pourquoi tu lui as pas laissé dans ce cas-là ? C'est pas comme si t'étais en manque d'hommes. »

« Moche ou pas, c'était un homme, enfin censé être un homme. Pis un soir, il est venu à l'appartement en pensant que Mado travaillait pas. Belle défaite, j'te jure. Elle travaillait tout le temps, toutes les nuits, la Mado. Il devait bien le savoir, il travaillait avec. Moi, j'te dis qu'il voulait une bonne baise et c'est pas la sainte nitouche de Mado qui la lui aurait donnée ! J'suis certaine qu'elle était encore vierge, la grosse. »

« Et puis, tu t'es mise en devoir de lui donner ce qu'il voulait. »

« En fait, je me rappelle. Il m'avait foutue en rogne, le gars. On avait déjà commencé à fêter quand il est arrivé, mais ça manquait d'ambiance. J'ai pensé qu'on pourrait s'amuser avec lui. Je l'ai invité à rentrer en lui disant que Mado était partie faire une commission et qu'il pouvait l'attendre. En effet, ça a été tout un spectacle. Après trois p'tites bières, il avait l'air d'avoir ingurgité une caisse de vingt-quatre. J'me suis mise à lui demander ce qui pouvait bien l'attirer chez Mado… j'étais vraiment curieuse, et ce con-là m'a répondu qu'il aimait ses bourrelets, qu'il trouvait que les maigrichonnes comme moi manquaient de substance. Tu vois, j'avais pas le choix de lui montrer de quoi sont capables les maigrichonnes comme moi. Elle aurait dû me remercier la Mado au lieu de s'enfuir comme une lapine parce que je lui ai sauvé une grande déception en me sacrifiant comme ça. »

« T'es une vraie bonne samaritaine, Jude », dit la danseuse aux cheveux rose.

« J'vais aller voir c'qu'elle veut, ça pourrait être très amusant. » Jude sortit de la pièce.

« T'es un vrai Judas, oui ! » ne put s'empêcher d'ajouter la danseuse à son reflet dans le miroir alors qu'elle s'évertuait à essayer de recoller son faux cil.

Madeleine vit Jude s'approcher. Elle poussa une chaise du pied pour inviter son adversaire à s'asseoir, récitant dans sa tête le discours qu'elle avait pris soin de préparer. Le moment de la confrontation était enfin arrivé.

Jude s'assit. Un sourire indéchiffrable flottait sur ses lèvres. « Mado Richard… Mais qu'est-ce que tu peux bien venir foutre dans mon p'tit paradis, ma vieille ? » Elle s'approcha pour scruter le visage de son ancienne colocataire. « Je vois que t'as pas changé ! À part la cinquantaine de kilos que tu trimbales en plus, t'as toujours la même gueule de sainte nitouche déterrée. » Jude regarda autour d'elle. « Et il est où ton homme ? Tu l'as pas amené… qu'il voie c'est quoi une vraie femme ? » continua Jude avant d'éclater d'un rire qui permit à Madeleine de constater qu'il lui manquait deux molaires et une incisive.

Madeleine, qui n'avait pas encore eu l'occasion de prononcer une seule parole, ne répondit pas. Elle contempla un long moment la loque humaine avachie devant elle, puis se leva et sortit du cabaret, tout à coup convaincue qu'il y a des personnes qui ne valent même pas la peine qu'on gaspille de l'énergie à se venger d'elles. Que Jude ait à vivre sa vie dans sa peau était une vengeance en soi. La blessure infligée par Judith Allaire, qui avait ravagé son cœur pendant de si longues années se referma, guérit et se cicatrisa même, comme par miracle, aussitôt qu'elle fut frappée par cette réalisation.

~~Nathalie Sauvageau~~

~~Madame Bisson~~

~~Claude Rioux~~

Benoît Lachance

~~Judith Allaire~~

Anne Houle

Angèle Lemieux

Luc Sauvé

16

La filature sans issue

Madeleine occupa la semaine qui suivit sa visite *Au Septième ciel* à faire le ménage de sa cuisine suivant les conseils de son manuel sur la perte de poids pour les idiots qu'elle dévorait depuis son achat, et à rapetisser ses robes. En effet, il semblait que de faire de l'exercice, comme sortir de la maison et marcher partout ; d'arrêter de boire du Coca-Cola comme si c'était de l'eau pour le remplacer par de l'eau, justement, ou, à l'occasion, par la version diète de la boisson ; d'utiliser de plus petites assiettes pour tromper son cerveau en lui donnant l'illusion qu'on lui offrait les mêmes portions ; de privilégier les fruits frais quand elle avait vraiment envie d'un dessert au lieu des gâteaux et pâtisseries qui avaient systématiquement clôturé chaque dîner et chaque souper qu'elle avait avalé dans sa vie, avaient des effets exponentiels sur sa ligne qui rétrécissait presque à vue d'œil. Le nouveau miroir de Madeleine lui montrait qu'elle fondait comme du beurre dans une poêle bien chaude ; la prise hebdomadaire de ses mensurations à l'aide de son galon à mesurer lui confirmait qu'elle trimbalait une bonne couche de graisse en moins. Les résultats qu'elle voyait suite aux petits ajustements qu'elle avait faits à ses habitudes de vie lui faisaient l'effet d'une drogue ; mais pas d'une drogue néfaste, d'une drogue bénéfique. Jusqu'à ce jour, sa drogue de prédilection à elle avait été la nourriture riche en sucre et/ou en gras, mais celle-ci s'était avérée plutôt destructrice pour sa santé physique et mentale.

Depuis quelques semaines, Madeleine sentait donc que son énergie ne cessait d'augmenter. Elle se sentait comme un volcan qui, endormi depuis des décennies, voire des siècles, s'est enfin réveillé, et bouillonne, sur le point d'éclater ; surtout en ce vendredi matin alors qu'elle s'apprêtait à partir pour son rendez-vous avec Raymond Lafrenière pendant lequel le détective allait lui dévoiler ce qu'il avait découvert lors de sa filature. Il allait lui révéler, sans omission aucune, chaque détail juteux et compromettant de la vie de son ancien amoureux. Toutes les inévitables infamies perpétrées par Benoît Lachance qu'il tentait assurément d'ensevelir à tout prix allaient bientôt faire surface et être étalées au grand jour à qui voudrait — ou ne voudraient pas, même — l'entendre. Elle allait voir les photos qui le prenaient en flagrant délit de… elle n'en avait aucune idée, elle s'imaginait seulement des délits graves, comme de coucher avec la sœur de sa femme, ou même moins graves, comme d'avoir un doigt enfoncé dans le nez. N'importe quoi ferait l'affaire. Madeleine était prête à faire des dommages.

Il était 7 h, le matin même, quand Madeleine avait téléphoné à son détective privé pour lui demander de la rencontrer à 9 h au *Café du coin*. Il était 9 h 07 quand Raymond Lafrenière arriva en courant devant elle qui était assise en train de finir de boire son deuxième verre d'eau.

Madeleine interrompit les excuses qu'il commençait à balbutier pour son retard :

« Vous êtes ici, c'est tout ce qui compte. C'est votre rapport ? » Elle avait les yeux aimantés sur l'enveloppe jaune qu'il passait son temps à transférer d'une main à l'autre.

« Je ne sais pas ce que vous allez penser des résultats de ma filature », dit-il en s'assoyant en face de Madeleine et en faisant signe à la serveuse qu'il voulait un café.

« Dites-moi seulement tout ce que vous avez. »

« Bien… »

« Bien ? » répéta-t-elle, les yeux fixés sur la bouche du détective, prête à boire ses paroles.

« Rien… »

« Rien ? »

« Rien. »

« Qu'est-ce que vous voulez dire, rien ? »

« Je veux dire que Benoît Lachance a probablement la vie la plus ennuyante de la planète. »

« Ça vous ennuierait de me donner plus de précisions ? Qu'est-ce qu'il y a dans votre enveloppe ? »

Le détective ouvrit l'enveloppe et en sortit sans conviction un cahier d'où il se mit à lire à voix haute la biographie de l'homme qu'il avait secrètement observé pendant une longue semaine complète.

« Benoît Lachance a quarante-trois ans. Il est marié avec Catherine Maheux depuis douze ans. Le couple n'a pas d'enfants. Ils habitent une petite maison de la rue des Supplices dans la métropole. Monsieur Lachance travaille comme préposé aux tartes et aux pâtisseries dans une boulangerie du centre-ville et sa femme reste à la maison. » Le détective marqua une longue pause.

« Et ? » demanda Madeleine.

« Et. »

« Et, j'attends la suite. »

« Mademoiselle Richard, c'est qu'il n'y a pas vraiment de suite. » Raymond aurait voulu que la première filature de sa carrière de détective privé ait été remplie d'aventures palpitantes dignes de celles des centaines de livres policiers qu'il dévorait chaque année depuis son adolescence ; il aurait voulu découvrir que l'homme qu'on le payait pour suivre comme son ombre avait des secrets captivants, étonnants, ou même intéressants, mais Benoît Lachance avait une vie si vide que Raymond avait à peine survécu à l'ennui mortel qu'il avait éprouvé à l'épier.

« Ça m'aiderait peut-être à vous satisfaire si vous me disiez exactement ce que vous espériez trouver… »

« Si je le savais, je ne vous aurais pas payé pour le suivre pendant une semaine complète, non ? » Devant l'air dépité de petit garçon qui a déçu sa maman du détective, Madeleine poursuivit : « Bon, je veux des disputes, des maîtresses, des trahisons, des ennemis, des accidents, des meurtres… quelque chose, n'importe quoi ! »

« Désolé, mademoiselle Richard, je n'ai rien vu de tel et comme vous le savez, je n'ai rien trouvé non plus en fouillant dans son passé… Benoît Lachance s'est rendu à l'usine cinq jours et il est rentré à la maison chaque jour sitôt après le travail. Il est sorti trois fois pendant les soirées : une fois pour aller au supermarché, une autre fois pour aller acheter des serviettes hygiéniques et un journal au dépanneur, et la dernière pour aller dans un petit bar. Il n'a même pas mis le nez dehors pendant ses deux jours de congé. »

« C'est tout ? »

« C'est tout. Tous les soirs, toutes les lumières de la maison étaient éteintes à 9 h. Il semble que sa seule sortie régulière soit le mercredi soir pour aller boire deux whiskies au Manoir. Je suis allé faire la conversation au barman, et j'ai réussi à lui soutirer quelques informations, mais j'ai bien peur qu'elles soient aussi sans intérêt. »

« Ah oui ? Lesquelles ? » s'empressa de demander Madeleine.

« Seulement qu'il va dans ce bar tous les mercredis soir depuis sept ans. Toutes les semaines, il arrive à la même heure, s'assoit au même banc au bar, boit deux Jack Daniels et laisse vingt-cinq cents de pourboire pour chacun, et s'en retourne chez lui avant 21 h. Il ne parle jamais à personne. »

« Et les photos ? Vous avez bien pris des photos ? »

Le détective sortit un petit paquet de photos de l'enveloppe et les passa à sa cliente une à une en les décrivant aussi précisément que possible.

« Voilà Benoît Lachance qui sort de chez lui pour aller travailler le premier matin de ma filature. »

Madeleine prit la photo et l'approcha de ses yeux pour pouvoir détailler le petit visage. C'était bien Benoît. L'homme qui lui avait brisé le cœur avait l'air plus vieux que son âge ; sa chevelure brune avait tourné au gris et semblait être attaquée de tous côtés par une calvitie grimpante. Il portait encore la même moustache qui lui avait jadis chatouillé les lèvres. Madeleine pinça les siennes au souvenir qui aurait plutôt dû la faire sourire. Sans avoir vraiment changé de taille, il avait gagné du ventre tout en ayant complètement perdu ses fesses. Ses pantalons étaient maintenus sur ses hanches par une ceinture bien serrée dont la boucle était dissimulée par sa panse.

Les photos suivantes le montraient sous différents angles, de plus près, de moins loin, habillé différemment, mais pas vraiment. Sur chaque photo, il avait la même expression du visage que Madeleine n'arrivait pas à définir.

« C'est la seule photo que j'ai pu prendre de sa femme. Même si ce n'était pas elle que je filais, je n'ai pas l'impression qu'elle sort de la maison bien souvent. » Il tendit la photo à sa cliente sans quitter son visage des yeux, ne voulant surtout pas manquer sa réaction.

Les traits de Madeleine changèrent à peine, mais la subtile crispation de sa bouche révéla au détective que la ressemblance entre elle et l'épouse de Benoît Lachance ne lui avait pas échappé. En effet, les deux femmes auraient pu, sinon être sœurs, être cousines germaines. Elles avaient une corpulence quasi équivalente (quoique Madeleine savait que Catherine était plus grosse qu'elle), elles avaient la même couleur de cheveux et la même frange au front.

Les dernières photos montraient la petite résidence du couple, la boulangerie qui employait Benoît et que Madeleine reconnut facilement malgré les rénovations de la bâtisse, le supermarché où Benoît faisait ses courses, la façade du Manoir et le dos de Benoît assis au bar.

« Je suis vraiment désolé, mademoiselle Richard. C'est tout ce que j'ai. J'aurais bien voulu que vous soyez satisfaite de mon travail. Je peux diminuer mon salaire si vous voulez » conclut le jeune homme, ne pouvant pas s'empêcher de penser qu'il ne méritait pas le montant dont ils avaient convenu.

« Ne soyez pas ridicule, ce n'est pas de votre faute si cet homme n'a pas de vie. »

Madeleine prit l'enveloppe jaune et y réinséra son contenu, si décevant soit-il, paya le café du détective et s'en retourna chez elle à la fois décontenancée par ce qu'elle n'avait pas découvert, et enragée par l'apparence de la femme de Benoît. Cette femme lui avait volé sa place, la place qui lui avait été destinée.

Une fois rentrée chez elle, Madeleine se mit en devoir d'analyser chaque mot du rapport et de scruter chaque photo à la loupe, comme si elle espérait pouvoir y faire apparaître par sa seule volonté des tromperies, des tricheries, des escroqueries, des supercheries, n'importe quoi qui pourrait causer de l'embarras à son briseur de cœurs. Mais malgré toute la bonne volonté qu'elle mettait à la tâche, l'existence de Benoît Lachance restait aussi plate qu'une galette à laquelle on a oublié d'ajouter de la poudre à pâte.

« S'il n'y a pas de squelettes dans ton placard, Benoît Lachance, il va bien falloir que j'y en planque moi-même, des squelettes », décida-t-elle en regardant tour à tour la meilleure photo de Benoît et celle de Catherine Maheux.

17

Placardage de squelettes

«Je pars Catherine, de retour dans une heure», dit Benoît à sa femme depuis la porte du salon. La femme, couchée sur le divan ne parut pas l'entendre, son regard restait fixé sur l'écran de télévision qui présentait la publicité d'une promotion exceptionnelle offerte par un restaurant spécialisé en poulet frit. Elle regarda enfin son mari qui attendait encore son feu vert quand la publicité changea pour celle d'un médicament miracle contre l'hypertension.

«T'as fini la vaisselle?»

«Oui, oui, tout est rangé.»

«Bon, apporte-moi donc une bouillotte avant de partir. J'ai les pieds gelés.»

Benoît Lachance s'exécuta sans un mot et répéta en criant, depuis le pas de la porte d'entrée, qu'il serait de retour dans une heure, et se dépêcha de sortir avant de pouvoir entendre la prochaine sommation ou le prochain reproche. Il ferma la porte à clé derrière lui et laissa échapper un long soupir dont l'origine pouvait autant être le soulagement profond que lui procurait l'heure de son escapade hebdomadaire que l'habitude qu'il avait prise depuis de nombreuses années à laisser ainsi paraître sa résignation à une existence malheureuse. Il partit à pied, les mains enfouies dans les poches, la tête enfoncée dans les épaules, l'imagination mise en marche. C'était son heure, l'heure où il devenait un héros de guerre, un pilote d'hélicoptère, un docteur en salle d'urgence, ou, comme cette semaine, un pompier bravant les flammes d'un édifice prêt à s'effondrer pour secourir des êtres sans défense. Dans toutes ses fantaisies, tous les personnages imaginaires qu'il incarnait avaient deux éléments en commun : 1 - ils étaient tous courageux et héroïques, et 2- ils étaient tous, sans aucune exception, des célibataires endurcis.

Lorsqu'il arriva au Manoir, il avait déjà sauvé un bébé malgré une mauvaise brûlure à la main droite qui faisait atrocement souffrir son personnage.

Comme toujours, le bar était presque vide, le mercredi soir étant relativement tranquille. D'ordinaire, les *vrais* habitués commençaient à se montrer le bout du nez au moment où lui quittait les lieux. Pourtant, aujourd'hui, deux choses différaient : 1 - il y avait une femme assise toute seule au bar, et 2- cette femme était assise sur son banc, le banc qu'il avait adopté chaque mercredi depuis sept ans. Après une courte réflexion, il choisit de s'asseoir à une petite table pour deux bien en retrait.

Le barman lui apporta son premier verre de Jack Daniels sans qu'il ait eu à le commander. Benoît buvait la boisson à petites gorgées et avait à nouveau reporté sa concentration sur la fumée qui emplissait son imagination. Il était sur le point de descendre la grande échelle, une jeune femme évanouie jetée sur l'épaule, poussé par des flammes qui léchaient les fenêtres cassées qui l'entouraient, quand son scénario fut interrompu par une main aux longs ongles parfaitement manucurés de vernis rouge vif qui posa juste devant lui un verre identique au sien, mais rempli d'une dose double du liquide ambré qu'il privilégiait pour s'engourdir l'esprit. Ses yeux partirent des ongles envoûtants pour suivre les doigts, puis la sinuosité des veines bleues de la main, escaladèrent le bras nu, firent un détour sur le décolleté plongeant, gravirent la gorge blanche et s'immobilisèrent sur le sourire éclatant d'une femme portant un rouge à lèvres assorti à son vernis à ongles.

« Je peux ? » demanda la femme rousse en tirant déjà sur la chaise qui lui faisait face et en s'assoyant sans attendre de réponse à sa question rhétorique, à laquelle Benoît, désarçonné, n'aurait pas trop su quoi répondre de toute façon.

Benoît regarda vers le bar. La femme qui venait de s'asseoir devant lui était celle qui avait été assise à sa place habituelle lorsqu'il était entré.

« Je me demandais ce qui pouvait bien t'être arrivé pour que tu aies l'air aussi triste, mon beau. » Benoît ne répondit pas non plus à cette question. Il sentait maintenant que les yeux trop verts de la femme tentaient de le mettre à nu.

Elle utilisa alors les ongles de sa main droite pour glisser délibérément ses longs cheveux flamboyants derrière son oreille, dévoilant ainsi une boucle pendante incrustée de pierres multicolores accrochée à son lobe. Benoît fixait les pierres qui scintillaient bizarrement dans la pénombre.

« Me dis pas que la bouche que cache ta belle moustache ne

contient pas de langue ! Ça serait vraiment trop dommage », poursuivit-elle sans cesser de sourire.

« Oui, euh, non, je veux dire oui », bafouilla-t-il.

La femme éclata d'un rire franc qui fit ondoyer sa poitrine généreuse. La combinaison de l'éclat de rire et de son effet secondaire sur la physionomie de la belle rousse fit monter le rouge aux joues de Benoît jusqu'à ce qu'il devienne complètement écarlate.

Elle arrêta brusquement de rire et lui tendit la main. « Je m'appelle Dalia. »

« Lachance, Benoît, Benoît Lachance », répliqua-t-il en insérant sa main dans celle qu'elle lui tendait. Dalia s'en appropria en l'agrippant aussitôt fermement et se mit à la flatter du bout des doigts de son autre main.

« Mais, c'est que t'as les mains douces. Qu'est-ce qu'un homme viril comme toi peut bien faire pour avoir les mains si soyeuses ? »

« Ça doit être la farine, je suis boulanger », répondit-il, étonné par le compliment. Catherine se plaignait toujours de sa maladresse. Elle disait qu'il n'y aurait eu aucune différence s'il avait eu des pattes de cochon au bout des bras.

« Hum, intéressant ! Comme ça, tes belles mains peuvent pétrir avec force et habileté ? »

« Oui, j'ai beaucoup d'expérience. » Il regarda sa montre. Penser à sa femme l'avait tout à coup rendu nerveux. « Il faut que j'y aille », dit-il alors en essayant en vain de reprendre possession de sa main.

« Y'a pas le feu, mon beau Ben. Tu veux quand même pas me laisser étancher ma soif toute seule… », puis, en direction du bar : « Jacques, deux autres s'il te plaît ! »

Dalia devança l'objection que Benoît s'apprêtait à lancer. « Tu vas me briser le cœur si tu dis non. Tu veux pas me briser le cœur, hein, mon beau ? », ajouta-t-elle en plaçant la main de Benoît directement sur son sein gauche.

« D'accord, dit-il enfin en reprenant possession de sa main, mais après je dois vraiment y aller. »

« Bon, bon, ça va. »

Et ils se lancèrent dans une conversation alimentée par Dalia, et étouffée par Benoît ; du moins jusqu'à ce que monsieur Daniels lui délie la langue.

« Tu m'as toujours pas dit pourquoi t'as l'air si triste, mon beau Ben », dit Dalia avec sérieux. Elle approcha sa chaise de la sienne, assez pour que leurs genoux s'entremêlent.

Benoît, qui avait dépassé de loin sa dose habituelle d'alcool, se mit à raconter sa vie à Dalia en réponse à sa question.

Il n'omit aucun détail. Il lui raconta la mort prématurée de sa mère au jeune âge de trente-cinq ans alors que lui-même n'en avait que dix ; la façon dont ses artères bloquées par le cholestérol avaient coupé court à sa vie en étouffant son cœur si tendre, sans prévenir, un matin d'automne alors que lui était à l'école en train de s'emplir la cervelle de connaissances inutiles qui ne l'avaient en rien préparé à devenir orphelin. Il lui décrivit comment il avait appris que la dépouille de sa chère mère avait dû être incinérée puisque les clauses de son assurance ne prévoyaient pas financer l'achat d'un cercueil très grand format. Il lui décrivit aussi comment il avait trimbalé l'urne qui contenait les cendres maternelles de maison d'accueil en maison d'accueil, comment il avait essayé de façonner sa personnalité selon celles des familles avec lesquelles il avait habité pour se faire aimer. Il lui mentionna même qu'il gardait à ce jour les précieuses cendres sous son lit, en cachette de sa femme pour éviter une crise de jalousie. La mention de sa femme lui rappela soudain où il était. Il regarda sa montre qu'il fixa un long moment, ne pouvant pas croire qu'il était déjà dix heures.

« Oh, misère, il faut que j'y aille ! » dit-il en se levant si précipitamment que sa chaise se renversa. Il remercia Dalia pour le verre en marchant déjà vers la sortie et disparut avant que Dalia ait pu tenter de le retenir davantage.

« J'aimerais bien être capable de mettre le feu au derrière d'un homme comme ça ! » se dit-elle en buvant le reste de son verre cul sec. Elle prit ensuite le verre presque plein que Benoît avait laissé sur la table, fit une reconnaissance rapide de l'ensemble de la clientèle et se dirigea avec son plus beau déhanchement vers un quinquagénaire aux cheveux retenus dans une longue tresse.

18

Émancipation benoîte

En ouvrant la porte du Manoir, Benoît fut à la fois soulagé et déçu de constater que sa place habituelle au bar était libre. Il aurait aimé voir le derrière de Dalia posé sur son banc tout en ayant peur des complications que la rencontre pourrait engendrer. Il s'assit donc, commanda son Jack Daniels que le barman était déjà en train de lui verser.

« Merci Jacques. »

« Pas de quoi. »

« Jacques ? »

« Ouais ? »

« T'aurais pas vu par hasard la belle rousse qui était assise avec moi la semaine dernière ? » demanda-t-il en évitant de regarder l'homme dans les yeux.

« Non, désolé, vieux. C'était la première fois et la dernière fois que je la voyais. J'ai pas l'impression qu'elle est du coin. »

« OK, merci. » C'était aussi bien. Cette femme ne pouvait

que lui causer des problèmes de toute façon. Il se remémora la course titubante qui l'avait ramené chez lui le mercredi précédent. Le mélange Dalia, Jack, Catherine avait eu l'effet d'un cocktail Molotov dans son estomac. L'idée de recevoir la condamnation de sa femme l'avait rendu malade. Il avait espéré que toutes les lumières seraient éteintes, qu'il aurait pu se faufiler dans la maison sans que Catherine s'en aperçoive et s'en tirer avec un petit mensonge le lendemain soir à son retour du travail. Mais les lumières, loin d'être éteintes, avaient toutes été allumées, comme pour le prévenir de ce qui l'attendait. Il s'était assis sur les marches du perron pendant un moment, prenant de grandes respirations qui auraient dû le pourvoir de courage, mais qui, au lieu, le poussèrent à se pencher pour vomir dans les buissons. Il avait ensuite fixé les aiguilles de sa montre pendant un long moment, déçu de constater que toute la bonne volonté du monde ne réussirait pas à les faire tourner dans le sens inverse. Il avait fini par franchir le seuil de son pénitencier à 10 h 24, se sentant comme un criminel qui a brisé les clauses de sa libération conditionnelle et qui s'apprête à affronter sa geôlière, avec pour seule certitude, celle que son châtiment serait effroyable et douloureux.

Les signes de la colère de sa femme avaient été nombreux. Primo, Catherine était dans le salon et non dans la chambre à coucher ; secundo, elle était assise, et non couchée, sur le divan ; et tertio, la télévision était éteinte, plongeant la maison entière dans un silence mortuaire. Benoît avait attendu les cris et les plaintes, il avait même attendu les coups, mais rien n'était venu. Sa femme était restée assise à l'observer si intensément qu'il avait eu la conviction de savoir ce qu'avait pu ressentir un condamné faisant face à son peloton d'exécution.

Elle n'avait pas prononcé une seule parole ce soir-là. Et son mutisme l'avait terrifié encore plus que les cris qu'il avait anticipés. Elle s'était levée sans le quitter des yeux, l'avait obligé à une retraite pour lui livrer le passage et était montée se coucher. Benoît, lui, s'était couché en boule sur le divan et n'avait pas dormi de la nuit. Il avait ressassé ses options, fabriquant des mensonges qu'il polissait et repolissait, inventant des compliments qui apaiseraient sa colère lorsqu'elle exploserait, parce qu'une chose était certaine, la tempête grondait et son éclatement était inévitable et imminent. Son instinct de survie l'avait également empêché de fermer l'œil, de peur que Catherine ait décidé de l'assassiner pendant son sommeil.

Comme d'habitude, Catherine dormait toujours lorsqu'il était parti travailler le lendemain matin. Il avait pensé à appeler son patron pour dire qu'il était malade, ce qui n'était pas loin de la vérité avec son mal de tête, son estomac à l'envers, sa fatigue extrême, mais il s'était vite ravisé, persuadé que les murs blancs de la boulangerie seraient plus sécuritaires et reposants que ceux de son domicile. Catherine ne lui avait pas adressé la parole pendant deux jours complets, se contentant de le fixer avec une intensité qui aurait dû la vider de son peu d'énergie. Ses premières paroles avaient été prononcées si doucement que Benoît avait dû lui demander de répéter.

« Tu veux me tuer », avait-elle répété plus fort. Ça avait été tout.

Pendant les jours qui avaient suivi, il s'était démené pour lui faire plaisir, l'entourant d'attentions dignes d'une reine qui avaient tranquillement changé l'expression de son regard. C'était un petit prix à payer pour son absolution.

Il était quand même venu au Manoir aujourd'hui malgré

sa semaine infernale, malgré les protestations de son épouse, malgré le mélange de reproches et de menaces qu'il pouvait si bien lire dans ses yeux. Non seulement il était venu, mais il avait espéré voir les ongles rouges, les yeux verts, les cheveux roux, le décolleté invitant de Dalia; il avait surtout espéré entendre ses belles paroles prononcées à son endroit. Il devait avoir contracté la démence de sa femme.

« Benoît Lachance », entendit-il soudain une voix forte prononcer. Le soupçon de menace qu'il détecta dans le ton lui donna instantanément la chair de poule.

Il se retourna et d'instinct regarda dans le coin où il avait commis sa faute de trahison la semaine précédente. Le cri qu'il lança ne fit pas justice à la terreur qu'il éprouva à la vue de sa femme assise à la place qu'il avait occupée. Il se leva et fut surpris que ses jambes acceptent de supporter son poids. Il se dirigea vers sa femme en se traînant les pieds, bredouillant déjà des excuses pour des crimes qu'il n'avait pas commis, sinon en pensées. L'idée qu'il avait laissé sa femme bien confortablement installée dans les coussins du divan, les pieds réchauffés par la bouillotte qu'il lui avait préparée après les avoir massés fortement, ne lui effleura même pas l'esprit, les sorcières ayant des pouvoirs surréels.

Plus il s'approchait, plus il était certain que la femme qui le regardait avancer n'était pas la sienne bien que le visage lui semblait familier.

« Assieds-toi », ordonna-t-elle.

Il s'exécuta.

« Madeleine ? Madeleine Richard ? »

« C'est bien ça », répondit-elle, surprise qu'il l'ait reconnue si vite.

« Madeleine… ça fait longtemps. Ça fait depuis… » Il ravala ses paroles lorsque l'image de leur dernière rencontre s'afficha dans son esprit. « Qu'est-ce que tu fais ici ? », poursuivit-il, tout à coup certain que le fait qu'ils soient assis l'un en face de l'autre dans un bar de son quartier n'était pas une coïncidence.

« Je voulais juste te montrer ceci… » Elle fit glisser une grande photographie du bout du doigt jusqu'à lui.

Benoît prit le rectangle de papier et détailla l'image, tentant de comprendre pourquoi il s'y voyait, la main enrobant le sein gauche d'une rouquine flamboyante.

« … avant de la montrer à ta femme », acheva-t-elle.

« Mais je n'ai rien fait ! » La panique avait fait monter sa voix d'une octave.

« Tu n'as rien à craindre dans ce cas-là. »

« Pourquoi Madeleine ? »

« Parce que… »

« *Qu'est-ce que tu vas faire de ces photos-là ?*, lui avait demandé Dalia, *rien de trop méchant contre lui j'espère, parce que je te dis que cet homme-là aurait de la difficulté à écraser une mouche.* »

« Il ne faut pas se fier aux apparences » avait été sa réponse.

« Tu ne peux pas faire ça, tu ne comprends pas, elle va me tuer ! »

« Toi, toi, toi ! Toujours toi, hein Benoît ? Tu n'as pas pensé que ça pourrait la tuer, elle ? » riposta Madeleine.

« Madeleine, Catherine est intuable. »

Le dépit sincère qu'elle détecta dans l'affirmation eut l'effet d'un seau d'eau vidé sur l'accès de colère qui l'avait enflammée. Elle ne savait plus quoi dire, les répliques qu'elle avait préparées ne lui paraissaient plus appropriées. Elle avait cru qu'il se fâcherait, qu'il la supplierait, qu'il la menacerait même, elle n'aurait jamais pensé qu'il lui paraîtrait si fragile et résigné.

« Qu'est-ce que tu veux dire par là, Benoît ? »

« Je veux dire que c'est elle qui me tue à petit feu. Je suis son esclave depuis dix ans… » Et sans savoir pourquoi, il continua à raconter l'histoire qu'il avait commencée la semaine précédente.

« Après que tu m'as quitté, ou plutôt après ma stupidité qui t'a obligée à me quitter, j'ai eu beaucoup de mal à m'en remettre et surtout à vivre avec moi-même. Tu étais parfaite Madeleine, et j'ai tout gâché. Plusieurs années plus tard, j'ai rencontré Catherine, et j'ai cru qu'elle pourrait te remplacer. Tu vois, elle te ressemble beaucoup. Enfin, elle te ressemble beaucoup physiquement, la ressemblance s'arrête là. Au début, tout allait bien et comme tout allait bien et que je vieillissais, je me suis dit que je devrais me marier, je lui ai donc demandé de m'épouser. Ça a été la plus grosse erreur de ma vie… la deuxième plus grosse erreur de ma vie. Bien sûr, tu connais la première. » Il fit une pause comme pour attendre l'approbation de Madeleine qui resta muette. « Quoiqu'il en soit, sitôt après le mariage, elle est devenue une malade chronique. Elle était pleine de symptômes qui l'empêchaient de travailler, de nettoyer, de cuisiner, et même d'avoir des enfants. Pourtant, à ce que je sache, on ne l'a jamais diagnostiquée de quelque mal que ce soit. »

« Pourquoi est-ce que tu restes avec elle si tu es si malheureux ? » s'entendit Madeleine lui demander.

« Parce qu'elle me tient dans un étau mental malgré sa fragilité physique. »

« Comment ça ? »

« Bien, toutes les fois que j'ai tenté de m'en échapper, elle m'a battu », répondit-il en contemplant le fond de son verre.

« Mais tu as dit qu'elle était fragile physiquement ! »

« Pas toujours. »

Ils restèrent silencieux pendant longtemps, lui, tentant de comprendre comment Catherine avait réussi à accaparer le contrôle de toute son existence, elle, tentant de se remémorer ce qui avait bien pu l'attirer chez lui.

« Qu'est-ce que ton mariage t'apporte, Benoît ? »

« Mon mariage ? » répéta-t-il, incrédule, comme si l'option que son mariage pourrait lui rapporter quoi que ce soit d'autre que du malheur n'était même pas une possibilité.

« Oui, qu'est qu'il te rapporte ? Prends le temps de réfléchir avant de répondre. »

À nouveau, Benoît s'exécuta.

Il finit par regarder Madeleine dans les yeux et lui avouer : « Rien d'autre que de la misère. »

« Pourquoi est-ce que tu ne la quittes pas dans cas-là ? »

« La quitter ? »

« Oui, la quitter. »

Benoît la considéra, comme si l'idée de quitter sa femme ne lui avait jamais effleuré l'esprit.

« Parce que je suis marié. »

« Tu n'as jamais entendu parler du divorce ? »

« Oui, bien sûr. »

« Alors ? » insista-t-elle.

« Parce que je suis un lâche, Madeleine, je suis un trouillard de première », lâcha-t-il en éclatant en sanglots.

Madeleine regardait le visage contorsionné par les larmes

de l'homme qui lui faisait face. Elle pensait au courage qu'il lui avait fallu trouver pour retourner *Au Septième ciel* et engager la danseuse qui ferait des avances à l'unique petit ami qu'elle ait eu dans sa vie. Mais elle s'était donné un but, et si elle devait faire preuve de courage pour l'atteindre, et bien il fallait bien qu'elle en trouve.

Elle avait pitié de lui.

« Écoute. Il faut que tu te prennes en main. Si tu veux changer ta vie, il faut que tu le fasses toi-même. Il n'y a personne qui va le faire pour toi », s'entendit-elle dire, ne sachant pas de quels tréfonds de sa cervelle provenaient les conseils qu'elle prodiguait avec une telle conviction.

Le visage de Benoît se figea, le puits de ses larmes soudain asséché.

« Tu es le seul maître de ta destinée, Benoît, et si tu attends que les autres tracent ta ligne pour toi, tu peux t'attendre à ce qu'elle ne t'amène pas là où tu veux. Tu sais pourquoi ? » demanda-t-elle sans savoir si elle connaissait la réponse à sa propre question.

« Pourquoi ? »

« Tout simplement parce que les autres tracent la leur, et que si la tienne est tracée par le fait même, c'est juste pour que ça les amène exactement là où ils veulent aller plus rapidement », dit-elle sans être certaine que ses paroles avaient du sens.

Benoît continuait de la regarder. Il sortit un mouchoir de sa poche, s'essuya le visage, se moucha avec force, fit signe à Jacques qu'il voulait un autre verre, et demanda à Madeleine : « Qu'est-ce que tu bois ? »

« Un Coca-Cola diète… pourquoi pas corsé d'une goutte de whisky », répondit Madeleine, qui ne connaissait pas la source de sa soudaine assurance.

« Et un whisky Coke-diète, Jacques, s'il te plaît », puis à Madeleine : « Tu as bien raison. Tu as tout à fait raison. » Il s'anima. « Je peux très bien m'occuper de moi-même. Je travaille, je cuisine, je nettoie, je fais tout en plus de ses quatre volontés. C'est elle qui a besoin de moi et pas le contraire ! »

Il regarda sa montre. Il était 9 h 15. Il vida son verre d'un trait, sortit un billet de vingt dollars de ses poches et le posa sur la photographie compromettante de Dalia et lui qui était encore sur la table sans même y porter attention, se leva, remercia Madeleine et sortit du bar d'un pas décidé. Il ne pensa pas non plus aux raisons qui avaient pu pousser Madeleine à vouloir dévoiler à sa femme une aventure qu'il n'avait pas eue, ni au fait que Dalia avait été l'outil de Madeleine contre lui, ou qu'il ne reverrait jamais la femme qui lui avait ouvert les yeux quant au pouvoir qu'il avait sur sa propre vie. Alors qu'il retournait chez lui, il ne pensait qu'à sa libération, qu'à la façon dont il allait s'y prendre pour enfin limer ses barreaux.

Madeleine, pour sa part, resta assise à la place qu'elle occupait depuis plus de deux heures, comme en transe. Elle avait l'impression d'être le contenant d'un esprit étranger qui avait mis des paroles dans sa bouche. Elle passa l'heure suivante à essayer de se souvenir de ce qui avait bien pu l'attirer chez Benoît Lachance quinze ans plus tôt. Elle prit la résolution de poster à Benoît la carte d'affaires de Maurice Petit, avocat, qui traînait dans le fond de son sac à main depuis la fête d'Halloween.

Il était tard quand elle quitta le Manoir, laissant son verre de whisky Coke-diète intact, ne sachant toujours pas ce qui lui avait pris de le commander. Avant de monter dans le taxi qui la ramènerait à Sainte-Marie, elle souleva le couvercle d'une poubelle qui attendait les éboueurs et y déposa un paquet de photos dont la plupart ne montraient que des formes indistinctes dans un décor sombre.

~~Nathalie Sauvageau~~

~~Madame Bisson~~

~~Claude Rioux~~

~~Benoît Lachance~~

~~Judith Allaire~~

Anne Houle

Angèle Lemieux

Luc Sauvé

19

À l'assaut de la soupe populaire

Ça faisait à peine deux jours que Madeleine avait été assise en face de Benoît Lachance au Manoir quand elle se retrouva assise devant Anne Houle à la Soupe populaire. Elle avait passé ces deux journées à tourner en rond dans son quartier, les pensées entortillées dans une spirale sans fin. Elle se posait des questions qui en avaient d'autres pour réponses. Comment avait-elle pu entrer au Manoir avec un but précis, celui de faire payer à Benoît de lui avoir brisé le cœur en mille morceaux, et en ressortir quelques heures plus tard après lui avoir prodigué les premiers conseils qu'elle ait jamais donnés à quiconque? Comment était-il possible que l'homme avec qui elle avait tant rêvé de finir ses jours ne lui avait inspiré que de la pitié? Et, surtout, comment se faisait-il qu'elle avait une sérieuse envie d'abandonner son projet de vengeance? Elle avait dû raviver son sentiment de haine contre Anne Houle, la seule responsable de son retour à la demeure familiale pour se motiver à le poursuivre.

« Une femme ne décide pas de la durée de sa grossesse pour avoir la récompense de son bébé. Eh bien, moi, je ne décide pas du nombre de personnes à qui il faut que je fasse payer leurs erreurs pour pouvoir renaître ! » avait-elle résolu en prenant son *Journal de bord* où était inscrite l'adresse de la *Soupe populaire de la rue Saint-Bernard*, entreprise où, selon Raymond Lafrenière, Anne Houle assumait les fonctions de gérante.

« Je suis désolée mademoiselle Richard, mais malgré notre manque de personnel, nous n'avons pas les fonds disponibles pour engager une nouvelle personne. Nous sommes une entreprise à but non lucratif, et, regrettablement, les subventions gouvernementales diminuent d'année en année même si le nombre de sans-abri, lui, ne cesse d'augmenter. Donc, tout ce que nous pouvons faire pour combler nos besoins est de compter sur la générosité de nos bénévoles. » Anne Houle se leva et lui tendit la main.

« Et vous avez de la place pour une bénévole de plus ? » s'empressa de demander Madeleine sans bouger de sa chaise.

« Bienvenue à bord ! On n'a jamais trop de bénévoles, surtout quand le temps des Fêtes approche. » Anne Houle souriait, la main toujours tendue.

Madeleine accepta la poignée de main pour conclure l'accord et s'offrit pour travailler autant que nécessaire sans oublier de vanter ses talents de cuisinière. Alors qu'elle se dirigeait vers la porte de sortie, elle se retourna vers Anne et lui demanda : « On ne s'est pas déjà rencontrées ? »

Anne scruta son visage pendant un instant, mais ne sembla pas pouvoir raccorder ses traits à un souvenir.

«Je dois faire erreur sur la personne», conclut Madeleine en sortant.

Maintenant que cette étape cruciale de son plan avait fonctionné, il fallait qu'elle trouve un endroit où habiter pendant son exécution entière.

La tâche fut relativement facile. En effet, elle avait appris depuis quelques mois qu'il était relativement facile d'obtenir ce qu'on voulait quand on avait une liasse de billets à présenter pour appuyer son argumentation.

Son foyer temporaire était à dix minutes de marche de son nouvel emploi. C'était le sous-sol d'une maison que les propriétaires avaient transformé en appartement pour supplémenter leur pension de retraite. L'endroit n'était pas très grand, mais il était fonctionnel et entièrement meublé. Elle n'avait qu'à fermer les yeux pour avoir l'impression de se retrouver dans l'appartement qui avait abrité six de ses années de soirées solitaires; les six années qui avaient suivi sa fuite de l'appartement qu'elle avait partagé avec Jude. Elle y avait vécu des années dépourvues d'événements, heureux ou malheureux, se préoccupant de subsister, sans plus. À vingt-huit ans, elle s'était jugée sereine, s'étant persuadée à force de se répéter comme une prière que ne pas être heureux ne voulait pas nécessairement dire qu'on est malheureux pour autant. Madeleine s'était sentie bercée par le réconfort de la zone grise dans laquelle elle pataugeait. Chaque jour ressemblait davantage au précédent, mais après être venue à la conclusion que l'absence d'attentes évite les déceptions, la routine dans laquelle elle s'était ancrée lui avait été tolérable. Sa carapace s'était épaissie au même rythme que son tour de taille. Sa vie avait été simple : elle travaillait, recevait son chèque de paye qu'elle divisait entre le supermarché et le loyer, cuisinait, et mangeait.

Il avait bien sûr fallu qu'elle se trouve un autre emploi, ne pouvant plus travailler à l'endroit où elle avait rencontré Benoît Lachance. On avait fini par l'engager comme préposée aux manches d'uniformes de personnel médical dans une grosse usine où elle s'était bien gardée de former des relations, autant professionnelles que personnelles. En restant dans son coin à s'occuper de ses affaires, elle avait moins de risques d'être confrontée à des trahisons. L'air distant qui avait assaisonné son altruisme inexistant lui avait valu le surnom de *La madame Mado* parmi ses consœurs.

Puis, Anne Houle, une femme d'environ son âge, avait remplacé monsieur Bussières à la tête du département des ressources humaines. Deux semaines plus tard, Anne Houle l'avait elle-même convoquée dans une petite salle dénudée pour lui annoncer que le déclin des profits forçait la compagnie à faire des compressions budgétaires et donc une réduction des effectifs. Et on l'avait mise à pied. Anne Houle avait vu son nom sur une liste d'employés et avait décidé qu'ils n'avaient plus besoin d'elle.

Après son renvoi, Madeleine, incapable de se trouver un autre emploi, avait dû capituler devant son propriétaire qui exigeait le paiement de son loyer et n'avait eu d'autre choix que d'abdiquer son indépendance en battant en retraite jusqu'à Sainte-Marie, où sa mère l'avait accueillie avec un sourire satisfait, convaincue que la défaite inévitable de sa fille contre le monde lui donnait raison quant à l'inégalité des armes fournies aux adversaires.

Aujourd'hui, Madeleine ne se laisserait pas intimider par

l'ambition d'Anne, car c'était bien l'ambition et non la situation économique de la compagnie qui l'avait poussée à la congédier, elle en était persuadée. C'était son ambition qui avait prévalu lorsqu'elle avait décidé de lui retirer sa source de subsistance sans plus de considération que sa propre réussite professionnelle.

Aujourd'hui, il était temps que Madeleine s'astreigne à refaçonner la carrière d'Anne Houle. Celle-ci allait être impressionnée par l'ardeur qu'elle pouvait mettre à la tâche. C'étaient ces pensées qui occupaient son esprit quand elle traversa le seuil de la Soupe populaire pour sa première matinée de bénévolat.

L'endroit ressemblait à une cafétéria de polyvalente avec ses longues tables et ses bancs de bois, avec ses plateaux de plastique orange. Tout comme les polyvalentes, les murs étaient tapissés d'affiches ; mais celles-ci indiquaient des adresses de logis pour sans-abri au lieu de faire la publicité pour la fête de fin d'année ; elles attaquaient les drogues et l'alcool au lieu de vanter les mérites d'une bonne éducation dans des slogans pensés par les mêmes services sociaux. Un homme sans âge vêtu entièrement de gris semblait être la seule âme qui vive dans l'établissement. Il était assis dans un coin et marmonnait une litanie inintelligible en se balançant d'avant en arrière. Il ne parut pas se rendre compte de la présence de Madeleine, maintenant son regard rivé sur ses mains qu'il gardait planes sur ses genoux.

« Il y a quelqu'un ? » se risqua Madeleine d'une voix mal assurée.

Aucune réponse.

« Il y a quelqu'un ? » insista-t-elle.

Le murmure ininterrompu de l'homme fut soudain accompagné d'un martèlement métallique provenant de l'arrière d'une des deux portes closes de la pièce, qui lui-même fut brusquement remplacé par un cri. Madeleine se précipita pour pousser la porte battante derrière laquelle provenait le bruit et fut accueillie par une fontaine d'eau qui giclait en plein centre de la cuisine. Le jet d'eau retombait en grosses gouttes sur une série de marmites, composant une mélodie du genre heavy metal qui mourut aussitôt le jet neutralisé. Madeleine, toujours plantée dans l'embrasure de la porte, fut tirée de sa transe par une rivière d'eau glaciale qui se dirigeait vers elle. Elle plongea le pied droit dans l'eau pour aller secourir la personne qui avait poussé le cri d'alerte et qu'elle trouva derrière le comptoir de travail, le corps à demi enfoncé dans l'armoire sous l'évier, défilant une série de jurons.

« Je peux faire quelque chose ? » demanda Madeleine.

Bang

« Aïe ! » Le corps s'extirpa de l'orifice pour se déplier jusqu'en position verticale. Anne, que Madeleine reconnut malgré sa chevelure détrempée collée à son visage, se frottait le front.

Les deux femmes pouffèrent de rire.

« Où sont les éponges et la moppe ? Je ne suis pas ici pour chômer ! » demanda finalement Madeleine entre deux éclats alors que l'eau continuait de s'échapper vers la salle à manger.

Anne pointa un placard du doigt tout en se frottant les cheveux avec un linge à vaisselle de l'autre main.

Elles passèrent la demi-heure qui suivit à assécher les lieux en silence.

« Bienvenue chez nous, Madeleine ! » s'exclama enfin Anne. « Rien de mieux que de plonger dans le feu de l'action, même si c'est en pataugeant, tu ne crois pas ? »

« En tout cas, ça ravigote comme la fontaine de jouvence ! »

« Mais qu'est-ce que vous avez fait à ma cuisine ? » demanda alors une femme d'une trentaine d'années qui portait un anneau à la narine gauche et son jumeau au sourcil droit en entrant dans la pièce.

« Agnès ! Te voilà ! Agnès, je te présente Madeleine, qui se joint ce matin à notre petite équipe, et qui paraît-il, ne donne pas sa place en matière culinaire. » Et, se tournant vers Madeleine : « Madeleine, je te présente Agnès qui, entre autres, est responsable de cette cuisine. Je vous laisse faire plus ample connaissance parce que, croyez-le ou non, j'ai d'autres tuyaux à déboucher », dit-elle avant de s'éclipser, coffre à outils en main.

Madeleine et Agnès se lièrent d'amitié dès la première heure qu'elles passèrent ensemble dans la cuisine de la soupe populaire. Et en une semaine, Agnès avait dévoilé à Madeleine des dizaines de statistiques attristantes ; depuis le nombre de repas que l'entreprise à but non lucratif donnait par mois et sur lesquels un nombre de plus en plus grand d'individus comptaient pour subsister, jusqu'à l'âge moyen des sans-abri qui se logeaient dans les rues de la ville. Madeleine, pour sa part, avait écouté en chamboulant le désordre de la cuisine pour la rendre si efficace qu'Agnès lui en remit bien vite les rênes avec grâce.

« Je te nomme officiellement chef de la cuisine de notre soupe populaire, Madeleine. Tu es beaucoup plus douée que moi ! Tu peux toujours me prendre comme assistante. »

Et ça avait été réglé. À partir de ce moment, la qualité, et surtout le goût, de la nourriture qu'on offrait à la clientèle s'étaient grandement améliorés. Quand Madeleine avait sollicité des fonds auprès d'Anne pour se procurer des épices, argumentant que celles-ci constituaient la clé de toute gastronomie, elle s'était vu présenter une liste de dettes que l'organisation ne cessait de voir gonfler.

« Les festivités approchent, et malheureusement, avec elles, l'hiver. Alors que tout le monde se prépare à célébrer, à magasiner et à dépenser, nous, nous nous préparons à voir disparaître certains de nos protégés. D'un jour à l'autre, on va commencer à entendre dire que Maurice, Albert ou Lise est mort d'hypothermie sur un banc de parc. On fait ce qu'on peut pour leur trouver des couvertures et des vêtements chauds, mais on n'arrivera jamais à leur fournir tout ce dont ils ont besoin. Crois-moi Madeleine, personne ne s'attend à ce que tu leur présentes des repas dignes d'un restaurant, on veut juste que tu réussisses à nourrir le plus de personnes possible avec les ressources disponibles. Et nos ressources sont maigres. Les épices sont un luxe qu'on ne peut malheureusement pas se permettre. Il faut qu'on coupe les dépenses, pas qu'on en rajoute. » Et la discussion avait été close. Anne lui avait tourné le dos et était disparue dans les escaliers.

« Couper, couper, toujours couper. Eh bien, on verra bien ce qu'on verra », se dit Madeleine qui n'était pas prête à voir sa rivale avoir le dernier mot sans réagir une fois de plus. Le lendemain, elle était donc entrée dans la cuisine les bras chargés de sacs entiers de toutes les épices imaginables, et pour la première fois depuis l'ouverture de ses portes, l'odeur qui emplit bientôt la soupe populaire fit saliver, et ce, à chaque repas par la suite.

« Madeleine a payé les épices de sa poche. C'est grâce à elle et à ses talents que la nourriture est plus que mangeable maintenant», ne cessait de proclamer Agnès à leurs clients.

Bien vite, Madeleine devint aussi populaire auprès des habitués que les soupes délectables qu'elle leur préparait. Cette nouvelle popularité détourna son attention de son but initial quant à sa présence dans l'établissement et elle mit toutes ses énergies à augmenter le bien-être de ses clients plutôt que de les gaspiller à manigancer la perte de sa gérante, qui, Madeleine le voyait bien, tenait à eux tout autant qu'elle. Il y avait des femmes, des hommes, des adolescents, des personnes âgées. Aucune discrimination pour la pauvreté. Pourtant, lorsqu'un d'eux se risquait à plonger son regard dans le sien, Madeleine pouvait y lire la même expression, une expression qu'elle n'arrivait pas à définir malgré le sentiment qu'elle avait de l'avoir perçue longtemps en se regardant dans le miroir.

«Est-ce que tu sais ce qu'il y a dans leurs yeux, Agnès? Ils ont tous la même chose dans le regard. Qu'est-ce que ça peut bien être?» demanda-t-elle un jour alors qu'elles faisaient la vaisselle côte à côte.

«La question n'est pas ce qu'il y a dans leurs yeux, mais plutôt ce qu'il n'y a pas.»

«Qu'est-ce que tu veux dire?»

«Il n'y a pas d'espoir. Tu vois, l'espoir contient la notion du futur. La plupart de ces personnes ne voient qu'un long tunnel noir quand ils se risquent à penser au lendemain.»

Madeleine attendait qu'Agnès lui passe l'assiette qu'elle continuait de frotter même si elle lui paraissait propre depuis longtemps.

«Qu'est-ce que tu veux accomplir dans ta vie? Qu'est-ce qui te motive à sortir de ton lit chaque matin?» N'attendant pas de réponse, elle passa l'assiette à Madeleine et poursuivit:

« Je crois que ce qui nous motive est un but, un but qui peut différer pour tout le monde, mais on doit avoir un but… prendre soin de quelqu'un, écrire un livre, faire de l'argent, il y a des buts plus nobles que d'autres, bien sûr, mais c'est ce but qui guide nos actions dans le présent. Mais crois-moi que c'est difficile de s'en donner un l'estomac vide. Dans ce cas-là, ta seule préoccupation est de le remplir. On devient presque des animaux, on est menés par l'instinct de survie. Le problème, c'est qu'on a l'intelligence de savoir que c'est insuffisant. Personne ne sera jamais entièrement satisfait juste à se remplir la panse. »

« Comment est-ce qu'on se retrouve dans cette situation au départ ? »

« C'est plus facile qu'on pense et ça peut être différent pour chacun. On peut s'engouffrer dans un cercle vicieux que la société elle-même alimente. Tu connais Michel ? L'homme qui marmonne tout le temps en se balançant ? »

« Oui, oui. »

« Tu sais ce qu'il marmonne ? »

« Aucune idée. J'ai bien essayé de le comprendre, mais sans succès. »

« Il marmonne des formules mathématiques. »

« Comme deux plus deux ? »

« Deux plus deux font quatre. Sa formule mathématique à lui est impossible à résoudre. On dit qu'il s'est empêtré l'esprit dans ses théories qu'il a complètement décroché de la réalité et a fini par tout perdre. Trop intelligent pour son propre bien. »

« Qu'est-ce qu'il fait dans la rue ? Il ne devrait pas être dans une institution psychiatrique ? »

« Il n'est pas fou, juste trop brillant. Le vrai problème, je crois, c'est qu'il est incapable de gérer sa propre intelligence. J'ai déjà eu l'occasion de discuter avec lui, ça lui arrive d'être plus lucide, et c'est un homme tout à fait charmant. Mais c'est rare qu'il laisse sa concentration dévier de sa science. »

Madeleine, songeuse, ne dit rien et Agnès continua son monologue. « Pour moi, ça a été aussi banal qu'une adolescence difficile dans un domicile trop petit pour son nombre d'habitants. »

« Qu'est-ce que tu veux dire, pour toi ? » demanda Madeleine en se tournant vers Agnès.

« Juste que j'ai été longtemps une cliente de la Soupe populaire de la rue Saint-Bernard avant d'y travailler. Je ne sais pas si je serais encore vivante aujourd'hui si ça n'avait pas été de la bonté d'Anne. »

Agnès regarda sa montre. « Oh, il faut que j'y aille, j'ai rendez-vous avec Max. À demain ! » et elle disparut derrière la porte battante, laissant Madeleine la tête pleine de leur conversation.

20

Le réveillon de l'éveil

Des guirlandes d'ampoules multicolores zigzaguaient au-dessus des rues du centre-ville, illuminant la neige qui dégringolait du ciel noir en gros flocons ; ceux qui atterrissaient sur le pare-brise de la Ford Escort dans laquelle Anne et Madeleine prenaient place se volatilisaient aussitôt. Une chanson de Noël après l'autre passait à la radio et Anne fredonnait toutes celles qu'elle connaissait par cœur.

« C'était une belle soirée. Tout était délicieux comme d'habitude. Merci pour tout, Madeleine. Nous sommes tellement chanceux de t'avoir parmi nous », dit Anne, coupant la parole à l'animateur qui souhaitait un réveillon rempli d'amour et d'amitié à tous ses auditeurs.

Madeleine se contenta d'opiner de la tête sans détourner le regard du trottoir qui défilait à cinq kilomètres à l'heure par la fenêtre de sa portière. Des familles tirées à quatre épingles se tenaient par la main, des couples déambulaient bras dessus, bras dessous. Les fenêtres des immeubles étaient toutes illuminées malgré l'heure tardive.

« Prises dans le trafic à cette heure-là, la veille de Noël, il faut le faire ! » lâcha Anne, plus par besoin de briser le silence que par impatience.

« Où est-ce qu'ils vont tous ? » demanda Madeleine, plus pour reconnaître les efforts de sa patronne que par intérêt. Depuis cinq minutes, son regard suivait un homme d'une stature imposante qui marchait assez rapidement pour soutenir la lenteur de leur véhicule. Sa chevelure longue était recouverte d'une tuque à pompon bleue et son cou était entouré d'un foulard rouge qui aurait été assez long pour en faire deux. Son regard restait perdu à deux mètres devant ses pieds.

« Pardon ? » Elle se rendit compte qu'Anne lui adressait la parole.

« Je disais qu'ils vont probablement réveillonner dans leurs familles. Ou peut-être à la messe ? »

Lorsque Madeleine reporta son attention sur le trottoir, l'homme au foulard interminable avait disparu. Elle ne le vit pas entrer dans une allée sombre pour aller rejoindre, derrière un bâtiment abandonné, une douzaine de personnes attroupées autour d'un baril dans lequel brûlaient des flammes qu'un homme qui portait des mitaines jaunes et une tuque assortie alimentait avec les restes d'un banc de parc défoncé. Quelques-uns présentaient leurs paumes à la chaleur du feu ; un homme qui portait des pantalons gris et un gilet de laine multicolore au motif compliqué marmonnait des formules mathématiques ; trois autres étaient lancés dans une conversation animée sur la météo en se passant une bouteille emballée dans un sac où étaient imprimées des têtes de père

Noël. Les différents articles de lainage aux couleurs de l'arc-en-ciel qu'ils portaient tous les gardaient au chaud tout en les ralliant, comme s'ils constituaient le symbole de leur unité. Madeleine ne vit pas non plus que les tricots qu'elle leur avait offerts avaient contribué à réchauffer autant leurs cœurs que leurs corps pendant cette nuit festive qui pouvait être difficile à traverser lorsqu'on n'a pas de famille.

Madeleine vit le chasse-neige qui avait ralenti leur progression tourner à droite. Anne put accélérer et bientôt les lumières et les trottoirs disparurent; elles se retrouvèrent en campagne, baignées dans la noirceur de la nuit blanche, guidées par les phares de la voiture. Madeleine regarda Anne qui se cramponnait au volant comme à une bouée de sauvetage. Malgré l'obscurité, elle pouvait deviner son profil, un beau profil malgré la longueur du nez.

«Tu habites où exactement?» demanda Madeleine qui scrutait la nuit sans discerner autre chose que le néant tapissé de blanc.

Elle ne put définir l'exclamation qu'Anne poussa comme réponse à sa question qu'au moment où elle sentit les roues du véhicule délaisser leur trajectoire avant pour un glissement latéral incontrôlé. Une impulsion nerveuse contracta tous ses muscles alors que ses membres cherchaient le meilleur endroit où s'agripper. Du coin de l'œil, elle percevait Anne qui se débattait avec le volant pour reprendre le contrôle. Puis, la voiture s'immobilisa dans un choc sourd qui l'aurait poussée à embrasser la boîte à gants si sa ceinture de sécurité ne l'avait pas retenue. Le moteur cala, la musique se tut, les phares s'éteignirent, les plongeant dans un silence aveugle.

Pendant une minute, Madeleine demeura inerte, se laissant bercer par sa désorientation, l'esprit aussi engourdi que son corps. Un faible sifflement la tira de sa torpeur. Sa voisine faisait de l'hyperventilation.

Madeleine chercha à tâtons la main d'Anne, comme pour la matérialiser. Elle la trouva crispée sur le volant et l'entoura d'un poing protecteur.

« Ça va, Anne ? Tu n'es pas blessée ? »

Madeleine perçut le secouement de tête d'Anne.

« Respire, tout va bien. »

Le sifflement persistait, mais faiblissait.

« Tout va bien », répéta Madeleine.

Après un long moment, Madeleine sentit la main d'Anne se détendre et sa respiration ralentir jusqu'à devenir presque inaudible.

« J'ai perdu le contrôle ! » dit-elle finalement en éclatant en sanglots.

Madeleine attendit que la crise passe, stupéfaite de constater son propre sang-froid face à la situation.

« J'ai cru voir un animal et j'ai voulu l'éviter. C'était peut-être une ombre, je n'en sais rien. »

« Je n'ai rien vu. »

« Tu vas bien, Madeleine ? Rien de cassé ? »

« Ça a l'air d'aller. »

Anne émit un soupir de soulagement. « Bon, voyons les dégâts. » Elle tourna la clé de contact. Le moteur toussota sans démarrer. Tous ses essais eurent le même résultat jusqu'à ce que le toussotement cesse et qu'elles n'entendent plus qu'un déclic.

« Tu habites où exactement ? » redemanda Madeleine.

«On est à deux kilomètres environ.»

«Eh bien, on se met en route ou on attend de mourir d'hypothermie?»

En guise de réponse, les deux femmes s'emmitouflèrent autant qu'elles purent, ouvrirent leurs portières et s'extirpèrent tant bien que mal du véhicule. Avec l'éclat de la neige comme lanterne, elles constatèrent que l'avant de la Ford était à moitié enfoncé dans le banc de neige qui longeait la route.

«Je crois que mon tas de ferraille s'est alité pour la nuit.»

Anne et Madeleine se tenaient côte à côte, regardant les flocons qui commençaient déjà à recouvrir leur moyen de locomotion.

Anne sortit deux triangles d'urgence du coffre de la voiture qu'elle plaça stratégiquement pour prévenir de l'accident et elles se mirent à marcher, guidées par la silhouette noire d'une forêt de conifères qui s'élevait de chaque côté de la route.

«Ça te fait un beau Noël, je suis vraiment désolée Madeleine.»

«C'est déjà le meilleur que j'ai eu depuis longtemps», répliqua-t-elle sincèrement, pensant à toutes les années où sa mère et elle avaient prétendu ignorer l'existence de la fête, passant comme d'habitude la soirée ensemble à regarder les gens s'amuser à la télévision, plongées dans leur mutisme respectif qu'elles masquaient en maintenant le volume de l'appareil trop élevé.

«Je déteste Noël, c'est une fête qu'on célèbre en famille. Ça ne fait qu'intensifier le sentiment de solitude de ceux qui n'en ont pas», dit soudain Anne, comme pour corroborer les pensées de Madeleine.

«Tu n'as pas du tout de famille?»

« Je l'ai perdue. On s'est perdus. Disons qu'on parcourt le chemin de la vie dans des directions différentes et pas mal opposées. »

« Ta réponse quémande des questions ! »

« Ah oui ? Lesquelles ? »

« Tu as une famille que tu as perdue… Comment est-ce qu'on perd sa famille ? »

« Pour te mettre en contexte, mon père est un capitaliste pur, alors que moi, je penche d'instinct vers le socialisme. Inutile de dire que les frictions entre les deux provoquent des étincelles. Toute ma vie, j'ai réprimé mes croyances pour tenter d'adopter celles de mon père, uniquement pour qu'il m'accepte, pour qu'il soit aussi fier de moi qu'il l'était de ma petite sœur. J'ai fait de longues études qui m'ont appris à gérer une entreprise, dont le but premier est, ne l'oublions pas, la maximisation des profits. On m'a appris à utiliser, à user les ressources matérielles et humaines, pour créer un produit à un coût minimal. Ce qu'on nous fait oublier, c'est que ces coûts, variables ou invariables, ne peuvent pas tous être mis sur papier, ils sont souvent cachés et mal évalués. Tout faire pour éviter les pertes ! »

« Anne, c'est moi que tu perds pour l'instant ! » coupa Madeleine qui ne comprenait rien à son charabia administratif.

« Désolée, je me suis laissé emporter… Je continue. J'ai décidé de me spécialiser dans l'aspect humain de l'entreprise… spécialiste en gestion des ressources humaines. La belle erreur ! J'avais cru que ce côté des affaires me comblerait davantage, mais j'avais oublié que le PDG, le conseil d'administration, les actionnaires n'ont qu'un seul but, celui de s'enrichir à tout prix ; ils ont toujours en tête de réduire les coûts d'exploitation, et pour ça, c'est ce qu'on fait, on exploite, on exploite tout, y compris les humains. » Elle inspira profondément et poursuivit : « J'ai passé trois ans dans une compagnie à mettre en pratique toute la théorie qu'on m'avait enfoncée dans le crâne pendant mon MBA. J'ai travaillé d'arrache-pied et j'étais efficace, mais j'ai fini par faire un burnout. Maintenant que j'y pense, c'est probablement la façon que mon inconscient a trouvée pour rappeler à ma conscience que toutes ces tactiques entrepreneuriales me rendaient malade. »

« Est-ce tu parles toujours de ta famille ? »

« J'y arrive. Mon médecin m'a prescrit trois mois de repos complet, loin du travail. Pendant ce temps-là, la compagnie a trouvé le moyen de me remplacer définitivement par quelqu'un qui avait les nerfs plus forts que moi et mon mari m'a démontré son soutien moral en couchant avec sa patronne. Mais je ne devrais pas t'embêter avec mes histoires sinistres. »

« Ça m'intéresse. Je veux savoir la suite. »

« Si tu insistes. »

« J'insiste. »

« Bon. À partir de ce moment, mon burnout s'est transformé en dépression et je suis retournée habiter chez mes parents. J'ai passé les mois qui ont suivi en thérapie, et ces séances m'ont aidée à me rendre compte que ma carrière m'avait amenée où j'étais, et qu'un changement d'orientation contribuerait grandement à rééquilibrer mon état psychique. De son côté, mon père me harcelait sans cesse pour que je poursuive la compagnie en justice pour mon renvoi. J'ai fini par exploser, par lui dire que je n'étais pas intéressée, que j'avais détesté mon travail, qu'ils m'avaient rendu service. Il m'a demandé où j'avais mis mon ambition et je lui ai craché au visage que je n'en avais jamais eu… Il a rétorqué qu'elle était probablement restée dans les murs de l'orphelinat où sa femme m'avait trouvée. »

« Qu'est-ce que tu veux dire ? » Madeleine s'était immobilisée, incertaine d'avoir bien compris la confession d'Anne.

« Je veux dire qu'à l'âge de trente-trois ans, mon père m'a appris dans un éclat de colère que ma mère et lui n'étaient pas mes parents biologiques. Ils m'ont adoptée quand j'avais six mois après que ma mère — ma mère adoptive — a fait sa cinquième fausse-couche. » Elle éclata de rire. « Chaque fois que quelqu'un remarquait à quel point Victoria, ma sœur, ressemblait à mon père, et que moi, je ne ressemblais à ni l'un ni l'autre, ma mère s'empressait d'affirmer que j'étais le portrait craché de mon grand-père paternel, mort héroïquement sur un champ de bataille pendant la Première Guerre mondiale. »

« Tu leur en veux beaucoup ? »

« Plus maintenant. Mais les contacts sont rares. Mon père n'arrive pas à accepter comment je mène ma vie, et à chaque rencontre, il ne peut pas s'empêcher de passer des remarques ou de critiquer. Pour lui, une entreprise à but non lucratif est un non-sens en soi. Avec les années, j'ai épuisé les excuses pour ne pas me présenter aux réunions de famille et il semble qu'ils se soient lassés de lancer des invitations. En parlant d'invitation, je suis bien contente que tu aies accepté la mienne ce soir, même dans les circonstances ! »

« Je suis bien contente aussi. »

« Ça m'amène à te demander où est *ta* famille. »

« J'en ai pas. Mon père est mort il y a vingt-huit ans, et ma mère…, elle sortit les mains de ses poches pour compter sur ses doigts, et ma mère est morte il y a cinq mois. » Elle arrivait à peine à croire que seulement cinq mois s'étaient écoulés depuis qu'elle avait découvert le cadavre de sa pauvre mère.

« Je suis désolée. »

« En fait, ce n'est pas tout à fait vrai, j'ai une tante et une cousine », ajouta Madeleine, se remémorant la carte de Noël qu'elle avait trouvée dans le courrier lors de son dernier aller-retour à Sainte-Marie. Madeleine avait été étonnée de constater que sa tante ignorait le décès de sa propre sœur. Bien sûr, comment aurait-elle pu le savoir puisque Madeleine n'avait même pas pensé à l'avertir ? Tout ce qu'elle savait de sa tante était que, chaque année, elle envoyait religieusement une carte de Noël à leur domicile et que, chaque année, sa mère avait systématiquement brûlé la carte sans même la décacheter. Sa mère avait même créé un rituel autour de la mise en cendres de la carte de vœux. Par ce geste, Madeleine avait compris que la rancœur de sa mère envers sa sœur était irréversible, mais aussi que le sentiment n'avait pas été partagé par sa tante.

« Et vous n'êtes pas en contact ? »

« Je ne les connais pas, je ne les ai jamais rencontrées. »

« Ah non ? Est-ce que je peux te demander pourquoi ? »

Madeleine réfléchit un instant, incapable de trouver une réponse satisfaisante à la question. Sa mère avait détesté sa sœur, mais ne lui avait jamais dit pourquoi.

Chères Rosalie et Madeleine,

Je vous souhaite un temps des Fêtes rempli de joie et de bonheur. Comme à chaque année, je vous invite à venir célébrer le réveillon de Noël en notre compagnie. De pouvoir enfin te revoir, Rosalie, serait le plus beau des cadeaux que la

*vie pourrait me réserver. D'apprendre à connaître ma seule
nièce serait tout aussi doux à mon cœur.*

Voilà ce qu'avait écrit sa tante Lucie dans la carte qu'elle
avait envoyée à Rosalie cette année. Madeleine avait regardé
longtemps l'enveloppe qui ne lui était pas adressée avant de se
décider à l'ouvrir. La carte elle-même était belle, pas de celles
qu'on achète en boîte de vingt-cinq; c'était une carte choisie
avec soin dans un magasin du genre Hallmark et couverte de
brillants rouges et dorés qui semblent vouloir propager la joie
en s'éparpillant partout.

« Je ne sais pas », finit-elle par répondre.

« Et tu n'es pas curieuse? Pourquoi n'essaies-tu pas de les
contacter? Moi, je dois admettre que j'ai commencé le pro-
cessus pour retrouver mes parents biologiques. C'est vraiment
stressant, mais je suis sûre que ça va valoir la peine. »

Depuis deux semaines, Madeleine avait complètement
abandonné son projet de vengeance. Son travail à la soupe
populaire la comblait tant qu'elle trouvait futile de gaspiller
plus d'énergie pour une cause à laquelle elle ne croyait plus.
Détruire la carrière d'Anne, qui à présent était orientée vers
le mieux-être des démunis, punissait davantage ces derniers
qu'Anne elle-même. De plus, Anne était une bonne patronne
et des liens d'amitié se tissaient entre elles de jour en jour.

La rancune contre sa cousine Angèle, le prochain nom
sur sa liste, avait été nourrie par sa mère. En effet, sa mère
lui avait mis en tête que le carton d'invitation qu'elle avait
elle-même reçu pour le mariage d'Angèle avec un certain Éric
Lemieux constituait une insulte, un symbole de sa défaite à
elle. Sa cousine avait trouvé preneur alors qu'elle était toujours

vierge et vivait chez sa mère. Pendant des années, l'injustice lui avait paru une raison suffisante pour alimenter sa haine. Aujourd'hui, elle comprenait mal comment elle avait pu croire que le bonheur de sa cousine pouvait avoir un impact sur le sien, comme s'il avait été en quantité limitée et qu'elles avaient dû se le diviser.

« Oui, je suis curieuse. » Il était grand temps qu'elle rende visite à sa tante Lucie.

« On est enfin arrivées. On a fait un bon bout de chemin ! » dit soudain Anne devant une petite maison blanche qui se confondait avec la neige. « Bienvenue dans ma modeste de-meure… Mi casa es su casa », poursuivit-elle en ouvrant la porte d'entrée.

« En effet, un bon bout de chemin… », se dit Madeleine.

~~Nathalie Sauvageau~~

~~Madame Bisson~~

~~Claude Rioux~~

~~Benoît Lachance~~

~~Judith Allaire~~

Anne Houle

Angèle Lemieux

Luc Sauvé

21

Rencontre familiale

Madeleine dépassait le 36, avenue de la Glose pour la sixième fois quand elle rencontra le regard inquisiteur de la résidente du 37 pour le même nombre de fois. La femme, dont le visage était encadré de longues boucles blanches, restait plantée au centre d'une fenêtre de l'étage, les bras croisés sur sa poitrine. Elle était complètement immobile mis à part le mouvement de sa tête qui suivait chaque pas que Madeleine faisait, donnant l'impression qu'elle était absorbée dans un match de tennis joué au ralenti. C'est lorsque la femme entreprit de dénouer ses bras pour diriger une main vers le loquet de la fenêtre que Madeleine fit demi-tour et se décida enfin à bifurquer vers la porte qui la séparait de sa tante. Elle déchiffra une dernière fois l'adresse de retour inscrite au dos de l'enveloppe qui avait contenu la carte de vœux annuelle avant d'appuyer sur la sonnette. Les trois premières mesures d'une composition de Mozart furent jouées par des clochettes électroniques avant qu'un déclic annonce le déclenchement d'un verrou, que la poignée tourne lentement dans le sens inverse des aiguilles d'une montre, et que la porte s'entrebâille pour dévoiler la moitié du visage d'une sexagénaire. Pendant un moment, Madeleine fixa l'œil bleu faire des allers et retours rapides entre ses propres globes oculaires. Le souffle de la résidente lui parvenait filtré par le treillis de la porte à jour. Soudain, la porte s'ouvrit grand.

« Rosalie ? C'est bien toi, Rosalie ? »

C'était la voix d'un fantôme. L'étrangère qui lui faisait face aurait pu être sa mère en version mince et saine, en version bien vivante.

« Non, c'est sa fille. C'est Madeleine. »

L'ouverture de la porte de treillis dissipa l'ambiance spectrale dans laquelle elles s'étaient plongées pendant un bref instant. Lucie Lamoureux Nadeau fit un pas de côté pour livrer le passage à sa nièce.

« Madeleine, je t'en prie, entre. »

Madeleine enjamba le seuil pour se retrouver aussitôt réchauffée par les bras de sa tante qui l'entourèrent dans une longue embrassade.

« Viens au salon », ordonna-t-elle enfin, la précédant dans une pièce où toute surface plane, autant horizontale que verticale, était surchargée d'objets hétéroclites et de photographies. Lorsque sa tante Lucie se retourna pour lui demander si elle pouvait la débarrasser de son manteau, ses yeux échappèrent à la noyade par un battement des paupières qui, faisant état d'écluses, laissèrent le flot dévaler les joues en suivant les sinuosités des rides pour se joindre sur la lèvre inférieure.

Madeleine posa la boîte de chaussures qu'elle maintenait sous son bras sur la table à café et retira son manteau qu'elle donna à sa tante. Celle-ci sortit de la pièce et revint quelques minutes plus tard avec un plateau chargé de deux bouteilles de Coca-Cola, d'autant de verres, et d'un bol de bretzels. Ses yeux étaient secs.

« Quand ma sœur est-elle morte ? »

« Le 25 juillet dernier. Je croyais que vous ne le saviez pas. »

« C'est ta visite qui me l'apprend. Qu'est-ce qui s'est passé ? »

« Arrêt du cœur. Le coroner a dit qu'elle n'avait pas souffert. »

« Son pauvre cœur a été la cause de ses souffrances de son vivant, ça m'étonnerait qu'il se soit arrêté sans la torturer. »

« Pouvez-vous me raconter ma mère ? » Madeleine prit la boîte de chaussures qui contenait les restes de la vie de Rosalie Lamoureux.

« Je peux te raconter la Rosalie que j'ai connue. Tu n'étais pas née la dernière fois que je l'ai vue. »

« C'est celle-là que j'aimerais connaître. C'est celle-là que, moi, je n'ai jamais connue. »

« Rosalie était une rêveuse. Elle avait de l'imagination à revendre. Quand on était petites, on dormait dans la même chambre, dans le même lit. Tous les soirs, elle me racontait une histoire qu'elle inventait au fur et à mesure. Elle pouvait décrire un monde entier, des cités, des peuples, et tout ça vivait dans sa tête. On aurait pu presque dire qu'elle avait une double vie. Une réelle et une imaginaire. Elle avait une personnalité différente pour chacune d'elles. Dans sa vie réelle, elle ne pouvait jamais se taire, elle trouvait toujours quelque chose à dire. Mais quand elle semblait perdue dans la contemplation d'un fantôme, ceux qui la connaissaient savaient qu'elle était occupée dans un monde bien à elle. C'est dommage qu'elle n'ait pas eu la plume facile, je suis certaine qu'elle aurait pu devenir écrivaine… »

Pendant plus d'une heure, Madeleine écouta sa tante décrire une fillette saoulée par la joie de vivre. Lucie racontait chaque anecdote avec tant d'enthousiasme, avec des descriptions tellement vivides, que Madeleine pouvait pratiquement voir défiler les scènes jouées par des acteurs sans visage ; elle ne pouvait pourtant pas se résoudre à imaginer sa mère tenir un rôle autre que celui d'un personnage falot.

« Qu'est-ce que vous pouvez me dire de cette photo ? » demanda Madeleine en pigeant dans la boîte l'image qui présentait la famille pointer vers un panneau annonçant le restaurant *Chez Philippe – Cuisine traditionnelle*.

Lucie prit la photo des mains de sa nièce. Ses lèvres s'étirèrent dans un sourire alors que du chagrin flottait dans ses yeux.

« Le resto… la fierté de papa et le berceau des malheurs de la famille Lamoureux. Cette photo a été prise le jour de l'ouverture officielle. Si tu avais pu voir ton grand-père, fou comme un balai, qu'il était ! Il avait à peine réussi à s'immobiliser assez longtemps pour poser pour la photo tant il était excité. Il avait engagé un photographe professionnel. Tu imagines ? Je suppose que c'est une réaction normale quand on réalise le rêve de sa vie. » Lucie émit un petit rire. « Pendant des années, il nous a rabâché les oreilles qu'il l'aurait son restaurant, que l'occasion allait se présenter et que ce jour-là, il n'aurait qu'à la prendre à deux mains. Il avait eu raison. »

« Qu'est-ce qui s'est passé ? » Madeleine avait peine à attendre la suite du récit. Sa tante lui procurait les morceaux manquants au casse-tête de sa propre existence.

« La famille entière s'est dévouée au restaurant. On en a fait des tartes, on en a rempli des tasses de café, sans parler des assiettes qu'on a dû laver des milliers de fois. Rosalie a fini par s'approprier le comptoir et la salle à manger alors que moi, je préférais m'effacer dans la cuisine. En somme, je rêvais de m'en échapper alors que Rosalie n'aurait jamais voulu en sortir. Mais tout ça a changé le jour où le beau Christopher s'est assis devant elle pour la première fois. Rosalie est tombée sous son charme dès qu'il a ouvert la bouche pour commander sa première assiette de pâté chinois. »

Madeleine lui tendait déjà la photo qui représentait l'homme en question.

« Oui, c'est bien lui. Christopher, ou Chris, comme l'appelait Rosalie. Je ne me souviens pas de son nom de famille. En fait, je n'ai jamais su grand-chose de lui, à part qu'il était anglophone et cassait son français plus qu'une vache espagnole. Il a passé un mois dans la région à vendre des livres de mécanique automobile, il me semble. Pendant ce mois-là, il était plus facile de mettre la main sur un courant d'air que sur Rosalie, ce qui n'était pas pour plaire à papa qui avait rebaptisé Chris *l'immigré itinérant*. Il faut comprendre que, provenant de la bouche d'un homme qui croyait que monter et descendre l'escalier qui séparait notre appartement du restaurant deux fois par jour était bien assez de voyagement, ce surnom était l'insulte ultime… »

L'air de Mozart qui avait accueilli Madeleine interrompit le récit.

« Ça doit être Angèle. Tu n'aurais pas pu choisir une meilleure journée pour nous rendre visite, c'est le jour de notre souper familial hebdomadaire. » Lucie se dirigeait déjà vers la porte.

« Je suis désolée, je ne vous dérange pas plus longtemps », dit Madeleine en se levant. Elle cherchait déjà son manteau des yeux, mal à l'aise de rencontrer sa cousine, sa rivale, pour reprendre les termes de sa mère, quand sa tante la somma de reprendre son siège.

« Ne sois pas ridicule, poursuivit-elle, tu restes souper avec nous. Tu es un membre de la famille à part entière, ma chère Madeleine. »

Madeleine ne s'obstina pas. Elle aimait les propos de sa tante. Elle aimait entendre qu'elle faisait partie d'une famille. Elle mourait d'envie de faire la connaissance de la vraie Angèle, de remplacer le portrait peu flatteur qui s'était formé dans son imagination au cours des années avec celui de la vraie personne, en chair et en os.

Madeleine restait immobile, épiant l'embrasure de la porte qui laisserait apparaître sa cousine. Puis, le défilé débuta, mené par Lucie, suivie d'une paire de jumeaux identiques âgés d'environ cinq ans qui se lancèrent sur une jarre de caramels perdue au travers des cadres contenant des photos des jumeaux en question à différents âges ; d'un homme qui se dépêcha d'aller freiner la gourmandise de ses enfants ; et enfin, d'une femme au visage doux, à l'allure décontractée, et dont la démarche témoignait d'un boitillement.

Une fois que Lucie acheva de faire les présentations, Madeleine accepta avec hésitation la minuscule main attachée à l'emplacement du coude qu'Angèle lui tendait.

« Ce n'est pas contagieux », dit Angèle avec un sourire où aucun sarcasme ne pouvait être décelé.

« Désolée, c'est juste que je ne savais pas », répliqua Madeleine, toujours hébétée.

« Il n'y a pas de quoi en faire une histoire, ma chère cousine, c'est juste une malformation congénitale. »

« Si Gérard peut lâcher son club de cartes, on va pouvoir se mettre à table dans une demi-heure. » Lucie s'était plantée entre les deux cousines et les prit toutes deux par la taille en s'écriant : « Je suis tellement contente ! »

Puis, la conversation s'anima autour de sujets auxquels Madeleine pouvait participer, créant une atmosphère détendue où les éclats de rire ne manquaient pas.

Lorsque son oncle Gérard arriva enfin, ils se mirent tous à table, et Madeleine participa à son tout premier souper de famille qui comptait plus de deux personnes. Rosalie ne fut plus mentionnée jusqu'à ce que Madeleine s'apprête à partir.

« J'ai quelque chose pour toi, Madeleine », dit Lucie en lui tendant un livre à la couverture fleurie. « C'est un journal que j'ai écrit il y a bien des années et qui, je crois, pourra répondre à tes interrogations. »

Madeleine plaça le livre dans sa boîte de chaussures et fit ses au revoir. La porte était presque refermée derrière elle quand elle se retourna pour demander : « Qu'est-ce qui a fait changer ma mère ? »

Lucie réfléchit un instant.

« Je crois qu'elle a laissé l'amertume corroder son âme. »

« Il semble qu'elle ait laissé la corrosion s'étendre à la mienne », se dit-elle sur le chemin du retour qui lui parut interminable. Elle brûlait d'envie de dévorer le journal intime de sa tante.

22

La légende de Rosalie

Madeleine s'assit dans son Lazyboy et ouvrit la couverture rigide du livre qui avait été tapissée de papier d'emballage représentant des marguerites sur fond noir. *Lucie Lamoureux* était écrit dans le coin supérieur droit de la première page. Au centre, le titre était inscrit en grosses lettres moulées : Journal intime — Octobre 1959.

13 octobre 1959

Les annales de ma vie que j'avais religieusement couchées sur papier depuis quinze ans se sont envolées en fumée. Ce matin, je me suis rendue sur les lieux de l'incendie. Je me suis promenée à l'endroit qui a abrité les Lamoureux des intempéries depuis plus de sept ans. Il semble que je n'aurai pas d'autre choix que de me fier à ma mémoire pour me souvenir du passé de la famille.

Les cendres sont froides, mais les ravages ne cessent de s'étendre. Le feu n'est pas discriminatoire, il a trouvé ma cachette et a léché chaque page de tes prédécesseurs, cher journal. Même si papa garde le silence la plupart du temps, son visage livide nous dit que les flammes ont aussi trouvé sa cachette à lui. Lui qui croyait que son foyer était le lieu le plus sûr pour ses économies… ses années de labeur, nos années de sueur, ont mis moins d'une heure à être réduites en poussière. Je l'ai vu se promener dans les décombres. Il était noir de charbon quand il nous a annoncé notre ruine. Des larmes avaient nettoyé ses joues sur leur passage. Il semble avoir vieilli d'au moins dix ans en l'espace d'une heure. J'ai peur que mon père se soit éteint en même temps que les flammes qui ont anéanti son rêve, qui ont brûlé Chez Philippe.

Le grand chêne qui a sauvé toutes nos vies a perdu la moitié de ses branches pendant cette nuit tragique. Il nous faudra attendre au printemps pour savoir s'il a survécu. Je me demande où nous serons tous rendus au printemps.

21 octobre 1959

Il semble que j'aie perdu l'assiduité avec laquelle j'ai toujours mis mon quotidien en mots. Ça fait trois semaines aujourd'hui depuis l'incendie et ce n'est que la deuxième fois que je t'ouvre pour écrire. Pourtant, ce ne sont pas les émotions qui manquent. Peut-être qu'il y en a trop et que je ne sais pas par où commencer.

L'atmosphère dans la maison de mon oncle et de ma tante est de plus en plus tendue. On est empilés les uns par-dessus les autres et je crois que notre présence commence à leur peser. Maman passe son temps à rechercher ce qui aurait pu causer l'incendie, comme si la réponse allait rebâtir l'édifice. C'est tour à tour une tarte oubliée dans le four, un des mégots du vieux Lionel, ou un court-circuit causé par le grille-pain. Papa, pour sa part, reste muet. Il a perdu l'appétit, ou du moins, a presque arrêté de se nourrir. Je crois qu'il ne peut pas supporter que son beau-frère gagne le pain qu'il mange. Ou peut-être que penser à la nourriture est trop pénible. Qui sait ?

Rosalie semble toujours perchée sur un nuage. On partage un vieux matelas dans le salon et tous les soirs, je la vois relire des dizaines de fois la lettre que Chris lui a envoyée il y a plus de deux mois déjà. En plus de sa robe de nuit, c'est la seule chose qu'elle ait réussi à sauver du feu. Au moins, elle continue de sourire. Je dois avouer que j'envie la capacité qu'elle a de se soustraire à la réalité.

Quant à moi, une crise d'asthme n'attend pas l'autre. Le docteur ne sait pas si elles sont causées par la fumée que j'ai respirée ou sur le stress. D'une façon ou d'une autre, il me prescrit du repos et de l'air pur. Comme je vais bientôt avoir une surdose de repos, et que l'air devient de plus en plus irrespirable dans la maison, je passe mon temps à faire de longues promenades.

5 novembre 1959

Novembre n'est-il pas le mois des morts ? Quoiqu'il en soit, je suis certaine que des meurtres sont à la veille de se commettre dans la maisonnée. Je crois souvent entendre les murs craquer sous la pression ; trop souvent, la météo s'y met et la pluie vient fouetter les fenêtres. Ça m'emprisonne à l'intérieur. Ça nous emprisonne tous à l'intérieur…

La tempête devait éclater. Je crois avoir entendu mon oncle blâmer mon père de traîner ses deux vieilles filles comme des boulets. Il est vrai qu'à vingt-sept ans, je le suis, à ce qu'on dit, et que Rosalie, à vingt-quatre ans, ne va pas tarder à entrer dans la catégorie. On est devenues des vieilles filles en restant de bonnes filles à papa, très utiles et efficaces dans un restaurant, mais pas du tout autrement.

Mon père se sent au pied du mur. Le problème, c'est qu'il ne possède aucun mur sur lequel s'appuyer.

9 novembre 1959

Les pleurs de Rosalie m'ont réveillée cette nuit et je n'ai pas vraiment été étonnée d'apprendre que ses larmes avaient Chris pour cause. Malgré tous les événements récents, ma sœur reste accrochée à la photo du bel étranger comme s'il s'agissait d'une bouée de sauvetage. Ce qui est tragique, c'est que je suis loin d'être certaine que Chris a ce qu'il faut pour l'empêcher de couler. J'ai une nette impression qu'il doit être le prince charmant d'une jeune fille dans chaque ville. Bien sûr, je ne mentionne rien de mes appréhensions à Rosalie… Je me contente de l'écouter.

Pour la première fois en bien des années, Rosalie a passé le reste de la nuit à me parler. Elle m'a décrit comment Chris l'a courtisée, leurs rencontres, leurs échanges, leurs regards, leurs baisers. Je crois que son imagination la laisse déformer la réalité ; tout est trop beau ! Peut-être que l'atmosphère malsaine dans laquelle on baigne jusqu'au cou me rend morose, mais j'ai peur que Rosalie plonge tête première dans une profonde déception.

12 novembre 1959

Aujourd'hui a été ma plus belle journée depuis bien longtemps. Madame Raymond m'a engagée pour l'assister à la bibliothèque municipale. Je crois que la situation précaire de la famille l'a poussée à m'embaucher. Quoiqu'il en soit, je sais que je suis plus qu'apte à faire le travail. Je suis abonnée à la bibliothèque depuis plus de vingt ans et j'ai passé toutes les allées de livres à la loupe.

Peut-être qu'il fallait la perte du restaurant pour m'empêcher de moisir dans une cuisine et enfin avoir la chance de poursuivre mon propre rêve et non celui de papa ?

La nouvelle a reçu des réactions diverses. Ma mère et Rosalie m'ont félicitée. Mon père a fait un geste de la tête que je pourrais traduire comme du soulagement qu'on débarrasse ses épaules d'une partie de son fardeau.

Je suis aux anges et personne ne peut me prendre ça ! Je compte louer une chambre en ville aussitôt que j'en aurai les moyens.

16 novembre 1959

Il y a maintenant trois jours que j'ai commencé mon emploi à la bibliothèque. Pour la première fois de ma vie, je me sens totalement dans mon élément. J'adore me laisser bercer par le silence qui règne dans le vieil édifice. Toute parole échangée n'est qu'un chuchotement. On peut presque entendre les pages tourner. Il me semble que tout le savoir du monde m'entoure. Chaque livre renferme des trésors et n'attend que d'être ouvert pour les partager avec quiconque. Le parfum des vieux volumes sent aussi bon que le printemps.

Dans la maison de mon oncle, par contre, chaque syllabe prononcée est cassante et le ton est toujours inutilement élevé. Rosalie pleure de plus en plus souvent et papa vieillit de jour en jour.

Je me sens trop bien pour me laisser démoraliser. Je me sens aussi trop coupable pour laisser mon contentement paraître. Je fais donc mon possible pour effacer le sourire qui veut se graver sur mon visage.

Je ne sais toujours pas ce qu'il va advenir de chacun de nous, mais je ne peux pas m'empêcher de garder espoir dans le destin.

24 novembre 1959

Je suis aujourd'hui tombée sur l'homme de mes rêves. Ou plutôt, c'est lui qui est tombé sur moi. Je m'étais accroupie pour replacer un Atlas sur la tablette du bas dans la section *Géographie* quand j'ai reçu un coup sur le tibia qui m'a fait perdre l'équilibre et tomber sur le derrière. C'est *Le Prof* comme l'appelle madame Raymond qui, le nez plongé dans un volume, ne m'avait pas vue. Alors qu'on était tous les deux sur le sol, il est devenu cramoisi et s'est confondu en excuses. J'ai éclaté d'un rire que j'ai vite étouffé et il m'a aidée à me relever. C'est à ce moment-là que j'ai vu ses yeux, les plus beaux, les plus intelligents, les plus doux que j'ai jamais vus. Mes joues sont devenues fiévreuses. Il m'a demandé si je pouvais voir ses lunettes quelque part. J'ai ensuite accepté de le rejoindre au restaurant du coin à la fin de ma journée de travail pour un café, ou *quoi que ce soit qui me ferait plaisir*, pour me faire pardonner.

Gérard Nadeau, trente-deux ans, professeur de français à

temps plein, romancier à temps perdu. Célibataire. Il exhume du charme, dans la façon que son nez a difficulté à retenir ses lunettes, dans ses demi-sourires…

J'ai bien peur que mon tibia ait reçu le coup de pied de Cupidon.

29 novembre 1959

Rosalie avait besoin d'une épaule pour pleurer aujourd'hui. Elle m'a confié que le désespoir la gagne. La lettre qu'elle a reçue de Chris au mois d'août commence à ressembler à un vieux papier mouchoir. Je n'ai pas pu me retenir de lui faire part de mes appréhensions en ce qui concerne son don Juan. Ça l'a complètement enragée. Elle est sortie de la maison en courant, les bottes délacées, le manteau ouvert. Je me suis forcée pour ne pas courir après elle. Il est temps qu'elle accepte l'évidence : Chris ne reviendra pas.

11 décembre 1959

C'était la première fois que Rosalie m'adressait la parole depuis que j'ai verbalisé mes réserves quant à son Roméo. Je l'ai vue entrer dans la bibliothèque et s'avancer vers moi, la tête trop haute pour être naturelle ; elle m'a regardée dans les yeux, a dit « tu as raison » d'un ton catégorique qui a résonné longtemps dans mes oreilles, a pris le lambeau que sa lettre était devenue, et l'a déchirée en deux avec une telle expression que j'avais l'impression qu'elle se déchirait le cœur. Elle s'est retournée et est ressortie avec la même attitude qu'elle était entrée, un morceau de papier chiffonné dans chaque poing.

Je n'ai jamais de ma vie connu quelqu'un capable d'un tel niveau de rancune. J'imagine que c'est ce qui caractérise les rêveurs qui se nourrissent de passion.

Ma petite sœur est en voie de guérison.

13 décembre 1959

Gérard m'a demandé de l'accompagner dans sa famille pour le souper de Noël et j'ai accepté. Même si Gérard et moi sommes sortis ensemble à plusieurs reprises depuis notre rencontre, je n'ai toujours pas mentionné son existence à la famille. Je crois que j'ai peur que mon bonheur soit empoisonné par leur aigreur.

Je me sens égoïste, mais il faudrait que papa, maman et Rosalie se rendent compte qu'ils n'ont pas péri avec le restaurant.

Il est vrai qu'à cinquante ans, c'est difficile pour papa de se trouver du travail, mais ce n'est pas un air de cadavre ambulant qui va le faire embaucher. En fait, tout le monde s'engouffre, et il semble que je sois la seule qui déploie ses ailes.

19 décembre 1959

Pour la première fois depuis l'incendie, nous avons eu un souper normal où la bonne humeur de papa ne pouvait être que contagieuse. Il a cuisiné une de ses spécialités, s'est resservi deux fois et a même raconté des blagues. Tout le monde était vivant, sauf la carcasse du poulet qui témoignait de la voracité des convives. Personne ne semblait savoir la cause de ce soudain revirement d'humeur et personne ne semblait s'en soucier outre mesure. Nous nous sommes tous contentés de savourer le moment.

J'ai profité de cet entracte dans notre drame pour mentionner Gérard, et que je ferais les présentations le soir du réveillon de Noël.

Mystérieusement, papa a dit que c'était parfait, qu'il allait profiter de l'occasion pour nous apprendre une grande nouvelle, celle qui allait nous permettre de bientôt voir la lumière au bout du tunnel.

Cette affirmation a fait naître un très large sourire sur la figure de mon oncle.

25 décembre 1959

L'annonce de papa, celle qui doit mettre fin au drame des Lamoureux, a fait surchauffer ma cervelle. J'avais imaginé que notre bonne fortune provenait d'un héritage ou d'une assurance oubliée. Que papa marchande sa cadette ne m'a jamais effleuré l'esprit. Il a troqué la main de sa fille contre une recommandation pour un poste d'ouvrier d'usine. Arthur Richard, le client le plus assidu de *Chez Philippe*, a déclaré vouloir réchapper Rosalie du célibat et il semble que papa ait accepté sans prendre la peine de consulter la principale intéressée.

Pour Noël, papa a offert à Rosalie un avenir avec un homme assez âgé pour être son père justement. Je veux croire que le désespoir a rongé ses principes.

Rosalie n'a même pas bronché. Elle n'a pas quitté l'air de martyre qu'elle arbore depuis notre dernière conversation, depuis qu'elle a déchiré la lettre de Chris. Chris, en faisant naître en elle de fausses espérances, doit avoir complètement anéanti sa volonté. J'espère qu'elle va abandonner son apathie et reprendre les rênes de sa vie avant qu'il ne soit trop tard.

Rosalie et moi sommes devenues un tel fardeau pour papa que quiconque manifeste le désir de le soulager de notre charge recevra sa bénédiction. Inutile de dire que Gérard a reçu une approbation immédiate. J'étais plus qu'heureuse qu'il m'enlève du chaos que ma situation familiale est devenue pour m'introduire dans l'ordinaire rafraîchissant de la sienne. Ses parents m'ont accueillie comme si j'étais l'une des leurs.

Lorsque Gérard m'a déposée chez mon oncle, il a placé un petit cœur en or dans ma paume et a dit : « Je te l'offre avant que tu me le voles ». Le baiser qui a suivi en disait aussi long.

1ᵉʳ janvier 1960

C'est la première journée d'une nouvelle décennie ! C'est le moment idéal de laisser le passé s'évanouir pour se concentrer sur le futur. J'ai tenté d'extraire Rosalie des limbes dans lesquels elle se cloître depuis plusieurs semaines en la secouant ; chaque minute passée à rêver la rapproche de la date qui a été fixée pour l'unir à un homme qu'elle ne connaît que pour lui avoir servi des centaines de déjeuners. Je n'arrête pas de lui répéter que pendant qu'elle laisse sa vie sombrer dans un cauchemar, son immigré itinérant parcoure le pays pour collectionner les cœurs de jeunes filles comme des trophées de chasse. Si elle continue de se vautrer dans l'indolence, son destin va finir de l'abattre, va finir par l'abattre.

Le tripotage d'âmes innocentes devrait commander une condamnation sévère. Je ne peux pas m'empêcher de juger papa aussi coupable que Christopher.

Il a été prévu que c'est le 14 février, le jour de la Saint-

Valentin, qu'Arthur Richard allait officiellement mettre la corde au cou de Rosalie.

14 janvier 1960

J'ai accompagné Rosalie pour l'essayage de sa robe de mariée cet après-midi. Arthur ne lésine pas. Il ouvre grand son portefeuille pour chaque dépense. Je dois avouer qu'Arthur, même s'il est de vingt ans son aîné, semble voué au bonheur de Rosalie. Il vient chaque soir pour la saluer et en profite pour encourager papa quant à son avenir à l'usine.

Rosalie était superbe dans sa robe de satin. Elle s'est observée longtemps dans le miroir. Son reflet lui a fait monter le rouge aux joues, estompant son air d'enterrement. Elle a dit : « C'est cette image de moi que je vais graver dans mon esprit pour mes vieux jours. C'est cette image qui aurait pu faire revenir Chris. »

On dirait que Rosalie s'est fait une raison.

29 janvier 1960

Si tout va bien, je vais pouvoir quitter la maison de mon oncle en même temps que Rosalie. J'ai déjà commencé à visiter des appartements en ville, et celui au carrefour de Lavallée et de la Colline m'a conquise avec ses grandes fenêtres à guillotine et son plancher à carreaux noirs et blancs. Ma propre cuisine, ma propre chambre. Il me tarde de voler de mes propres ailes et de briser l'emprise que mes parents ont sur moi à cause de ma dépendance. C'est probablement la même idée qui a redonné le sourire à Rosalie, ou peut-être que toutes les petites attentions dont tout le monde l'entoure à l'approche du mariage sont ce dont elle avait besoin.

Papa a commencé à travailler aujourd'hui. Il avait une vraie expression de fierté quand il a mis le pied dans la maison. Ça m'a réchauffé le cœur.

En fin de compte, tout semble aller pour le mieux…

14 février 1960

C'est la Saint-Valentin et c'est le jour des noces de ma petite sœur. Tout s'est déroulé sans accrocs apparents, mais je pouvais voir le tumulte des émotions de la mariée, dans la façon qu'elle laissait ses larmes couler derrière son voile au moment où elle a accepté d'honorer et de chérir l'étranger qui se tenait à ses côtés, dans la façon qu'elle a scellé ses vœux de mariage en tendant la joue à son nouvel époux.

J'ai prié pour elle pendant toute la cérémonie.

Arthur et Rosalie vont passer leur lune de miel dans la maison d'Arthur, dans la nouvelle demeure de ma sœur. Je souhaite que sa nuit de noces ne soit pas peuplée de fantômes et de cauchemars.

Mon amour pour Gérard grandit de jour en jour. Je me vois dormir dans ses bras et vieillir à ses côtés. Je me demande si je vais un jour le rejoindre au pas de la marche nuptiale.

28 février 1960

C'est finalement demain que j'emménage dans mon petit appartement du carrefour. C'est aussi demain que papa et maman emménagent dans une petite maison située près de l'usine. La journée s'est pourtant terminée sur une note tragique. Monsieur Jasmin, chez qui papa collectait notre courrier depuis l'incendie, est venu à la bibliothèque et en a profité pour me remettre une lettre qui est arrivée ce matin même. J'ai reconnu l'écriture de Christopher tout de suite. Il a adressé l'enveloppe à mademoiselle Rosalie Lamoureux. Il n'est pas au courant de la destruction du restaurant, ni que Rosalie Lamoureux s'appelle maintenant madame Arthur Richard. Et si je m'étais trompée sur les intentions du bel anglophone ?

J'étais dans tous mes états quand je suis rentrée et que j'ai montré l'enveloppe à papa. Il me l'a arrachée des mains et l'a jetée dans les flammes du foyer avant que j'aie pu réagir. Toute la correspondance de Chris a reçu le même sort. Tous ses mots ont été détruits avant même d'atteindre leur destinataire. Mû par un mélange d'égoïsme et d'antipathie pour Chris, mon père a manipulé la destinée de sa fille pour l'unir à un homme qu'elle n'aime pas.

J'étais toujours déconcertée quand papa est sorti de la maison en m'ordonnant de me taire, que Rosalie était à présent une femme mariée et qu'elle ne devait jamais être mise au courant.

J'aurais moi-même préféré rester dans le noir. Ce côté de mon père que je découvre me force à le regarder d'un œil différent. Je n'aime pas son profil sous cet angle.

13 mars 1960

Ça fait près de deux semaines que j'ai emménagé dans mon nouveau chez-moi. Même si l'espace est restreint, je n'ai jamais éprouvé un tel sentiment de liberté. Je peux être solitaire sans être accablée par la solitude. Je peux me promener toute nue dans la cuisine si j'en ai envie.

Pourtant, c'est cette même liberté qui fait gonfler la boule qui est apparue dans le fond de ma gorge depuis la destruction de la lettre de Chris. La seule façon d'extraire cette tumeur maligne qui contamine ma conscience est de régurgiter la vérité.

Je vais aller rendre visite à Rosalie demain. Peut-être qu'il n'est pas trop tard pour la dissolution du mariage.

14 mars 1960

C'est une boîte de petits gâteaux en main que je me suis présentée à la porte de Rosalie. C'était la première fois que je la voyais depuis ses noces. En un mois, ses yeux se sont cerclés d'un bleu presque noir et ses joues se sont visiblement arrondies. Son piteux état a renforcé ma conviction qu'elle devait être mise au courant que Chris ne l'avait pas abandonnée, qu'il continuait de lui écrire même si elle ne lui répondait pas.

Même si j'ai fait mon possible pour embellir la trahison de papa, c'est en pleurant à chaudes larmes et en crachant des miettes de madeleine que Rosalie m'a blâmée pour son malheur. « Si tu ne m'avais pas convaincue de la mauvaise volonté de Chris, je ne serais pas mariée avec Arthur et je ne viendrais pas d'apprendre que je suis enceinte » ont été les dernières paroles qu'elle m'a adressées avant de me mettre à la porte.

Il était depuis longtemps passé minuit lorsque Madeleine monta à sa chambre. Le reste du journal intime lui apprit les fiançailles de sa tante Lucie avec Gérard, la maladie qui a emporté son grand-père en trois semaines à peine sans qu'il ait eu l'occasion de se réconcilier avec sa fille cadette. Christopher n'y fut plus mentionné. Il semblait que le 14 mars 1960 ait été la dernière fois que les deux sœurs se soient retrouvées face à face.

23

Makeover philanthropique

« A rrête Fred, tu me chatouilles ! » Madeleine gloussait en gigotant.

Fred ignora le commandement et continua de nettoyer la goutte de pâte à gâteau qui était tombée sur la cheville de celle qu'il avait adoptée comme maîtresse. Après tout, c'était l'odeur de son ragoût qui l'avait attiré à la porte de la soupe populaire trois semaines plus tôt.

Madeleine s'était vu bloquer le passage par le chien minuscule qui s'était posté dans l'encadrement de la porte fermée et quémandait qu'on le laisse entrer avec une farouche détermination dans le regard. L'étonnement, mais surtout l'affiche collée à l'entrée de la soupe populaire qui interdisait aux clients de laisser entrer leurs animaux de compagnie, avait tout d'abord poussé Madeleine à tenter de chasser l'animal, mais les interjections néologiques qu'elle avait lancées, loin de le décourager, l'avaient obligé à adopter une autre stratégie ; il s'était mis à émettre des gémissements aigus, s'avançant vers elle la patte avant droite maintenue dans les airs. Son boitillement improvisé s'était volatilisé à la seconde où Madeleine avait craqué et l'avait laissé la devancer vers la cuisine. Une heure plus tard, déjà sous l'emprise du petit animal sans défense qu'elle avait provisoirement baptisé *Fred*, Madeleine était allée plaider auprès d'Anne pour qu'on fasse exception pour lui, qu'il était seul au monde et qu'il était si petit qu'on ne s'apercevrait même pas qu'il était là, avec une expression dans le regard qui rappelait étrangement celle que Fred avait utilisée auprès d'elle. Anne avait convoqué une réunion d'urgence avec tous les employés et il avait été décidé à l'unanimité que le petit chien était aussi indigent que la clientèle habituelle de la soupe populaire, et avait donc droit à autant de compassion. Depuis ce jour, il se blottissait en permanence dans l'ombre de Madeleine.

« Madeleine ! Madeleine ! » Agnès venait de surgir dans la cuisine dans une frénésie haletante. Elle tenait une feuille de papier dans sa main droite et la pointait de son index gauche en hoquetant des syllabes incompréhensibles. Fred se mit à japper pour adhérer au soudain remue-ménage.

« J'ai rien compris. Répète-moi donc tout ça en bon français. »

Au lieu de s'exécuter, Agnès lui tendit la feuille.

Madeleine prit la lettre qui portait le logo du Mardi en en-tête, un magazine hebdomadaire auquel Agnès était abonnée. Elle parcourut les trois paragraphes des yeux pendant qu'Agnès reprenait haleine.

« Je ne comprends toujours pas, Agnès. »

« Tu es la Philanthrope du printemps ! »

« Je ne suis rien de la sorte ! » s'empressa de s'indigner Madeleine, sur la défensive.

« Oui, oui, tu l'es. Tu as gagné le concours. »

« Le concours ? Quel concours ? »

« Le concours du Philanthrope du printemps organisé par le Mardi. »

« Ça doit être une erreur, je n'ai participé à aucun concours. »

« C'est moi qui t'ai inscrite. »

« Et qu'est-ce que ça mange en hiver, un Philanthrope ? »

« Justement, un philanthrope est prêt à mourir de faim pour nourrir ses semblables. »

« Veux-tu commencer par le commencement ? Je ne comprends rien de quoi tu parles. »

« Bon, OK. Il y a deux mois, le Mardi a lancé un concours pour récompenser les efforts humanitaires d'une personne. Pour participer, il fallait décrire en deux-cent-cinquante mots pourquoi on pensait que quelqu'un de son entourage méritait le titre de Philanthrope du printemps. »

« Et tu as pensé à moi ? »

« À qui d'autre ? Tu en connais beaucoup qui travaillent bénévolement six jours sur sept, qui paient de leur poche quand il manque quelque chose — et il manque *toujours* quelque chose —, qui ne regardent jamais les sans-abri de haut et qui sont totalement désintéressés ? »

« Je sais que ce portrait-là ne me convient pas. »

« Non ? Pour Noël, tu as distribué à nos sans-abri des douzaines de chandails de laine que tu avais sûrement mis des années à tricoter. Chaque jour, tu réussis à préparer des repas gastronomiques avec un budget de crève-faim. Depuis que l'odeur de ta cuisine a attiré des passants, on a même commencé à vendre des repas qui nous aident à financer de nouveaux projets. Tu as suggéré la boîte à suggestions et la table ronde du vendredi. C'est pas toi, tout ça ? » Agnès gesticulait à présent.

« Peut-être un peu… »

« Sans mentionner le livre de recettes que tu es en train d'écrire pour augmenter nos ressources financières. »

« Bon, bon, et qu'est-ce que je gagne avec ce concours ? »

« Accroche-toi bien ! Une interview avec Anabelle Vincent qui va paraître dans un article du Mardi au mois de mai, et vingt-cinq mille dollars à donner à une organisation charitable de ton choix. »

Madeleine, bouche bée, ne trouvait rien à dire et décida de se taire.

« Ça se fête ! Il est 3 h, je viens te chercher à 5 h et on va aller passer les boutiques au peigne fin. » Aussitôt dit, le coup de vent qui avait amené Agnès dans la cuisine la remmena, rapportant ses exclamations qui cette fois-ci étaient adressées à Anne.

Madeleine se remit à la tâche. Ses mains brassaient la pâte à gâteau avec un automatisme qui permit à sa tête de s'abandonner à des rêveries qui la firent sourire d'un vague sourire, de ceux qui prennent naissance dans des univers inconnus. Elle ne sentait plus la langue de Fred.

Ça faisait quatre minutes que cinq heures avaient sonné quand Agnès réapparut et lança : « Tu es prête ? » Ça en faisait déjà quinze que Madeleine zigzaguait au travers des longues tables de la salle à manger, époussetant des miettes invisibles du revers de la main. *Une séance de magasinage entre filles*, pensait-elle, *comme s'y adonnent les adolescentes*. La première de Madeleine. Elle était fin prête.

Elles prirent l'autobus jusqu'au centre commercial du Globe-Trotter, endroit où *on rassemble tout un univers de produits pour tout le monde* selon le panneau publicitaire géant posté à l'entrée du stationnement pour souhaiter la bienvenue à tout acheteur potentiel.

Madeleine céda avec un plaisir enfantin à chaque impulsion. En une demi-heure, elle acquit une paire de singes en peluche pour offrir aux enfants d'Angèle lors du souper familial du dimanche suivant, une cocotte-minute pour sa cuisine de la soupe populaire, un os pour Fred qui devait faire dix fois la taille de son propre fémur. Elle était sur le point de payer pour une paire de boucles d'oreilles qui faisaient l'envie d'Agnès quand celle-ci protesta : « Non, non et non. Ça suffit maintenant. Madeleine, on est venues ici pour *toi*. »

« Mais je n'ai besoin de rien ! »

« Tu n'as besoin de rien ? Je veux pas te vexer, ma pauvre, mais on dirait que tu portes un parachute et pas une robe tellement elle te flotte sur le dos, et ton chignon… que dire de ton chignon ? »

« Mon chignon ? Qu'est-ce qu'il a mon chignon ? »

« Oh, Madeleine ! » Agnès prit le portefeuille des mains de Madeleine. « À partir de maintenant, c'est moi qui tiens les cordons de la bourse. »

À partir de ce moment, Agnès n'entraîna Madeleine que dans les boutiques de prêt-à-porter. Madeleine suivait Agnès autour des étalages de vêtements, acceptant sans discuter chaque morceau que sa compagne sélectionnait.

Au bout d'une heure, elles étaient toutes les deux chargées de multiples sacs multicolores. Chemises, vestes, chandails, pantalons. Aucune robe. Juste une jupe noire et ajustée qui allait dévoiler les genoux de Madeleine.

« Il nous reste juste une chose à faire pour aujourd'hui », dit Agnès en se dirigeant vers le plan du centre commercial. Elle déposa ses sacs à ses pieds, suivit les colonnes de noms de commerce de son index qu'elle arrêta sur *Adrian Coiffure*. « B-18. C'est par là, suis-moi. »

Madeleine obéit. Elle obéit également quand Agnès lui commanda de l'attendre devant le salon de coiffure.

Au travers de la vitrine, Madeleine pouvait voir Agnès parler avec animation à un homme qui aurait été complètement chauve si ça n'avait été d'une ombre châtaine qui lui entourait le crâne. Après quelques minutes de gesticulation, elle se tourna vers Madeleine et lui fit signe de venir la rejoindre.

« T'as de la chance d'être une célébrité, ma belle. J'ai toujours du temps pour les célébrités. Viens donc t'installer dans ma chaise, qu'on discute capillaire », lui dit Adrian en la dirigeant par le coude.

Aussitôt assise, Madeleine se sentit monter, par à-coups, au rythme du pompage de la jambe du coiffeur.

« Oh ! Hisse ! » s'exclama Madeleine pour accompagner son effort, gênée par son poids.

« Oh, ma belle, il y a des culs pas mal plus proéminents que le tien qui se sont infiltrés dans cette chaise-là. Tu es parfaite. D'ailleurs, c'est un bon exercice… je connais des cyclistes acharnés qui jalousent mes mollets de coiffeur ! »

Les doigts d'Adrian étaient aussi efficaces que sa langue. Pendant son papotage, il avait réussi à extraire toutes les pinces à cheveux de Madeleine. Il s'occupait maintenant à détortiller sa chevelure en la peignant de ses doigts exceptionnellement longs.

« C'est un péché grave d'étouffer la brillance d'un beau cheveu comme ça, ma belle. Il faut qu'on aère, qu'on allège. Ta chevelure me procure des élans d'inspiration. C'est presque électrique… Me donnerais-tu la permission de laisser mon art me guider, ma belle philanthrope du printemps ? Je te promets sur la tête de mon chum, et même sur celle de ma blonde si tu veux, que tu ne seras pas déçue ! »

Madeleine, qui n'aurait pas su comment lui donner des instructions, se contenta de hocher faiblement la tête en signe d'acquiescement.

« Oh, que j'aime les femmes téméraires ! Attends de voir ce que je vais faire de toi, ma belle. Tu vas gagner de la sophis-tication et perdre dix ans, au moins ! » En deux temps, trois mouvements, il avait attaché la longue chevelure de Madeleine à l'aide de l'élastique rose qui était autour de son poignet. Il choisit une paire de ciseaux qu'on aurait pu confondre avec des cisailles et amputa en un seul coup la queue de cheval à la hauteur des épaules. Celle-ci alla s'écraser sur le sol et Agnès s'empressa de la ramasser.

Madeleine se vit blêmir dans le miroir. Elle put voir qu'Agnès aussi avait été surprise par le geste draconien.

Adrian vit son expression et fit tourner la chaise de cent-quatre-vingts degrés.

« Ça fait juste commencer, ma belle. Maintenant, la couleur ! Je vais te faire des mèches subtiles qui vont donner l'impression qu'on t'a implanté des rayons de soleil sur la tête. Tu vas être tout simplement étincelante. »

Madeleine se rendit compte que ses ongles essayaient de pénétrer dans les appuis-bras coussinés de la chaise, comme elle le faisait dans la chaise du dentiste, et fit un effort délibéré pour relaxer ses muscles ; elle prit la ferme résolution de se laisser aller et de savourer chaque minute de ce rare dorlotement.

Adrian mit près de deux heures à élaborer le nouveau look de Madeleine. Il resta même complètement muet pendant tout le temps qu'il tourna autour de la chaise dans un tourbillon mené par une inspiration artistique qui semblait prendre naissance au creux de ses entrailles.

Soudain, il s'immobilisa, regarda Madeleine en face d'un œil critique et, sans arrêter de fixer sa cliente, s'exclama : « Mireille ! Lâche ta lime à ongles et apporte ta pince à épiler, ton mascara… kaki, et ton brillant à lèvres *Pulp Fiction*. »

L'esthéticienne mit les items mentionnés sur un petit plateau et tira son banc à roulettes devant Madeleine. Elle commença à débroussailler les épais sourcils deux ou trois poils à la fois sans se préoccuper du niveau d'eau qui montait dans les yeux de la cliente d'Adrian. Agnès tendit un papier-mouchoir à Madeleine qui épongea ses yeux sans émettre une seule plainte. Une fois la torture terminée et une fois que ses yeux furent bien asséchés, Mireille appliqua deux couches de mascara sur les cils de Madeleine et utilisa un pinceau pour faire briller ses lèvres, avant de retourner s'occuper de l'ongle de son majeur.

Adrian vaporisa un dernier jet de fixatif autour de la tête de Madeleine et tourna lentement la chaise de Madeleine pour qu'elle puisse s'admirer dans le miroir.

« Ça ne fait pas de mal quand la beauté du corps reflète celle du cœur ! Qu'est-ce que t'en penses, ma belle ? » Il était de toute évidence satisfait de son œuvre.

Madeleine, hypnotisée par son reflet, ne l'entendit pas. Elle avait la tête légère, comme si Adrian l'avait débarrassée d'un poids superflu.

« J'ai donné de l'éclat à ta couleur naturelle en la parsemant de reflets chauds cuivrés, j'ai aussi dissimulé ta frange dans le dégradé pour qu'on puisse voir ton beau front. » Adrian prit la queue de cheval toujours retenue par l'élastique rose qu'Agnès avait déposée sur le chariot et poursuivit : « Est-ce que tu as des projets pour ça ? »

« Des projets ? » demanda Madeleine.

« Tu pourrais en faire don à une association qui fabrique des perruques pour les patients de chimiothérapie. Tu veux ? »

« Mais bien sûr, bonne idée. »

« Tu es absolument magnifique Madeleine ! Il te manque juste en rendez-vous galant avec un beau blond », dit Agnès.

« Je connais un brun qui fera l'affaire », conclut Madeleine, sans arrêter d'admirer l'image que le miroir lui projetait.

~~Nathalie Sauvageau~~

~~Madame Bisson~~

~~Claude Rioux~~

~~Benoît Lachance~~

~~Judith Allaire~~

Anne Houle

Angèle Lemieux

Luc Sauvé

24

Lucarne ouverte sur l'avenir

Luc Sauvé était bourré de tics nerveux, surtout aujourd'hui. C'était bien la dixième fois qu'il replaçait un toupet imaginaire sur son front. Le toupet, comme le reste de sa chevelure était passé à la lame numéro trois de sa tondeuse pour cheveux la semaine précédente, mais la manie d'ôter les cheveux de ses yeux était restée. Son sourcil droit passait son temps à se relever et à sautiller, lui donnant un air surpris six fois la minute. On entendait un *clic* chaque fois que sa langue jouait avec son bridge et que ses fausses incisives heurtaient ses canines. Il n'avait toujours pas touché à sa tasse de café noir qui avait cessé de fumer. Il regarda l'horloge accrochée au mur derrière lui ; une minute et dix secondes s'étaient écoulées depuis la dernière fois qu'il s'était retourné. Il était encore en avance. Leur rendez-vous n'était que dans sept minutes. Il avait encore le temps de s'éclipser, ni vu ni connu… sauf qu'elle connaissait son numéro de téléphone. Elle pourrait le

281

retracer. Il tira sur le lobe de son oreille gauche, replaça son toupet, mais demeura cloué sur sa chaise.

La porte du restaurant s'ouvrit, son cœur sauta quelques battements, mais se rattrapa vite à l'aide de palpitations. Une jeune femme entra. Luc se rendit compte qu'il avait arrêté de respirer et inspirer profondément. Qu'est-ce qu'il faisait ici? Pourquoi cette Madeleine l'avait-elle appelé? Plus d'un an s'était écoulé depuis leur seul rendez-vous, depuis qu'il lui avait dit qu'il lui redonnerait des nouvelles en la quittant. Ça n'avait été que par politesse ou par lâcheté; une façon facile de conclure une rencontre désastreuse. De sa place, il pouvait voir la table pour deux qu'ils avaient occupée. Un jeune couple y était maintenant installé. Ils se regardaient dans les yeux, se tenaient la main par-dessus la table. Luc pouvait aussi voir leur jeu de pied sous la table. Un vrai tableau de romantisme. Un courant de frissons prit naissance à la racine de ses cheveux pour se propager jusqu'à l'intérieur de ses chaussures fraîche-ment cirées lorsque dans sa tête se peignit une image similaire où Madeleine et lui s'entremêlaient les pieds. C'était toujours sa réaction quand il s'imaginait intimement lié avec une femme autre que Caroline. Et c'était justement pour tenter d'inhiber la culpabilité à la source de ses remous psychologiques qu'il avait lancé un cri par le *Courrier du cœur* de la Gazette. Le jour du cinquième anniversaire du décès de sa douce Caro, il avait mis une petite annonce dans le journal. Encore aujourd'hui, il se souvenait de chaque mot, de chaque virgule, tant ils lui avaient coûté d'efforts. *Veuf de 45 ans, fermier, trop solitaire, aime les choses simples de la vie, recherche compagne semblable.* Madeleine Richard avait été la seule à répondre.

Ils s'étaient donné rendez-vous dans ce même restaurant.

Ils avaient été tous deux en avance. Il s'était assis près des toilettes, et elle, près de la cuisine. Pendant quinze minutes, ils avaient fixé la porte d'entrée, attendant de voir apparaître à tout moment leur étranger respectif. C'était la serveuse qui avait fini par les réunir après les avoir interrogés tour à tour. Ils s'étaient serré la main en s'échangeant leurs prénoms et leurs noms de famille, s'étaient assis l'un en face de l'autre à la table qu'occupait déjà Madeleine, et avaient ouvert leur menu, les maintenant bien haut, comme des boucliers. Ils avaient mis longtemps à choisir leurs plats. Pendant qu'ils attendaient la distraction qu'allait procurer la consommation des mets commandés, ils avaient échangé quelques paroles gauches, de celles qu'on bafouille pour alléger l'atmosphère. D'un commun accord, ils avaient sauté dessert et café. Ils s'étaient quittés en face du restaurant, se serrant la main une fois de plus. En guise d'adieu, il lui avait dit : « Je t'appelle. » Elle avait hoché la tête. Il lui avait tourné le dos et avait marché jusqu'à sa voiture sans se retourner une seule fois. Cette soirée lui avait apporté la preuve qu'il n'était pas prêt à se mettre sur le marché, ou plutôt à se remettre sur le marché. Caroline et lui étaient enfants lorsqu'ils s'étaient connus. Il n'avait jamais eu à faire le paon auprès des femmes. Il était comme sa vieille Daisy, qui n'était même plus attirante pour un boucher. Le lendemain, il avait retiré son cœur du courrier de la Gazette.

À nouveau, la porte du restaurant s'ouvrit ; à nouveau, son cœur s'arrêta l'espace d'une seconde. Une femme entra. Luc inspira profondément et se retourna pour regarder l'heure. Elle était en retard, de trois minutes. Il allait bientôt pouvoir s'en aller la conscience tranquille.

« Désolée d'être en retard. »

Luc sursauta. La femme qui venait d'entrer se tenait debout devant lui.

« On se connaît ? »

« Madeleine Richard. On a rendez-vous… »

Il avait beau essayer, il ne la reconnaissait pas. Elle avait changé, beaucoup changé.

« Oh, désolé, je ne t'avais pas reconnue. »

Elle sourit. À leur rendez-vous précédent, il n'avait pas remarqué qu'elle avait des dents si saines et un beau sourire franc.

« Je suis désolée d'être en retard. Il fait tellement beau qu'à la dernière minute, j'ai décidé de marcher au lieu de prendre un taxi. »

« Pas grave. »

Il se leva. Madeleine s'assit.

Elle avait coupé ses cheveux. Ça lui allait bien.

« L'almanach prévoit que ça va être une bonne année pour l'avoine. »

« Je pense que c'est une bonne année pour tout ! » dit-elle.

Il y avait autre chose de différent chez elle, mais il n'arrivait pas à mettre le doigt dessus. C'était peut-être le rouge de sa chemise qui allait avec son teint. Caroline lui avait toujours dit qu'il était aussi doué qu'un daltonien quand il était question d'agencer des couleurs.

« Vous êtes prêts ? » La serveuse était debout entre eux, calepin et stylo à la main, prête à recevoir leur commande comme une sténo.

« Un spécial », commanda Madeleine.

« Un spécial aussi », copia Luc.

Ils continuèrent à parler de la pluie et du beau temps jusqu'à la fin du repas. Luc raconta comment sa vache Daisy était prise de rhumatismes les jours humides. Madeleine expliqua comment la température était une préoccupation quotidienne pour les sans-abri. Ils partagèrent même deux ou trois éclats de rire.

« Il faut que j'y aille avant qu'il fasse trop noir, j'ai quelques kilomètres à marcher. »

Devant le restaurant, ils échangèrent une poignée de main. Il garda la main de Madeleine dans la sienne assez longtemps pour trouver les mots qu'il voulait dire. Il n'avait pas envie que la soirée soit déjà terminée.

« Je peux te raccompagner ? Ma voiture n'est pas trop loin. »

« Merci, mais je préfère marcher. »

« Je peux te raccompagner à pied ? »

Elle sourit.

« Pourquoi pas ?! »

Ils marchèrent côte à côte, en silence. C'était un silence confortable. Ils étaient perdus dans leur propre univers, profitant d'un des rares moments de quiétude où tout semble parfait. La brise soufflait dans les feuilles encore fripées des arbres, la pleine lune se faisait déjà voir dans le ciel sans nuages. Un vrai décor de film.

« Pourquoi est-ce que tu m'as rappelé ? » Luc s'était posé la question depuis qu'il avait raccroché le téléphone la semaine précédente. Il avait osé poser la question parce qu'il se sentait assez à l'aise pour entendre la réponse.

Madeleine restait silencieuse. Peut-être qu'elle ne l'avait pas entendu. C'était aussi bien… Ils continuèrent de marcher en silence.

Madeleine s'arrêta. Luc l'imita.

« Parce que j'avais besoin d'enterrer la vieille Madeleine. J'avais besoin de lui faire mes adieux. »

Il ne comprit pas le sens de ses paroles, mais n'insista pas.

« C'est ici, dit-elle, c'est chez moi. »

Ils étaient devant une maison de brique grise. Une pancarte « à vendre » était plantée sur le gazon. En travers, on avait collé un gros *VENDU* en lettres rouges.

Ils se regardaient. Madeleine lui tendit la main.

« Est-ce qu'on peut se revoir ? » lui demanda-t-il.

C'était de la vie. Il y avait de la vie dans ses yeux. C'était ça qui avait vraiment changé.

« Peut-être. Je ne sais pas. Je quitte la ville. »

FIN

ou DÉBUT, c'est selon...

TABLE

Le début de la fin 7

La liste noire 9

En quête de localisations 25

Voyage en pays sauvage 35

La faim justifie les moyens 49

Étalage de vols 61

Marie-Madeleine 77

Les filles de leurs mères 89

Exploration de fonds de tiroirs 99

La danse de la victoire 111

La sainte thyroïde 127

Travestissement d'intentions 135

Le lendemain de la veille 145

Miroir, miroir, dis-moi qui est la plus belle ! 159

Destination : Au Septième ciel 171

Un baiser de Jude 183

La filature sans issue 197

Placardage de squelettes 205

Émancipation benoîte 211

À l'assaut de la soupe populaire 223

Le réveillon de l'éveil 235

Rencontre familiale 247

La légende de Rosalie 255

Makeover philanthropique 271

Lucarne ouverte sur l'avenir 281

REMERCIEMENTS

Merci pour tout à mes parents à qui je dédie ce récit fictif. Merci à Gabriel Toussaint pour m'avoir encouragée une première fois à dépoussiérer mon manuscrit (en 2006) et, dans un deuxième temps, merci à Hélène Gauthier et à Martine Bouchard pour avoir ravivé ma motivation à partager l'histoire de Madeleine pendant la pandémie de la COVID-19 (en 2020). Merci aussi à ma soeurette, Johanne Gauthier.

Merci aussi à vous, chère lectrice et cher lecteur, pour être resté avec moi jusqu'à la fin. Si l'histoire de Madeleine vous a plu, faites part de votre opinion via un commentaire sur Amazon ou sur les sites de votre choix. Vous pouvez aussi en parler à vos amis, leur offrir le livre en cadeau ou même passer votre copie au suivant. Vous pouvez aussi me joindre par courriel à l'adresse contact@sandragauthier.com, si le cœur vous en dit.

LA VRAIE HISTOIRE DE MADELEINE

Madame Rastoul, la directrice de l'école primaire française de Tegucigalpa, au Honduras, remit la composition corrigée à la mère qui attendait sa fille de huit ans en s'exclamant :

« Sandra devrait devenir écrivain ! »

C'était en 1978.

Malgré cette exclamation convaincante, il fallut vingt et un ans avant que l'histoire de Madeleine germe dans l'esprit de Sandra et demande à être mise sur papier. En fait, l'inspiration lui est venue dans un rêve rêvé (oui oui) pendant la nuit du 7 janvier 1999. Profitant du fait qu'elle venait de terminer un contrat lucratif à l'université Queen's et qu'elle avait du temps à tuer, elle s'installa devant l'écran et écrivit les huit premiers chapitres du roman avant de décider de poursuivre l'écriture de son récit outre-mer. Après avoir échangé son ordinateur de bureau pour un ordinateur (à peine) portatif et sa valise pour un énorme sac à dos, elle s'envola pour une aventure de six mois en Angleterre (durée maximale du visa de visiteur).

Sandra a vécu bien des aventures depuis l'écriture du mot FIN, mais Madeleine s'est fait enfermer dans une boîte de carton 8,5 x 11 et a reposé sur bien des tablettes jusqu'en 2020.